हिन्द पॉकेट बुक्स

वंशज

मृदुला गर्ग कोलकाता में जन्मी, हिंदी की सबसे लोकप्रिय लेखिकाओं में से एक हैं। उपन्यास, कहानी संग्रह, नाटक तथा निबंध संग्रह सब मिलाकर उन्होंने 20 से अधिक पुस्तकों की रचना की है। 1960 में अर्थशास्त्र में स्नातकोत्तर उपाधि लेने के बाद उन्होंने 3 साल तक दिल्ली विश्वविद्यालय में अध्यापन भी किया है।

उनके उपन्यासों को अपने कथानक की विविधता और नयेपन के कारण समालोचकों की बड़ी स्वीकृति और सराहना मिली। उनके उपन्यास और कहानियों का अनेक भारतीय भाषाओं तथा जर्मन, चेक, जापानी और अंग्रेजी में भी अनुवाद हुआ है। वे स्तंभकार रही हैं, पर्यावरण के प्रति सजगता प्रकट करती रही हैं तथा महिलाओं एवं बच्चों के हित में समाज सेवा के काम करती रही हैं। उनका उपन्यास *चितकोबरा* नारी-पुरुष के संबंधों में शरीर को मन के समांतर खड़ा करने और इस पर एक नारीवाद या पुरुष-प्रधानता विरोधी दृष्टिकोण रखने के लिए काफी चर्चित और विवादास्पद रहा था।

वंशज

मृदुला गर्ग

हिन्द पॉकेट बुक्स
पेंगुइन रैंडम हाउस इम्प्रिंट

हिन्द पॉकेट बुक्स

यूएसए। कनाडा। यूके। आयरलैंड। ऑस्ट्रेलिया। सिंगापुर
न्यू ज़ीलैंड। भारत। दक्षिण अफ्रीका। चीन

हिन्द पॉकेट बुक्स, पेंगुइन रैंडम हाउस ग्रुप ऑफ़ कम्पनीज़ का हिस्सा है,
जिसका पता global.penguinrandomhouse.com पर मिलेगा

पेंगुइन रैंडम हाउस इंडिया प्रा. लि.,
चौथी मंजिल, कैपिटल टावर -1, एम जी रोड,
गुड़गांव 122 002, हरियाणा, भारत

पेंगुइन
रैंडम हाउस
इंडिया

प्रथम संस्करण पेंगुइन रैंडम हाउस द्वारा 2009 में प्रकाशित
यह संस्करण हिन्द पॉकेट बुक्स में पेंगुइन रैंडम हाउस द्वारा 2021 में प्रकाशित

10 9 8 7 6 5 4 3 2

इस पुस्तक में व्यक्त विचार लेखक के अपने हैं, जिनका यथासंभव तथ्यात्मक
सत्यापन किया गया है, और इस संबंध में प्रकाशक एवं सहयोगी
प्रकाशक किसी भी रूप में उत्तरदायी नहीं हैं।

ISBN 9789353490461

मुद्रकः रेप्रो इंडिया लिमिटेड

www.penguin.co.in

FSC
www.fsc.org
MIX
Paper from
responsible sources
FSC® C047271

This is a legitimate digitally printed version of the book and therefore might not have certain extra finishing on the cover.

वंशज

"जोर आजमाइश करेगी ?" सुधीर ने रेवा से पूछा।

"वो क्या होता है ?" रेवा ने मासूमियत से कहा।

"यह देख, मेरे हाथ में रस्सी है न, इसका एक सिरा तू पकड़ ले, एक मैं। खूब जोर लगाकर खींचना। जो अपनी तरफ खींच लेगा वो जीतेगा। ठीक ?"

"मैं जीती तो क्या मिलेगा ?"

"जो जीतेगा, वो हारने वाले को एक घूंसा मारेगा।"

"नहीं, मैं नहीं, तुम्हारा बड़ा जोर लगता है।"

"अच्छा चल, तू जीती तो दस मार लियो, मैं जीता तो एक।"

"नहीं, मैं नहीं।"

"डरपोक," सुधीर ने चिढ़ाकर कहा।

"मैं डरपोक नहीं हूं।"

"हई। डरपोक। कमजोर। सीख-सलाई।"

"तुम होगे सीख-सलाई," रेवा ने पलटकर कहा तो सुधीर बोला, "तुझे खेलना है तो खेल, नहीं तो मैं चला बाहर।"

"खेलना है, खेलना है !" चिल्लाकर रेवा ने फौरन उसे रोक लिया। सुधीर चला गया तो और उससे खेलना नहीं मिल पाएगा।

"तब ले पकड़ रस्सी," उसने अपने हाथ की रस्सी का सिरा उसे पकड़ा दिया।

वह अपनी पूरी ताकत के साथ रस्सी का सिरा थामे रही पर रस्साकशी का जो नतीजा हो सकता था वही हुआ। पल-भर में दस वर्ष के हृष्ट-पुष्ट सुधीर ने छः वर्ष की नाजुक रेवा को रस्सी समेत पास खींच लिया। वह सीधा आकर उसकी छाती से टकरा गई।

"अब मारू वूंसा ?" सुधीर ने हंसते-हंसते एक हाथ की मुट्ठी तानकर कहा।

उसका खयाल था कि यह सुनते ही वह सरपट वहां से भाग खड़ी होगी और वह देर तक उसका पीछा करके बार-बार मारने की धमकी देकर उसे छकाएगा। सचमुच मारने का इरादा उसका नहीं था। रेवा

जैसे नाजुक इन्सान को मारकर रुलाने में मजा नहीं था। घूंसेबाजी का मजा था अपने हमउम्र, हमताकतवरों के साथ। हां, रेवा को छकाने में मजा आता था। कमजोर इन्सान की भावात्मक ताकत के साथ, रेवा चील की तरह उस पर झपटी और उसके बदन पर घूंसे-पर-घूंसे जमाती हुई चीख-पुकार मचाने लगी, "हां, मारो-मारो! डाकू कहीं के! रस्सी से मेरे हाथ छील दिए। डाकू-डाकू! मारो! और मारो!"

चीखती-चिल्लाती वह जोर से रो दी।

हक्का-बक्का सुधीर उसे देखता रह गया।

"अरे, तू पागल है क्या? मैंने क्या कहा तुझे?"

वह उसी तरह रोते-रोते कुछ कहने का प्रयास करती गई।

"डाकू···ऊं···ऊं···लड़ा···का···आं···आं···आं···"

"अरे चुप। बुद्धू, क्या हुआ तेरे हाथ को? अच्छा-भला तो है। चुप कर," सुधीर ने जरा ऊंची आवाज में कहा तो वह और जोर से चिल्लाने लगी।

"क्या हुआ?" सहमा वज्रपात के समान डैडी का स्वर सुनाई दिया। डैडी यानी कानपुर सेशन्स कोर्ट के महामान्य जज़, शुक्ला साहब। सुधीर वहां से खिसकने का इरादा कर ही रहा था कि वे अपना तहकीकाती सवाल दुहराते आ पहुंचे।

"क्या हुआ? सुधीर ने कुछ कहा?" वज्र ने दूसरी चोट की।

"सुधीर बो···ओ···ओ···ओ···ला···घूं···ऊं···सा···बो···ओ···ला···आ···आ···," रेवा रोत-रोते बतलाने लगी तो रूंधे कण्ठ से निकल रहे शब्दों में जज साहब ने केवल सुधीर का नाम पहचाना। रेवा की बात खत्म भी न हो पाई थी कि एक झपेट में उन्होंने सुधीर का कान पकड़ लिया और उसे अन्दर घसीट ले चले।

"बदतमीज़! लड़की पर हाथ उठाता है!"

बात सुधीर से कही गई थी पर घिग्घी रेवा की बंध गई। वह डैडी के मुंह से ऐसी आवाज सुनने की अभ्यस्त नहीं थी। रिरियाती-रिरियाती वह भी उनके पीछे हो ली।

"डैडी···डै···डी···ई···ई···सुधी···ई···ई···र···र," आंसुओं को घोंटकर वह पूरी स्थिति समझाने की कोशिश करने लगी पर जितना वक्त वह चाहती थी उतना जज साहब की घरेलू अदालत के पास नहीं था। अपने पढ़ने के कमरे के दरवाजे पर आकर उन्होंने मुड़कर कहा, "तुम बाहर रहो," और सुधीर को अन्दर ले जाकर दरवाजा बन्द कर लिया।

उसका रिरियाना एकदम रुक गया। अन्दर क्या हो रहा है, जानने की कोशिश में वह कान भीतर लगाये रही। पर कोई आवाज बाहर नहीं आई। उसे लगा डैडी सुधीर को लेकर बन्द दरवाज़े के पीछे छिपी गुफा में गायब हो गये हैं; जैसे आया की कहानियों में दैत्य हो जाया करते हैं। पर डैडी तो दैत्य नहीं हैं। वो तो राजा की तरह हैं, सुन्दर और प्यारे। रेवा को कितना प्यार करते हैं! हमेशा पूछते हैं, 'किस चीज को मन कर रहा है तुम्हारा?' वैसे जैसे आया की कहानियों में राजा अपनी छोटी, सबसे प्यारी राजकुमारी से पूछा करते हैं।

पता नहीं सुधीर के आते ही उनका प्यारा-प्यारा मुंह बिगड़ने क्यों लगता है? मारते-पीटते उसे भी नहीं, पर मास्टर जी-से दिखने लगते हैं, उसके नहीं, बड़ी लड़कियों को पढ़ाने वाले मास्टरजी। उसे डर लगने लगता है, कहीं उसके देखते-देखते डैडी राजा से दैत्य न बन जाएं। और आज जैसे वह डरावना वक्त आ ही गया। उसका मन कर रहा था, बन्द दरवाजे को जोर-जोर से हाथ मारकर खुलवा ले। पर मारे दहशत के कुछ किये नहीं बनता था। अपने बस में कुछ न पाकर, वह वहीं जमीन पर बैठकर दुबारा रोने लगी।

तभी दरवाजा खुला और सुधीर बाहर आ गया। उसका चेहरा तना हुआ था, हाथों की मुट्ठियां बंधी हुई, पर आंखों में आंसुओं की छाप तक नहीं थी। वह सीधा रेवा के पास आया और तीखेस्वर में बोला, "रेवा की बच्ची, फिर जो कभी तुझे साथ खिलाया!"

रोती हुई रेवा उससे लिपट गई, "डैडी ने मारा?"

"चल हट," सुधीर ने उसे धक्का देकर हिकारत से कहा, "रोंदू कहीं की।"

उसकी फटकार सुन वह पूरी ताकत लगाकर आंसू पी गई और बोली, "मैं नहीं रोती। अब खिलाओगे न?"

"कभी नहीं।"

"मैं डैडी से बोलूंगी, डैडी गन्दे, भैया अच्छे।"

"हट। जो मर्जी आये कर।"

"खिलाओगे भैया, खिलाओगे? खिलाओगे न?" रेवा चिरौरी करती गई और सुधीर का गुस्सा उतर गया। रेवा को लेकर उसका गुस्सा ज्यादा देर नहीं टिकता। वह जानता है, वह छोटी है, कमजोर है और उसे प्यार करती है। डैडी की बात और है।

जज साहब ने कमरे का दरवाजा बन्द कर सुधीर को मेज पर झुकाकर

कहा था, "मुझे मारपीट से नफरत है पर मैं तुम्हें बतला देना चाहता हूं कि इस घर में सिर्फ शरीफ आदमी रह सकते हैं। फिर कभी तुम्हारी हिम्मत किसी लड़की पर हाथ उठाने की नहीं पड़नी चाहिए।"

कहकर उन्होंने बेंत की पतली छड़ी से उसकी पीठ पर पांच वार किये थे और कहा था, "जाओ, पर भूलना मत।"

सुधीर नहीं भूला था। अगर शुक्ला साहब गुस्से में पागल होकर चीखते-चिल्लाते और आपे से बाहर होकर उसे मारते तो सुधीर उन्हें कुछ देर बाद माफ कर देता। तब गलत काम करता पकड़ा गया वह, और गलत की सजा देते जज साहब एक जमीन पर खड़े होते। पर यह? काष्ठ-सा तना चेहरा, यान्त्रिक अनुशासन से दबंग आवाज और प्रहार करते उदासीन हाथ, इन्हें वह क्रूर सियासत की निशानी मान बरसों माफ नहीं कर सका इसीलिए पिटते हुए वह रोया-चिल्लाया नहीं, बस जाते-जाते एक तीखी नफरत-भरी नजर जज साहब पर डाली, जो अर्से तक उन्हें सालती रही।

जहां तक जज साहब का सवाल था, मारना-पीटना सचमुच उनकी प्रकृति के विरुद्ध था। उन्होंने वही किया था, जो उनकी जगह कोई भी सुशिक्षित उच्च पदस्थ अंग्रेज अफसर करता। शुक्ला साहब अंग्रेजी अनुशासन के गहरे कायल थे। उन्नीस-सौ-बयालीस का जमाना था। स्वराज्य की बू जोरों से फैली थी और अंग्रेजों के जाते ही शालीनता नष्ट हो जाने का डर, अकेले उनके मन में नहीं, सभी ऊंचे अफसरों के दिल में समाया हुआ था। स्वराज्य को वे गलत नहीं समझते थे। पर अपने जीवन-मूल्यों के नष्ट होने के डर से वे बौखलाये हुए जरूर थे; इतने कि और दिनों से ज्यादा लगन के साथ उन पर अमल कर रहे थे। लिहाजा सुधीर को दण्ड देने में उन्होंने निजी भावनाओं का दखल नहीं होने दिया।

रेवा के जन्म के चार वर्ष बाद रेवा और सुधीर की मां की मृत्यु हो जाने से उनके लालन-पालन की जिम्मेदारी उन्हीं पर आ पड़ी है। रेवा को लेकर उन्हें विशेष चिन्ता का सामना नहीं करना पड़ा पर सुधीर के लिए वे अत्यन्त व्याकुल हो उठते हैं। आज उस पर हाथ उठाने के बाद उन्हें लगा, वह निरंकुश हो गलत रास्ते पर जा पड़ा है। देर तक चहल-कदमी करते सोचते रहे कि सुधीर को सही-सीधे रास्ते पर चलाने के लिए क्या-क्या कदम उन्हें खुद उठाने पड़ेंगे?

कुछ देर बाद रेवा आई और दृढ़ता से बोली, "डैडी, सुधीर ने हमें नहीं मारा।"

आह्लादित शुक्ला साहब ने उसे उठाकर गोदी में बिठला लिया और गद्गद स्वर में बोले, "दैट्स ए गुड गर्ल!"

कितनी भोली और प्यारी लड़की है, मार खाकर भी सुधीर को बचाने आई है। इसे कहते हैं शख्सियत। काश, सुधीर भी यह गुण सीख सके! आख़िर उनका वंश चलना तो सुधीर से है, रेवा से नहीं। पुत्र को जीवन में कुछ बनना होता है, जब कि पुत्री को पराये घर का धन समझ-कर, पाल-पोसकर सुपात्र के हवाले कर देना होता है।

अगले दिन सुधीर छमाही इम्तहान की रिपोर्ट लेकर घर पहुंचा तो शुक्ला साहब को एक धक्का और लगा। गणित में नम्बर कुल सौ में चवालीस। अब तक वे उसे काफी मेधावी समझते आये थे। किसी भी चीज को अपवाद समझकर छोड़ देने की आदत उन्होंने अपने पेशे में सीखी न थी। एक बार फिर सुधीर के पालन-पोषण में असफल होने का डर उन्हें कचोट गया। उससे मुक्ति पाने के लिए वे हाथ-पैर मारने लगे। तभी एक दिन उनके दोस्त झा साहब कानपुर शहर के सबसे खट मास्टर श्रीवास्तव की खबर उन्हें दे गए। उन्होंने इसी तिनके को सहारा मान लिया।

झा साहेब डिस्ट्रिक्ट में हेल्थ-आफिसर का ऊंचा ओहदा संभाले हुए थे और मास्टर श्रीवास्तव उनके मातहत लोअर डिवीजन क्लर्क थे। आँकड़े लिखते और उनका जोड़-गुणा करते उन्हें गणित का खासा ज्ञान हो गया था। उसका इस्तेमाल वह शाम को लड़कों को गणित पढ़ाकर करते थे। झा साहब का कहना था। वह तहजीब-तमीज वाला काम में मुस्तैद बाबू है, जिसने आंकड़ों के जोड़ में आज तक गलती नहीं की। फिर झा साहब के मातहत काम करने की वजह से उसमें डिसिप्लिन से वह लगाव भी था जिसके अमल में झा साहब किसी अंग्रेज अफसर से कम नहीं थे। शुक्ला साहव ने जो थोड़ी-बहुत कसर देखी, समझा-बुझाकर दूर कर दी।

"लड़की क्या बनेगी, इसका दारोमदार उस आदमी पर होता है जो उसका संरक्षक हो।" उन्होंने कहा, "पर लड़के को डिसिप्लिन सीखना होता है, इसलिए मैं चाहता हूं कि आप सुधीर को सख्ती और डिसि-प्लिन के साथ पढ़ाएं।"

"बजा फरमाया आपने," मास्टर श्रीवास्तव ने अपनी दुबली-पतली देह पर लुटिया की तरह टिके गंजे सिर को झुकाकर कहा।

"मैं चाहता हूं, सुधीर मैथमेटिक्स में माहिर हो जाए, जिससे आगे चलकर कैरियर बनाने में कोई दिक्कत पेश न आए। आप तो जानते हैं,

मैथमेटिक्स का ज्ञान कितना जरूरी है !"

"जी, जज साहब, बखूबी जानता हूं," श्रीवास्तव ने फिर तमीज के साथ सिर झुका दिया।

"और मैथमेटिक्स जितना आसानी से आदमी बचपन में सीख सकता है,बड़ी उम्र में नहीं।"

"जी साहब, बिल्कुल दुरुस्त,फरमाया आपने।"

मास्टर जी ने तीसरी बार सिर झुकाकर हामी भरी तो जज साहब कुछ चिढ़ गए। बोले, "आप मुझे बात पूरी करने दीजिए, बार-बार टोकिए मत।"

मास्टर श्रीवास्तव बिना एक लफ्ज बोले टुकुर-टुकुर उनकी तरफ ताकते रहे।

जज साहब को वे पसन्द आ गए। जो अदमी हुक्म की फौरन तामील करता है, वह जानता है डिसिप्लिन क्या होता है।

"ठीक है," उन्होंने कहा, "कल से पढ़ाना शुरू कर दीजिए।"

"जी," मास्टर श्रीवास्तव ने विनम्रता से कहा, "एक अर्ज करूं ?"

"कहिए।"

"ऐसा है कि अगर मुझे पढ़ाने के मामले में पूरी आजादी दे दी जाए तो लड़का कहीं से कहीं निकाल दूंगा। पर साब, बहत-से मां-बाप बीच-बीच में···आप जानते हैं न साब, बीच-बीच में वे टोकते रहें तो पढ़ाई करवाना कितना मुश्किल हो जाता है।"

"मैं खुद इसके खिलाफ हूं। आप बिल्कुल आजाद हैं," जज साहब ने कहा तो उन्होंने राहत महसूस की।

"अच्छा···" जज साहब ने बर्खास्त करने वाली आवाज में कहा, और वह नमस्ते के साथ खीसे निपोरते बाहर निकल आया।

बाहर निकलते ही उसके चेहरे पर आकस्मिक परिवर्तन आ गया। ओठों पर संतुष्ट मुसकराहट फैलने के साथ आंखों में क्षुब्ध क्रूरता झलक उठी।

"हं ! कुत्ते की दुम !"

उसने पिच्च से सड़क पर थूक दिया, "साला, बड़ा अपने को अंग्रेज की औलाद समझता है। बार-बार टोकिये मत, बात पूरी करने दीजिए। हुं ! सुन ली तेरी बात। अब देखना बच्चू कौन बड़ा है, तू या मैं।"

आंखें तरेर-तरेरकर बुड़बुड़ाता हुआ श्रीवास्तव अपने घर की तरफ चल दिया।

मास्टर श्रीवास्तव के व्यक्तित्व में आकर्षक शायद कुछ नहीं था। वह पतला-दुबला और गंजा तो था ही, नाटा और काला भी था। आँखें छोटी और निस्तेज थीं और उनमें अक्सर कीच जमा रहता था, जिसे बाहर निकालने के लिए वह उन्हें अजीब तरह से मिचमिचाया करता था। शीशे के सामने खड़े होने पर, निस्सन्देह, खुद अपनी शक्ल देखकर उसे छिपकली की याद आती होगी। दफ्तर में उसका व्यक्तित्व था भी छिपकली की तरह जो दुम काट देने पर भी दीवार पर उसी चाल से रेंगती रहती है। पता नहीं, मास्टर श्रीवास्तव को सचमुच इस बात का गरूर था या नहीं कि अंग्रेज कलेक्टर की लात खाकर भी उसने मन मैला नहीं किया पर कहानी सुनाते हुए वह ऐसा ही जतलाता था। अफसरों की डांट-फटकार और लात-घूसों को मुसकरा-मुसकराकर हासिल कर लेने से वह उनका प्रिय बन गया था। कई बार मार-पीट या गाली-गलौज के बाद वे उसकी निरीहता पर दया कर इनाम दे दिया करते थे, जिसे वह लाचार मुसकराहट के साथ ग्रहण कर लेता था। पांच बच्चों की गृहस्थी की मांगों को काफी हद तक वह ऐसे ही पूरा करता था। यह कितनी बड़ी कुर्बानी थी, तभी समझा जा सकता है जब हम जान लें कि स्वभाव से मास्टर श्रीवास्तव बहुत क्रोधी था। गुस्से को यूं बराबर थूक के साथ घोंट पीते रहना आसान काम नहीं है। पर जब श्रीवास्तव क्लर्क के साथ मास्टर बन गया तो दिल की भड़ास निकालने का आसान तरीका उसके हाथ लग गया। मध्यवर्ग के बच्चों को पीटकर वह अफसरों से बदला लेने लगा।

पर आज-सा सुनहरा मौका पहले हाथ नहीं लगा था। अंग्रेजी अदालत के मान्य जज साहब के लड़के को पढ़ाने का संजोग नहीं बैठा था।

मास्टर श्रीवास्तव सुधीर को जज साहब के बंगले के कोने वाले कमरे में पढ़ाने लगे। कमरा उनकी बैठक से इतनी दूर पड़ता था कि वहां किसी किस्म अकी आवाज पहुंचनी नामुमकिन थी। पढ़ाई के मामले में मास्टर जी ने कुछ नियम बना रखे थे। यानी, एक गलती करने पर नीम की छड़ी से हथेली पर दस वार करना; दो गलतियां करने पर अंगुलियों में पेंसिल फंसाकर गांठों पर दस वार करना; तीन गलतियां करने पर मुर्गा बनाकर कमर पर तख्ती बांध देना; चार गलतियां करने पर तख्ती उतार कर झुकी पीठ पर दस वार करना और चार से ऊपर गलतियां करने पर मार की गिनती छोड़ देना। मुश्किल यह थी कि पढ़ाई में सुधीर इतनी

कम गलतियाँ करता था कि पहली सीढ़ी से आगे बढ़ने की नौबत नहीं आती थी। पर वे आसानी से हारने वाले जीव नहीं थे। दिमाग पर जोर देते ही उन्हें अनेक बहाने मिल जाते थे, जिनके भरोसे वे उस पर वार कर सके। मसलन लिखते समय कापी पर ज्यादा क्यों झुका; उनके अन्दर आने पर खराब मुंह क्यों बनाया; जब वे सवाल समझा रहे थे तो उनकी तरफ न देखकर सामने दीवार पर क्यों ताका ?।

करीब एक महीना मास्टर श्रीवास्तव बेरोक-टोक सुधीर को पढ़ाते रहे। जब भी वे मारने को छड़ी हाथ में उठाते, अपनी सफाई देना न भूलते। हर वार के साथ कहते, "मुझे मारना-पीटना पसन्द नहीं है पर क्या करूं, जज साहब का हुक्म है।" या कहते, "जाने किस मिट्टी का लड़का है कि बाप ने खुद पिटाई करने का हुक्म दिया है।"

सुधीर सुनता, मार खाता और दस वर्ष में संचित इच्छा-शक्ति लगा कर रोने-चीखने पर काबू पा जाता। शायद उसके मन में गहरे आक्रोश की जो लपट धधक उठती, वही रोने-चीखने जैसा मामूली काम करने से रोक देती। तब मास्टर श्रीवास्तव का क्रोध सहस्र गुना बढ़ जाता। उन्हें लगता, इतनी मार-पीट करके भी वे वही छिपकलीनुमा फिटमारे इन्सान बने हुए हैं और सुधीर के अफसरी गरूर को नहीं हिला सके। उनका हाथ और कड़ा पड़ जाता, छड़ी और तेजी से सरसराती और मुंह से असंख्य गालियों की बौछारे फूट पड़ती।

एक दिन जब जज साहब कचहरी से लौटकर अपने एलसेशियन कुत्ते टाइगर को लेकर घूमने निकलने वाले थे, उनके माली ने खबर दी कि छोटे साहब के पढ़ने वाले कमरे की खिड़की पर लगी पीली चम्पा पर पहली बार फूल खिल रहे हैं। यह बेल उसने दो साल पहले लगाई थी पर पता नहीं क्यों, पिछले वर्ष उस पर फूल नहीं आया था। इससे जितना दुख माली को हुआ था उतना ही जज साहब को। इस साल चम्पा की बेल ने पिछले बरस की कसर पूरी कर दी। फूलों से इतना लद गई कि पत्ता देखना मुश्किल हो गया। जल्द-से-जल्द कपड़े बदलकर उसे देखने चल दिए।

उन्हें फूलों से बेहद लगाव था। हर तरह का फूल उनके बगीचे में मिल सकता था। पर एक फूल भी किसी को तोड़ने की इजाज़त नहीं थी। रोज वे बाग के किसी-न-किसी कोने का मुआयना करने निकला करते थे पर जान-बूझकर इस तरफ नहीं आते थे। बिना फूली बेल देख मन को कचोट न लगे। आज वहां पहुंचे तो नाजुक बेल पर पीले फूलों का लदान

देखते खड़े रह गए।

"फूल कुछ ज्यादा नहीं खिल आये? बेल को तकलीफ हो रही होगी," माली से कह वापस खिड़की की तरफ मुड़े ही थे कि भीतर का दृश्य देख, जिन्दगी में पहली बार फूलों को भूल, हक्के-बक्के खड़े रह गए।

देखा, सुधीर मुर्गा बना खड़ा है और श्रीवास्तव नीम की पतली छड़ी धाड़-धाड़ उसकी झुकी पीठ पर पटक रहा है। साथ ही जहरीले नाग की तरह फुफकारकर चीख रहा है, "अब बोल बच्चू! साला समझता क्या है! उल्लू के पट्टे! बुला अपने बाप-दादा को। हड्डी-पसली एक न कर दी तो मेरा नाम नहीं।"

लग रहा था वह देर से कसरत कर रहा है क्योंकि उसके पीले धंसे गाल सेब की तरह लाल हो उठे थे। फीकी, कीच जमी मिच-मिचाती आंखें पिशाची चमक से जल रही थीं। सुधीर की आवाज उनके कानों में नहीं पड़ी। क्षण-भर के लिए संतुलन खो, वे चीख उठे, "श्रीवास्तव!"

श्रीवास्तव ने वार करने के लिए हाथ ऊपर उठाया था कि जज साहब की पुकार चाबुक की तरह पड़ी। हाथ उठा रहा। लकवे के मरीज की तरह वह अपनी जगह पथराया खड़ा रह गया, इतनी ताब न हुई कि खिड़की की तरफ घूम सके। शुक्ला साहब बरामदा पार करके कमरे में दाखिल हो गए। श्रीवास्तव के हाथ से छड़ी नीचे गिर गई। पूरे बदन में इस कदर कंपकंपी छूटी कि कांपते हाथ नमस्कार में नहीं जोड़ सका। शुक्ला साहब तब तक अपने पर सन्तुलन पा चुके थे।

"क्या हो रहा था?" उन्होंने उस ठण्डे, पथरीले स्वर में पूछा जो अदालत में अभियुक्त से सवाल करते वक्त इस्तेमाल करते थे।

"उससे कहिए, बाहर जाए।" मार के सहसा रुक जाने से हक्का बक्का सुधीर अब तक मुर्गा बना खड़ा था। अब डैडी का स्वर सुन सीधा हो गया। उनकी आवाज के ठण्डेपन से वह जान गया वे नाराज हैं, पर किससे, उससे या मास्टर से, समझ नहीं पाया। सहसा श्रीवास्तव उसके पास जाकर बोला, "जाओ, बेटा, जाओ::'तुम बाहर जाओ।" लगा उसका स्वर शहद की बोतल में जा गिरा है। वह समझ गया, डैडी का गुस्सा उस पर नहीं, मास्टर पर है। वह चुपचाप बाहर निकल आया और खिड़की के पास से भीतर देखने लगा। वह जानता था, आमतौर पर डैडी को छिपकर बात सुनना बेहद नापसन्द है, पर न जाने क्यों लगा, आज वे उसे डांटने-फटकारने वाले नहीं हैं। क्या पता, अभी पास बुलाकर प्यार ही कर बैठे।

"जानना चाहता हूं आप इसे किस गलती कि सजा दे रहे थे?" भीतर शुक्ला साहब ने पूछा।

मास्टर श्रीवास्तव सकपका गये। गलती हो तो कहें। डेसीमल के गुणा में लड़का गड़बड़ा गया था, कहने से वे सन्तुष्ट होते नहीं दिखलाई देते थे। सच बात यह थी भी नहीं, सुबह से उसका अपना दिमाग भन्नाया हुआ था। आज दफ्तर में कलेक्टर साहब दौरा करने आये थे। जब वे उसके कमरे से गुजर रहे थे, तो न जाने कैसे, उसके मुंह से डकार निकल गई थी। वह ध्यान से कलेक्टर साहब के चमचमाते जूते देख रहा था कि आप से-आप निकल गई। कलेक्टर साहब उसके करीब से गुजर रहे थे और उन्होंने वह सुनी, आब देखा न ताव, सबके सामने चमचमाता जूता उठाकर पीठ पर दो लात जमाई और चीखे "यू सैवेज ब्लैक डाग; हाउ डेयर यू डू दैट बिफोर मी? गेट आउट!"

वह सिर झुकाकर बाहर निकल गया और खड़ा-खड़ा बीवी को कोसता रहा, जिसके कहने में आकर सुबह बासी परांठे का नाश्ता कर लिया था। कमबख्त जानती है, उसका मेदा कमजोर है, गैस की बीमारी है, फिर भी जब देखो बासी-सूखा परांठा लाकर सामने रख देती है। इतना होकर रह जाता तो, खास गम नहीं होता। मार खाने का वह आदी था। असली दुख इस बात का था कि कलेक्टर साहब के चले जाने पर झा साहब ने उसकी बदतमीजी पर लम्बा लेक्चर देकर, दस रुपया जुर्माना कर दिया था। इतना जुर्माना तो किसी हिन्दुस्तानी की टांग तोड़ने पर भी नहीं भरना पड़ता। वह बहुत रोया-गिड़गिड़ाया पर उन्होंने एक न सुनी। यही तो फर्क है अंग्रेज और हिन्दुस्तानी अफसर में। अंग्रेज मार जरूर बैठता है पर माफी मांग लेने पर खुश होकर इनाम भी देता है। रुपया देता है, लेता नहीं। साला झा की दुम! एक वह—एक यह शुक्ला!

दफ्तर से निकलकर वह सीधा सुधीर को पढ़ाने आ गया था, घर नहीं गया था। डर था कि घर गया तो बीवी को मार बैठेगा। फिर बह नाराज होकर दो-चार बच्चों को पीट देगी और मातम मनाती दो दिन खाना नहीं पकाएगी।

"जवाब दीजिए," शुक्ला साहब का आदेश बेंत की तरह उसके कान पर लगा। डर हुआ कहीं गोरे साहब की तरह वे भी लात न जमा दें। वह चौंककर दो कदम पीछे हट गया। और हाथ जोड़कर घिघियाने लगा, "माफ कर दीजिए जज साहब, माफ कर दीजिए,। मैं कान पकड़ता हूं।" और सचमुच मास्टर श्रीवास्तव कान पकड़कर खड़ा हो गया। बाहर

खड़ा सुधीर जोर से हंस दिया।

"हाथ नीचे कीजिए। अपना तमाशा बनाने की ज़रूरत नहीं है।" जज साहब ने सख्त स्वर में कहा तो उनके हाथ आप-से-आप नीचे आ गए। सुधीर डैडी के प्रति गर्व से भर उठा।

"आगे से आप किसी बच्चे को नहीं पढ़ाएंगे। मैं और लोगों को आगाह कर दूंगा।" डैडी कह रहे थे।

यह सुन मास्टर जी घुटनों पर गिर पड़े और विलाप कर उठे, "ऐसा न कीजिए जज साहब, मेरी रोजी-रोटी मारी जाएगी। मुझसे भूल-हो गई, बच्चे पर हाथ उठ गया।"

"जिस आदमी को गुस्से में भले-बुरे का ध्यान नहीं रहता, वह कुत्ते बिल्ली से बदतर है। आप जैसे आदमी को बच्चों की पढ़ाई का काम नहीं सौंपा जा सकता।"

"मैं आगे से खयाल रखेगा साहब, फिर कभी ऐसी गलती नहीं होगी साहब," कहता-कहता मास्टर श्रीवास्तव घुटनों के बल आगे सरकने लगा और हाथ जोड़-जोड़कर विनती करने लगा।

"गेट अप एण्ड गेट आउट,' जज साहब ने थूकती हिकारत के साथ कहा। ऐसे कि पीठ पर लात सह जाने वाला मास्टर श्रीवास्तव भी उसे नहीं झेल पाया और विनती करना छोड़ बाहर निकल गया।

बाहर खड़ा सुधीर अधीर हो उठा कि अब डैडी उसे आवाज देकर बुलाएंगे, पुचकारेंगे और पूछेंगे, बेटा ज्यादा चोट तो नहीं आई? यह जानते ही कि मास्टर की मार के पीछे डैडी का हाथ नहीं था, उसका आक्रोश जाता रहा था। श्रीवास्तव के बाहर जाने के बाद डैडी की पुकार सुनाई दी, "माली, सुधीर को हमारे पास भेजो।" वह दौड़ता हुआ अन्दर आ गया और उनसे सटकर खड़े हो, आग्रह के साथ बोला, "जी डैडी?"

शुक्ला साहब ने आंखें ऊपर उठाकर उसकी तरफ नहीं देखा। उन्हें शर्म महसूस हो रही थी। किसी के सामने मार खाने पर दुबारा उसके सामने जाने पर आदमी जिस लज्जा का अनुभव करता है, वही शुक्ला साहब इस वक्त सुधीर के सामने कर रहे थे। सुधीर की जगह वे होते तो फौरन वहां से हट जाना चाहते। सुधीर भी चाहता होगा, सोच लेना उनके लिए बहुत आसान था।

"मैंने तुम्हारे मास्टर बदल दिए। अब से तुम हमारे बराबर वाले कमरे में पढ़ा करोगे," उन्होंने कोमल स्वर में कहा और फिर कुछ सख्ती से जोड़ा, "ध्यान से पढ़ना।"

"जी," सुधीर ने कहा और कुछ और सुनने की आशा में खड़ा रहा।

"ठीक है, जाओ खेलो," उन्होंने कहा और खुद वहां से बाहर निकल गए।

बस! लुटा-सा सुधीर उन्हें देखता रहा। न दुलार, न अफसोस, जैसे कुछ हुआ ही न हो।

शुक्ला साहब की न्याय-बुद्धि कहती थी कि न केवल गुरु का शिष्य के सामने अपमान नहीं करना चाहिए बल्कि उसे पता भी नहीं लगने देना चाहिए कि उसके पीछे किया गया है। श्रीवास्तव जैसे मास्टर से लड़के को पढ़वाना असम्भव है, इसी से उसे हटा ही नहीं दिया था, किसी बच्चे को पढ़ाने से मनाही भी कर दी थी। पर इसका मतलब यह नहीं था कि वे सुधीर से उसकी बुराई करने बैठ जाते।

सुधीर ने मास्टर श्रीवास्तव को माफ कर दिया। यही नहीं, वयस्क होने तक उनसे सहानुभूति हो आई। बचपन की यह घटना उसे ज्यों-की त्यों पूरी याद रह गई थी। वह जब चाहता, उसका कोई दृश्य अपनी आंखों के सामने ताजा कर लेता। धीरे-धीरे, जैसे-जैसे उसके अनुभव बढ़ते गए उसे मास्टरका घिघियाता और जज साहब का उदासीन अभिजात रूप बार-बार याद आने लगा। जज साहब के झिड़कने पर जो रूप उसने मास्टर का देखा था, उन्हें दयनीय बना गया। उसकी समझ में आ गया कि मास्टर श्रीवास्तव उसी की तरह निरीह और दुर्बल व्यक्तित्व का आदमी था, जो बली से पिटकर निर्बल को पीटता फिरता था। वह उस व्यवस्था का शिकार था जिसके अधिकारी जज साहब थे या उनके तबके के लोग। एक जज के नाते सुधीर ने उन्हें कभी माफ नहीं किया। अगर साधारण पिता की तरह उन्होंने उसे दुलारा-पुचकारा होता, उस पर पड़ी मार पर क्षोभ प्रकट किया होता तो वह उन्हें कटघरे में खड़ा नहीं करता। माफ करने के अधिकार को त्याग देता। तब वे डैडी होते, जज साहब नहीं।

सुधीर को कमरे के अन्दर छोड़ शुक्ला साहब बाहर निकल आए और दुबारा पीली चमेली की बेल के पास जा खड़े हुए। उस वहशत पैदा करने वाले हादसे ने उनके दिलो-दिमाग को झिंझोड़कर रख दिया था। देर तक चमेली की ताजा खुशबू सूंघकर भी उन्हें राहत नहीं मिली, बल्कि उस पर लदे फूलों के धकापेल गुच्छों को देख वही वहशी एहसास बार-बार होने लगा।

"देखो," उन्होंने माली को आवाज लगाकर कहा, "इन फूलों का भार ज्यादा हो गया है, इनमें से कुछ छांट दो।"

"छांट दें?"

"हां, करीब चौथाई छांट दो।"

"उन फूलों को बैठक में लगा दें?"

"नहीं-नहीं," कहकर शुक्ला साहब दो कदम पीछे हट गए। फूलों को तोड़कर गुलदस्ते में सजाना उनके लिए उतना ही वहशी था, जितना इन्सानों के सिर काट गले में लटका लेना।

"कलेक्टर साहब के यहां दे आना," उन्होंने कहा, "और देखो, जब हम टेनिस खेलने क्लब जाएं तब काटना।"

हुक्म देकर वे तो स्टडी में चले गए पर बात की बात में खबर कोठी में फैल गई। माली ने खानसामा को बतलाया, खानसामा ने गोविन्द बैरे को और गोविन्द ने रेवा की आया को। आया के मुंह से बाकी नौकरों-चाकरों को सूचना मिल गई। वह रेवा का हाथ थामे वहीं जा पहुंची। सोचा, तोड़ते वक्त दो-चार गुच्छे लेगी। कब से पीला गजरा पहनने को मन ललचा रहा था।

रेवा ने सुना तो अलग मचल उठी। भागती हुई स्टडी में जा पहुंची और रूठे स्वर में बोली, "डैडी, आप सब-के-सब फूल कलेक्टर साहब के बंगले पर क्यों भिजवा रहे हैं? हमारी टीचर रोज मांगती है।"

शुक्ला साहब ने हंसकर उसे गोदी में बिठा लिया, बोले, "माली से कहे देते हैं, कुछ उनके-यहां भी दे आएगा।"

"और सुधीर भैया की इंगलिश मैडम भी मांगती रहती हैं," रेवा ने मौका देखकर सिफारिश कर दी।

"उन्हें भी दे आएगा,' शुक्ला साहब ने उदार होकर कहा।

माली के आने पर ताकीद कर दी कि तीनों जगह बराबरी से फूल पहुंचा दे।

"हैप्पी?" उन्होंने रेवा से पूछा।

"हां, डैडी, हां," उन्होंने चिहुंककर कहा।

"सुधीर से कह देना, उसकी मैडम को फूल मिल जाएंगे,' उन्होंने कहा और सोच लिया कि रेवा की तरह वह भी सुनकर खुश हो जाएगा।

उन्हें मालूम नहीं था कि उसे इन अंग्रेजी पढ़ाने वाली इंगलिश मैडम से खास चिढ़ है। यह भी पता नहीं चला कि जब रेवा ने फूल भिजवाने

के बारे में बतलाया तो वह काफी बिगड़ा।

फूलों का बंटवारा कर, उन्होंने पाया, उनके दिल . का क्षुब्ध भाव मिट गया है। रेवा को आया को सौंप, टेनिस का रैकेट उठाया और क्लब चल दिये। बैरे गोविन्द को बुलाकर यह भी कहते गये कि टाइगर को वह घुमा लाये। इस पूरे किस्से में आज उसका घूमना रह गया था।

2

पन्द्रह की उम्र तक पहुंचते-पहुंचते, सुधीर उस मुकाम पर पहुँच चुका था, जहां वह शायद ही कभी शुक्ला साहब को डैडी कहकर पुकारता। कुछ दिनों के लिए मुंह पर भी 'साहब' कहकर पुकारना शुरू कर दिया था, पर टंडन साहब इस पर कटाक्ष कर बैठे और तब से शुक्ला साहब ने मनाही कर दी। वैसे घर के इतने नौकर-चाकर उन्हें 'साहब' कहकर पुकारते थे कि सुधर के कहने पर उनका ध्यान नहीं गया था। पर टंडन साहब कुछ ज्यादा ही मुंहफट किस्म के आदमी थे और उनके दोस्तों में शायद अकेले, जो उनसे तू-तड़ाक कर लिया करते थे। दोनों साथ पढ़े थे। अब टंडन साहब बैरिस्टरी करते थे और शुक्ला साहब जजी। जब टंडन साहव उनकी अदालत में पैरवी करने आते तो उनकी हालत देखते बनती थी। दिन-रात डर छाया रहता कि कहीं कोर्ट में वे उनसे तू-तड़ाक न कर बैठे। उन पर 'कण्टेंम्प्ट आफ कोर्ट' दायर करते वक्त उन्हें शर्म आती और बेचैनी भी होती। दायर करते जरूर, इसमें शुबहा नहीं था।

ऐसी स्थिति अब तक आई नहीं थी। हां, घर-बाहर वे उन्हें परेशानी में डालते रहते थे। ऐसा ही मौका वह था, जब सुधीर ने उनसे खेलने जाने की इजाजत ली और वे सहसा बोल उठे, 'कमाल है शुक्ला, दिमाग फिर गया लगता है तेरा। इकलौते लड़के से अपने को साहब कहलाता है, शर्म नहीं आती। अरे बाबू जी-पिता जी कहलाने में शर्म लगती है तो सीधा-सीधा डैडी कहे।' सुनकर शुक्ला साहब पानी-पानी हो गए थे। सुधीर के लौटने पर उसे बुलाकर कहा था, उन्हें 'साहब' न पुकारे।

"फिर क्या कहूं ?" सुधीर ने जान-बूझकर पूछा था।

"डैडी और क्या, जैसे रेवा कहती है," उन्होंने झल्लाकर कहा था।

"जी, बहुत अच्छा," सुधीरने हामी भर दी थी पर व्यंग्य-भरी मुसकराहट के साथ।

शुक्ला साहब की समझ में नहीं आया था, इसमें मुसकराने की क्या बात है पर वे चुप रहे थे। सुधीर की न जाने कितनी बातें थीं जो उनकी समझ में नहीं आती थीं। सुधीर ने उन्हें 'साहब' कहना तो बन्द कर दिया था, पर 'डैडी' कहकर कभी नहीं पुकारा था। जी, अच्छा, हां जी, कह-कर काम चला लेता था। पर चूंकि टंडन या किसी दूसरे परिचित ने इस तरफ उनका ध्यान नहीं दिलवाया वे इससे अनजान बने रहे।

सुधीर जब भी उनकी बात सोचता तो उन्हें जज कहकर ही पुकारता। अंग्रेजों का पिट्ठू जज, जो उनका दण्ड विधान हाथ में लेकर, देश की स्वतन्त्रता की राह में रोड़े अटकाता रहा था।

उन्नीस सौ बयालीस की स्वतन्त्रता की लड़ाई के दौरान सुधीर की उम्र कुल नौ-दस वर्ष रही थी। कर्न और शरीर से वह उससे अछूता रह गया था पर मन से नहीं। सड़क पर निकलने वाला हर जलूस, जलूस पर बरसने वाली हर लाठी, आजादी की पुकार मचाता हर सेनानी, पुलिस की गोली से आहत हर हिन्दुस्तानी, जेल में ठेसा हर क्रान्तिकारी, दण्ड सुनाता हर न्यायाधिकारी, उसके मन-मस्तिष्क का अभिन्न अंग बन गया था। पहलों का पक्ष लेकर वह दूसरों से लड़ता और लड़ते-लड़ते पाता, उसके प्रतिद्वन्द्वियों ने मिलकर जो विराट रूप धारण कर लिया है, वह कानपुर सेशंस कोर्ट के जज शुक्ला साहब का है। वही उसके शत्रु हैं, वही उसके शोषक, वही उसके प्रतिद्वन्द्वी और नियति की क्रूर विडम्बना से वही उसके सर्वेसर्वा। देश-भर में जिस किसी अदालत में आजादी के सिपाहियों के खिलाफ फैसला सुनाया जाता, उसे लगता जज और कोई नहीं, शुक्ला साहब ही हैं।

उन्नीस सौ सैंतालीस में जब हिन्दुस्तान आजाद हुआ तो सुधीर को लगा, जज साहब की निजी हार हुई है। पर यह सुखद भ्रम अधिक देर नहीं टिका। उसने देखा, उनकी जीवन-धारा में कोई परिवर्तन नहीं आया।

कहने को हिन्दुस्तान आजाद हो गया है पर बेइन्साफी के काले चोगों में लिपटे, आजादी के पुराने दुश्मन अब भी इन्साफ के सरपरस्त बने, अदालती कुर्सियों पर विराजमान हैं। बेइन्साफी के कानून को लाठियों और बन्दूकों से लागू करने वाले वहशी हुक्मरान, अब नयी हुकूमत के पहरेदार बने ऊंचे ओहदों पर सजे हैं। कानपुर क्लब के दरवाजों से 'इण्डियन्स एण्ड डाग्स नाट एलाउड' को बोर्ड अवश्य उखड़ गया है पर उसके भीतर वही हिन्दुस्तानी जा रहे हैं, जिन्होंने बोर्ड लगाने में अंग्रेजों की

मदद की थी। पहले की तरह अब भी ये काले साहब बग्घियों में बैठकर शान से जज साहब की कोठी पर आते हैं और खानसामा के हाथ की बनी मांस-मछली का मजा लूटते हैं। और-तो-और, जिस सूरज के इर्द-गिर्द वे उपग्रहों की तरह अब तक घूमते रहे थे, वह भी जहां-का-तहां, वैसा ही आकर्षण-केन्द्र बना हुआ है। गोरा कलेक्टर स्मिथ जब सुबह गोल्फ और शाम टेनिस खेलने जाता है तो लगता है, वह सूरज का रथ अकेली अरबी घोड़ी नहीं, ये सरकारी घोड़े भी खींच रहे हैं।

जब भी सुधीर जज साहब की शानदार बग्घी में बैठकर निकलता, उसके भीतर विद्रोह जाग उठता। नियमित तेल-मालिश से दमकती घोड़ी लिजा की धवल देह और सुस्त चाल शुक्ला साहब की भद्र समाज की पाउडर-क्रीम से लिपी-पुती देह की महिला की तरह कोमल लगती और जज साहब थे कि उस पर जान छिड़कते थे।

मैट्रिक का तिमाही इम्तिहान देकर सुधीर घर लौट रहा था। अंग्रेजी का परचा बिगड़ जाने से मूड खराब था, ऊपर से बला की गरमी। कहने को अक्तूबर को शुरू था पर सूरज ठीक सिर पर होने से तबीयत बेहाल हुई जा रही थी। पूरा बदन पसीने से चिपचिपा रहा था, गला प्यास से सूख रहा था और घोड़ी थी कि अपनी जनवासी चाल चले जा रही थी। जज साहब का खयाल था कि तेज चलने में लिजा को तकलीफ़ होती है। हिश-हिश करके उसे उकसाने को वे बर्दाश्त नहीं करते थे। साईस को हुक्म था कि जो चाल वह अपनी मर्जी से पकड़ ले, उसी से सन्तुष्ट रहे। पर इस वक्त उसकी कोचवानी सुधीर कर रहा था और उसकी मर्जी की चाल उसका बदन सुखाए दे रही थी। उसने बहुतेरा पुचकारा-दुलारा, तेज चलने के लिए आरजू-मिन्नत की पर कोई असर नहीं। तमाम माहौल से खीजकर, उसने चाबुक निकाला और उसकी पीठ पर जमा दिया। फिर क्या था, हवा में लहराता चाबुक वापस खांचे में डला भी नहीं था कि वहशी हुंकार के साथ लिजा ने आगे के दोनों पैर ऊपर उठा लिए। फिर अपनी हुंकार से उत्तेजित, पालतूपन की निशानी बग्घी को तोड़ फेंकने के लिए जोर से झटका मारा। बग्घी तो नहीं टूटी पर सुधीर चाबुक समेत बाहर सड़क पर जा गिरा। लिजा एक बार जोर से हिनहिनाई और बेतहाशा दौड़ चली। उसके पीछे घिसटती, बे-पेंदे की मटकी-सी लुढ़कती बग्घी, और खिड़की पकड़े दीवार पर छिपकली-सा टंगा साईस। 'अपनी आंखों से न देखा होता तो सुधीर विश्वास न कर पाता कि हद-से-हद दुलकी चाल चलने वाली लिजा रेस

के घोड़े-सी फुर्ती भी दिखला सकती है। जिसे अब तक वह कमजोर और निकृष्ट समझता आया था, वह घोड़ी एक चोट में उसे जमीन सुंघाकर अपनी श्रेष्ठता का एलान कर गई थी। आखिर थी तो जज साहब की घोड़ी!

साईस ने जान पर खेलकर लिजा को काबू में कर लिया। लड खड़ाती बग्घी की खिड़कियों के सहारे रेंगता-रेंगता वह उसकी पीठ पर किस तरह पहुंचा, खुद नहीं जान पाया। उसके बिगड़कर दौड़ उठने पर, उसकी आंखों के सामने जज साहब का नाराज चेहरा कौंध गया था और तब तक चुनौती देता रहा था, जब तक वह उसकी पीठ पर सवार न हो गया। एक बार वहां पहुंचने पर, उसने उसे पुचकार-चुमकारकर वश में कर लिया। करीब-करीब पूरे कानपुर शहर का चक्कर लगाने के बाद उसने दुलकी चाल अख्तियार कर ली। साईस ने उसे वापस कालेज की तरफ मोड़ लिया, जहां से कुछ दूरी पर सुधीर गिरा था।

जमीन पर गिरकर सुधीर को न जाने कितनी चोटें आईं! पर बग्घी के ओझल होते ही, वह कपड़ों की धूल झाड़ उठ बैठा। वह नहीं चाहता था, राह चलते लोग भीड़ लगायें और इस हादसे के बारे में जानें। कुछ दूर लंगड़ाकर चलने के बाद वह डाक्टर की दुकान में मरहम-पट्टी करवाने घुस गया। घुटनों, कुहनियों और कमर की पट्टी करवाकर वह उसी जगह लौट आया, जहां लिजा ने उसे गिराया था। बग्घी, साईस और लिजा के बगैर अकेले जज साहब के सामने जाकर कैफियत देना नामुमकिन था। और उनके लौट आने की कोई उम्मीद नहीं थी। कम-से-कम ठीक-ठाक लौट आने की नहीं थी। सामने की सूनी सड़क ताकता, वह बेसिर-पैर की योजनाएं बनाता रहा, एक बात वह जानता था, उनके न लौटने पर, वह भी घर नहीं लौटेगा। पर जाएगा कहां, यह नहीं जानता था। सैकड़ों तरह की सम्भावनाओं को उलटने-पलटने के बाद, जिनमें फौज में भरती होने से लेकर खुदकुशी करना शामिल था, उसे हल मिल गया। वह सीधा जाकर राष्ट्रीय स्वयं सेवक संघ का सेवक बन जाएगा। विक्रम भाई की तरह।

हिन्दुस्तान भले ही आजाद हो चुका हो, सुधीर की आजादी की लड़ाई अभी जारी है। वह और जज साहब अब भी आमने-सामने खड़े एक दूसरे पर वार कर रहे हैं। सुधीर जान-बूझकर और जज साहब अन जाने। वे नहीं जानते सुधीर से उनकी क्या दुश्मनी है, फिर भी अनायास

शत्रु को परास्त करने वाले तमाम घात-प्रतिघात अपना उठते हैं और हर हार के बाद सुधीर कमर कसकर अगली लड़ाई की तैयारी में जुट जाता है। इस लड़ाई में जो भी हथियार उसके हाथ लगता, जल्दबाजी में उसे ही थाम बैठता कि शायद कारगर हो जाए। इसी कोशिश में उसने राष्ट्रीय स्वयं सेवक संघ की शाखाओं में जाना शुरू कर दिया था। वह नहीं जानता था कि उस संस्था के उद्देश्य ठीक क्या थे। अखण्ड हिन्दू भारत की स्थापना और मुसलमानों के प्रति घृणा की बातें जब वहां होतीं तो उसके मन को अछूता छोड़ जातीं। न उसमें सहानुभूति जगती, न उत्तेजना। हां, अंग्रेजों के विरुद्ध जो कहा जाता, उससे उसकी मन की कुण्ठा को दिशा अवश्य मिलती। लगता वे लोग सीधा जज साहब पर प्रहार कर रहे हैं।

सुधीर की तरह और कितने कच्ची उम्र के नौजवान और बच्चे संघ की शाखाओं में आते थे। सुधीर सुबह चार बजे उठकर उनके संग कबड्डी, खो-खो खेलता और जोशो-खरोश वाले भाषण सुनकर भड़कता।

आजादी मिलने के महीने-भर बाद उनदा मुसलमान खानसामा रहमतुल्ला पाकिस्तान चला गया। जाते वक्त वह बहुत रोया और जज साहब और रेवा भी विचलित हुए बगैर नहीं रह सके। पर संघ की मीटिंग से लौटे सुधीर को एक तरह की खुशी हुई। रहमतुल्ला से उसके सम्बन्ध कभी अच्छे नहीं रहे थे। जब तक उसकी मां जिन्दा थीं, घर में मांस-मछली का निषेध था। उनकी मृत्यु के बाद भी सुधीर शाकाहारी बना रहा। रहमतुल्ला का आगमन उस हादसे के कुछ दिन बाद हो गया था। सुधीर को न उसका आना पसन्द आया था और न उसका बनाया हुआ खाना। मौके-बेमौके वह उसके वनाए व्यंजनों में दोष निकलता और अपनी मां के हाथ की बनाई खीर-फिरनी की तारीफ करता। लाख कोशिश करने पर भी रहमतुल्ला उन्हें नहीं बना पाया था, क्योंकि उनका स्वाद ठीक क्या था, सिर्फ सुधीर जानता था और उसका तअल्लुक चावल, दूध से नहीं, मां के हाथ से था।

विलायत से लौटने के बाद से, जज साहब को मांस-मछली से परहेज नहीं रहा था पर पत्नी की भावनाओं का खयाल करके, उनके जीवित रहते, घर पर वह सब बनवाने की जिद नहीं की थी। उनकी मृत्यु होते ही मांस-मछली पकने लगा था। वे जानते थे कि सुधीर वह सब नहीं खाता।

संघ के ललकारते व्याख्यानों को सुनता तो एकबारगी सुधीर का मन

हो आता, सब कुछ छोड़कर अपना जीवन संघ को अर्पित कर दे। विक्रम भाई की तरह। उम्र उनकी उससे खास ज्यादा नहीं है, यही अठारह-उन्नीस होगी, पर क्या भव्य शरीर है, क्या कड़कदार आवाज, क्या बलिदान का संकल्प और क्या आत्मविश्वास। छोटी उम्र के दस-बीस लड़कों को जमा करके, रोबीली आवाज में ललकार कर भाषण देते हैं तो लगता है साक्षात् शिवाजी बोल रहे हैं। सुधीर का मन होता है, दौड़कर उनके सामने धूल में लोट जाए, सिर उनके पैरों पर रख दे और उनका अनुगामी बन जीवन काट दे। फड़कती आवाज में वे कहते हैं, "सिर्फ जिन्ना और गांधी की वजह से पाकिस्तान नहीं बना। बना है क्योंकि हमने उसे बनने दिया। लज्जा की बात है हमारे लिए। हमें उसका प्रतिकार करना होगा। और हम करेंगे। अपने महान् पूर्वज शिवाजी और महाराणा प्रताप की सौगन्ध, हम खून की नदियां बहा देंगे। जाते-जाते अंग्रेज हमारे देश के जो टुकड़े कर गए हैं, उन्हें जोड़कर अखण्ड भारत की स्थापना करेंगे। सिन्धु और सतलुज हमारी धरती 'सींचेगी। अब हम गुलाम नहीं हैं। गुलामी की तमाम निशानी हम मिटा देंगे वरना खुद मर मिटेंगे।"

सुधीर के शरीर का कण-कण झनझना उठता। इसे कहते हैं आदमी!

जब भी किसी काम के लिए विक्रम चन्दा इकट्ठा करता तो सुधीर औरों से दस-पांच गुना ज्यादा दे डालता। विक्रम मुसकराकर उसकी तरफ देख लेता तो वह निहाल हो जाता। रोज कुछ न कुछ रुपये जेव में रख कर वह शाखा जाता। कौन जाने कब जरूरत पड़ जाये। चन्दे के लिए न सही, अपने निजी काम के लिए तो विक्रम भाई को जरूरत पड़ सकती थी। उसकी मौजूदगी की इतनी जानकारी उन्हें हो गई थी कि काम पड़ने पर उससे रुपये मांग लेते थे।

इतना सव होते हुए भी अब तक वह घर छोड़ नहीं पाया था। शुक्ला साहब की राय जाने बगैर निर्णय लेने का मतलब होता, उनसे अपने को काट लेना और वही करना मुश्किल था उसके लिए। अब सड़क पर लंगड़ाते हुए, घोड़ी का इन्तजार करते, उसने तय किया, वह घर छोड़कर संघ का आजीवन सेवक बन जाएगा और वहां से एक तीखी चिट्ठी जज साहब को लिखेगा। पढ़कर वे तिलमिला उठेंगे। समझते क्या हैं अपने-आप को? अंग्रेजों के तलवे चाट-चाटकर जज बन गए तो क्या हुआ, रहे तो गुलाम के गुलाम। वे क्या समझते हैं कि सुधीर को भी गुलाम बनाकर रख लेंगे? उनकी घोड़ी, बग्घी, कोठी उनको मुबारक। संघ के नेता ही उसके माता-पिता हैं। शुक्ला साहव का वह मुंह भी नहीं देखना चाहता।

अंग्रेजी शासन के पिट्ठू···

खत का मजमून अभी आधा तैयार हुआ था कि सामने से बग्घी आती दिखाई दी। वह सब कुछ भूलकर उसकी तरफ दौड़ गया।

"साहब के पास तो नहीं गए थे?"

"नहीं-नहीं, छोटे साहब, साईस ने कान छूकर कहा, "उन्हें पता लगा तो गजब हो जाएगा।"

"उन्हें बतलाने की जरूरत नहीं।"

"पर वे पूछेगे, इतनी देर कैसे हुई तो क्या कहेंगे? फिर आपको चोट भी तो आई लगती है," साईस ने उसकी पट्टियां देखकर कहा।

"कह देंगे, फुटबाल खेलते चोट लग गई, पट्टी करवाने में देर हो गई।"

"एक बात कहूं?' कुछ रुककर साईस बोला। "आपने किया बहुत बुरा। घोड़ी को बिल्कुल आदत नहीं है।"

"ठीक है, अब तुम अपना लेक्चर अपने पास रखो। मुझे क्या पता था, एकदम बिगड़ उठेगी?"

"बड़े साहब ने कभी फूल की छड़ी से भी नहीं छुआ।"

"तो मैंने कौन-से हंटर जमा दिए? छुआ-भर था।"

"बहुत नाजुक घोड़ी है। साहब कहते हैं, किसी अंग्रेज लड़की से कम नहीं।"

"अच्छी-अच्छा, ठीक है, अब आगे बढ़ो।"

वह क्या जानता नहीं। रेवा ने एक बार लिजा की धीमी चाल की शिकायत की थी तो उन्होंने प्यार से समझा दिया था, "बेज़ुबान जानवर खुद अपनी पसन्द-नापसन्द बतला नहीं सकता, हमें अक्ल लगाकर समझ लेना पड़ता है। अगर लिजा तेज चलना चाहेगी तो चलेगी ही। न चाहने पर भी हुक्म देने पर तेज चलेगी पर यह उसकी वफ़ादारी का नाजायज फायदा उठाना होगा। सरासर बेइन्साफी।"

घर पहुंचे तो देखा, जज साहब दोपहर के खाने के बाद सोने के नियम का उल्लंघन कर, बरामदे में चहलकदमी कर रहे हैं। क्षण-भर को सुधीर को लगा, उनकी उद्विग्नता उसके देर से आने के कारण है। उसका हृदय आई हो उठा, आंखों के कोर नम हो आए और बदन पर आई चोटें सान्त्वना की अपेक्षा में टीसने लगीं। पर उसने अपने को झिड़क दिया। उनकी.आकुलता उसके लिए नहीं, अपने ताम-झाम, बग्घी-घोड़े के लिए होगी।

गाड़ी के घर के अहाते में घुसते ही व्यग्र जज साहब दो कदम आगे बढ़ आए और उसके रुकने से पहले ही पूछ बैठे, "क्या हुआ? इतनी देर कैसे हो गई?"

"जीं····वो····जी····" साईस हकलाया।

"परचा खतम होने पर फुटबाल की प्रैक्टिस कर रहा था, चोट लग गई। पट्टी करवाने में देर हो गई," सुधीर ने रटा संवाद दुहरा दिया।

वह गाड़ी से नीचे उतर आया था और घुटनों, और कुहनियों पर बंधी पट्टियां बतौर गवाही सामने थीं। जज साहब ने साईस से कहा, "लिजा को अस्तबल में ले जाओ। थक गई होगी।"

उसके चले जाने पर वे सुधीर से मुखातिब हुए।

"जाओ, खाना खा लो, जैकब कब से तुम्हारा इन्तजार कर रहा है।"

वह 'जी' कहकर जाने लगा तो उन्होंने रोक लिया। वे उसकी चोटों के बारे में पूछना चाहते थे पर कमजोरी दिखलाकर नहीं। वे अच्छी तरह जानते थे कि लड़कों को चोटें बर्दाश्त करना सिखलाना कितना जरूरी है। सोचकर उन्होंने कहा, "चोट खाए बगैर कोई फुटबाल का अच्छा खिलाड़ी नहीं बन सकता।"

"जी," सुधीर ने कहा।

"शाम को डाक्टर मित्तल से पट्टी करवा लेना।"

"जी।"

"अच्छा···" शुक्ला साहब ने बात खतम करने का संकेत किया फिर अपनी कमजोरी थोड़ी-सी जाहिर कर हीं गये, बोले, "मुझे डर था, एक्सिडेंट न हो गया हो।"

"जी नहीं, घोड़ी बिल्कुल ठीक है," सुधीर ने व्यंग्य के साथ कहा।

जज साहब को उसका स्वर कुछ अटपटा लगा पर समझ नहीं पाए, क्या कहें। कुछ रुककर दुबारा इतना ही कहा, "जल्दी खाना खा लो। जैकब इन्तजार कर रहा है।"

सुधीर फिर व्यंग्य से मुसकराया और भीतर चला गया। रहमतुल्ला गया तो यह जैकब आ गया।

दुर्भाग्य से कानपुर शहर में शुक्ला साहब के परिचितों की संख्या काफी लम्बी-चौड़ी थी। उनमें से कई ने उनकी प्रिय घोड़ी को सरपट दौड़ते देख लिया था। बात इतनी अनहोनी थी कि वे उनसे कहे बगैर नहीं रहे। फिर उनकी एक डांट पड़ते ही साईस ने खुलासा करके बतला दिया और

पहले न बतलाने का दोष सुधीर के सिर मढ़ दिया। परिणाम यह हुआ कि उसे न केवल बेजुबान जानवर पर अत्याचार करने पर लेक्चर और झूठ बोलने पर भर्त्सना मिली, आगे से बग्घी चलाने की मनाही भी हो गई।

सुधीर को अचरज नहीं हुआ। वह अच्छी तरह जानता है कि जज साहब को सबसे ज्यादा प्यार है घोड़ी से, फिर कुत्ते से, फिर किताबों से, फिर फूलों से और फिर 'रेवा से हो तो हो। उसके अपने खयाल से तो फूलों के बाद नम्बर उन मुल्जिमों का आता है, जिन्हें मुकदमे के बाद वे बाइज्जत छोड़ देते हैं।

कभी-कभी रेवा तक मानने को तैयार हो जाती है कि डैडी सबसे ज्यादा प्यार घोड़ी लिजा से करते हैं। उस दिन बनारस से बेणी महाराज की कत्थक पार्टी कानपुर आई तो बिल्कुल यकीन आ गया उसे। सुनते ही उसने तय कर लिया, सुधीर को साथ लेकर देखने जाएगी। दिन सरदी के थे। दिसम्बर का महीना। और नृत्य टाउन हाल में शाम साढ़े सात बजे था।

उसने सुधीर से कहा तो वह बोला, "लौटने में देर हो जाएगी, ठण्ड बहुत है।"

"तो क्या हुआ?" रेवा बोली, "हमें कौन-सा पैदल जाना है। ठाठ से बग्घी में जाएंगे और आएंगे।"

"रही शर्त," सुधीर ने कहा, "साहब कभी नहीं जाने देंगे।"

रेवा हंस दी, बोली, "जाना खुद नहीं चाहते और नाम डैडी का लगा रहे हो।"

"रही शर्त," सुधीर ने फिर कहा।

"मान गए तो क्या दोगे?"

"न माने तो मैं एक घुंसा तुझे मारूंगा और मान गये तो तू मुझे," सुधीर ने शुरू किया तो रेवा रूठकर बोली, "क्या बच्चों-सी बातें करते हो? साड़ी लाकर देनी है तो ठीक वरना गोली मारो शर्त को।"

रेवा डैडी से बात करने स्टडी में गई तो सुधीर कान लगाकर सुनता रहा। रेवा ने नृत्य देखने जाने की बात कह दी। शुक्ला साहव ने गौर से सुनी। कुछ सोचकर बोले, सुधीर साथ रहेगा तो जाने में कोई हर्ज नहीं है पर जाओगे कैसे?"

"जी, बग्घी ले जाएंगे और उसी से लौट आएंगे।"

"बग्घी? पर उतनी देर वह खड़ी कहां रहेगी?"

"जी, बाहर गाड़ियां खड़ी करने के लिए जगह है।"

"ठण्ड बहुत है," उन्होंने कहा।

"हम लोग कोट पहनकर जाएंगे, डैडी," रेवा बोली तो वे बात काट कर बोले, "मैं लिज़ा के लिए सोच रहा था।"

"लिजा के लिए?" चकित स्वर में रेवा ने दुहराया।

"हां, वह ठण्ड खा जाएगी।"

कुछ देर तक रेवा की समझ में नहीं आया क्या कहे। फिर सम्भलकर बोली, "साईस आग जला सकता है, जी, उसे बिल्कुल ठण्ड नहीं लगेगी।"

जज साहब ने कुछ देर सोचा फिर बोले, "वह महसूस करेगी।"

"कौन?" रेवा चौंकी।

"लिजा।'

'क्या महसूस करेगी?" बात कुछ ज्यादा गहरी हो चली थी।

"इस तरह रात को बाहर खड़े रहना। वह बहुत सेन्सिटिव है।"

इस तर्क को काटने की दलील रेवा के पास नहीं थी।

"कोई और इन्तजाम हो सकता तो···" ठहरकर उन्होंने कहा।

"कोई बात नहीं, हम नहीं जाएंगे," रेवा ने कहा। उसको स्वर रूठा हुआ था।

"तुम्हारा बहुत मन है। आई एम सारी।"

रेवा ने. स्वर को सहज बनाते हुए कहा, "इट्स आल राइट।"

दूसरे के सारी' कहने पर उसे यही सिखलाया गया था।

मुंह लटकाए बाहर निकली तो सुधीर ठठाकर हंस पड़ा और तब तक हंसता रहा जब तक रेवा की खिसियानी हंसी रोने में न बदल गई।

3

"सुधीर," रेवा ने परेशान स्वर में कहा, "नौ बजे मेरा परचा है और साईस अभी तक नहीं आया। साढ़े आठ बजने को हैं, तुम मुझे छोड़ आओ न।"

जनवरी का शुरू था। रेवा के छमाही इम्तिहान चल रहे थे।

"मैं?" सुधीर ने भंवे ऊपर चढ़ाकर कहा, "जानती नहीं, बेज़ुबान जानवर पर ज़ुल्म करने के अपराध में जज साहब की कचहरी ने मुझे बग्घी निकाला दे दिया है। कैसे छोड़ आऊँ?"

"फिर मैं क्या करू?" रेवा की आंखों में आंसू आ गए।

"साहब से पूछ आ," सुधीर ने दया करके कहा, "नहीं तो पैदल छोड़ आता हूं, या रिक्शा मंगा लेते हैं।"

"डैडी," अपनी परेशानी में रेवा कुछ ज्यादा ही तेज स्वर में बोल पड़ी, "साईस अभी तक नहीं आया। नौ बजे स्कूल पहुंचना है, इम्तिहान है।"

"हां," चौंककर उन्होंने कहा, "आज वह नहीं आएगा। उसका बच्चा बीमार है।"

"तब मैं स्कूल कैसे जाऊंगी?' रेवा ने तल्खी के साथ आंसू घोंटते हुए कहा, "मेरा इम्तिहान जो है।"

"तुम्हारी जरूरत का यह मतलब नहीं है कि वह अपने बीमार बच्चे को छोड़कर आए। "पर तुम्हें जाना है, आओ मेरे साथ।"

वह उनके पीछे-पीछे चल दी। वे उसे सीधा बग्घी पर ले गए और बोले, "बैठो।"

वह चुपचाप बग्घी के एक कोने में, उनके लिए गाड़ी चलाने की जगह छोड़ बैठ गई।

तभी उसने सुना, डैडी कह रहे हैं, "जाओ!"

हकबकाकर उसने देखा, वे नीचे खड़े-खड़े जाने का हुक्म दे रहे हैं। किसी और का वहां पता नहीं है। वह विश्वास नहीं कर पाई, डैडी उसी से गाड़ी ले जाने को कह रहे हैं। पर इससे पहले कि सवाल करती, दुबारा सुना, "जाओ।"

अगले क्षण, मय रेवा बग्घी सड़क पर दौड़ती नजर आई या कहना चाहिए 'चलती क्योंकि एक दिन को छोड़कर उनकी प्रिय घोड़ी दौड़ी कभी नहीं थी।

अन्दर बरामदे से सुधीर पूरा तमाशा देख रहा था। वह तय नहीं कर पाया कि पहले हुक्म कौन बजा लाया, घोड़ी लिजा या बेटी रेवा। जो हो, हुक्म की तामील हुई जरूर और फौरन। देर तक सुधीर यही सोचता रहा, आदमी की आवाज में वह कौन-सी चीज होती है जो लोगों को उसकी बात मानने पर मजबूर कर देती है।

तब से रेवा खुद बग्घी चलाकर स्कूल जाने लगी है। नौजवान लड़की का बग्घी चलाना आम कानपुर शहर के लिए अनहोनी बात जरूर है पर अंग्रेज परिवारों के लिए नहीं। जज साहब को आम शहर की परवाह नहीं है। महीना बीतते-बीतते, वे उसके गाड़ी चलाने के कायदे से इतने खुश हो चुके थे कि स्कूल के अलावा भी ले जाने की इजाजत दे

देते थे।

जनवरी खत्म होने को थी। उनकी कोठी के पास पिक्चर हाल रीगल में 'क्वीन क्रिस्टिना' पिक्चर लगी। रेवा की जिद पर सुधीर उसके साथ वहां गया। हाल पास था और पिक्चर साढ़े आठ बजे से पहले ही खत्म हो जाती थी इसलिए शुक्ला साहब ने बग्घी ले जाने पर कोई आपत्ति नहीं की। हाल के अन्दर जाते हुए रेवा बराबर पिक्चर की अपूर्व नायिका 'ग्रेटा गार्बो' के बारे में उत्साह से बोलती गई। ओठों पर मुसकराहट लिए सुधीर सुनता रहा। अन्दर पहुंचकर सीट पर बैठते हुए पल-भर को वह चुप हुई कि अचरज से उछलकर चिल्ला उठी, "अरे, यह टामी यहां कैसे आ गया?"

सुधीर ने मुड़कर देखा, उनकी सीटों के बराबर के गलियारे में मजे से टामी बैठा है। बेसाख्ता उसकी हंसी निकल गई।

"वाह, क्या मजे में बैठा है," उसने कहा।

"पर यहां आया कैसे?"

"लगता है गाड़ी के पीछे भागता-भागता आ गया है। एक बात है, कुत्ता है अपनी मर्जी का मालिक। टाइगर की तरह नहीं कि पुकारा तो चले आए दुम हिलाते, वर्ना बैठे हैं कुन्द-से।"

तभी पीछे से आवाज आई, "कुत्ते को बाहर निकालिए!"

"छोड़ो वह सब," रेवा ने कहा, "इसे बाहर निकालो।"

पीछे से आ रही आवाजें बुलन्द होने लगीं। "कुत्ते को बाहर निकालिए। अजीब लोग हैं, पिक्चर हाल में लिए चले आ रहे हैं। बाहर निकालिए कुत्ते को! बाहर निकालिए!"

पिक्चर हाल में कुत्ते का आना अनहोनी बात थी, इसलिए लोगों का शोर मचाना वाजिब था। यह दूसरी बात थी कि कुत्ता बिलकुल चुपचाप बैठा था और अगर यहां रोज दीखता तो वे उसकी तरफ आंख उठाकर भी न देखते। सुधीर आराम से बैठा रहा। रेवा उठी और काफी देर तक 'टामी-टामी' की पुकार मचाती रही। पर लगता था, सुधीर और टामी एक ही धातु के बने थे, कोई असर न हुआ। वह पुच-पुच करती सीट से ऊपर हाल के दरवाजे तक गई, फिर गुस्से से 'टामी-टामी' करती दरवाजे के बाहर निकल गई पर टामी टस-से-मस न हुआ। तब तक पीछे बैठे दर्शक उसे भगाने के प्रयत्न में हुश-हुश कर शोर मचाने लगे थे। और आगे बैठे लोग उन्हें शोर न करने की ताकीद

दे, उसे दुगुना किये दे रहे थे। तमाम चिल्ल-पों से पिक्चर देखना नामुमकिन हो गया था। कोई चुप था तो टामी और सुधीर।

इस बीच मैनेजर आ पहुंचा। किसी ने जाकर शिकायत कर दी थी।

"क्या बात है ?' उसने रोबीली आवाज में पूछा।

"अजी साहब, ये लोग कुत्ता अन्दर ले आए हैं," कई आवाजों ने एक साथ कहा।

कृपया कुत्ते को बाहर ले जाइए," मैनेजर ने सानुरोध कहा।

"मैं कितनी देर से कह रही हूं, वह जाता ही नहीं, रेवा ने लाचारी से कहा।

"उन साहब से कहिए, जनाब, उनसे जो गुमसुम बैठे हैं," आवाजे फिर आयीं।

"आप कुत्ते को बाहर क्यों नहीं ले जाते ?" मैनेजर ने सख्त स्वर में सुधीर से कहा।

'कुत्ता मेरा नहीं है," सुधीर ने शान्ति से उत्तर दिया, "मैं क्यों बाहर ले जाऊ ?"

"इनका है। इनका है। इनके साथ अन्दर आया है," लोग चिल्लाए।

"अन्दर तो मेरे साथ आप लोग भी आये हैं, पर क्या मेरे कहने से बाहर चले जाएंगे, सुधीर ने कहा तो लोग तमतमाकर चुप हो गये।

"देखिये, यह हमारे 'रूल्स' के खिलाफ हैं," मैनेजर ने गुस्से से कहा।

"साहब, कुत्ता मेरा नहीं, मेरे बाप का है," सुधीर बोला, "मेरे कहने से बाहर जाने से रहा। चाहें तो आप कोशिश कर देखिये।"

लोगों की नजरें मैनेजर की तरफ घूम गई। उसने एक हाथ टामी की गर्दन पर बंधे पट्ट की तरफ बढ़ाया पर एलसेशियन कुत्ते की एक ही गुर्राहट में सहमकर पीछे हटा लिया।

"मुझे 'एक्शन लेना पड़ेगा," उसने बचकाने ढंग से कहा।

"देखिये,' सुधीर मुसकराकर बोला, "कुत्ता चुपचाप बैठा है, किसी को डिस्टर्ब नहीं कर रहा। पर आप हैं कि बराबर बोले जा रहे हैं। अगर आप भी इसकी तरह खामोश हो जाएं तो हम आराम से पिक्चर देख सकते हैं।"

तिलमिलाकर मैनेजर ने उसकी तरफ देखा पर आसपास बैठे लोग हंस दिये।

"अब जाइये न," सुधीर ने पुचकारकर कहा।

पास बैठे दर्शक ठठाकर हंस पड़े। मैनेजर एक बार इधर-उधर देखकर वहां से हट गया।

बाकी पिक्चर उन्होंने आराम से देखी। टामी, पता नहीं किस मूड में था, एक बार भौंका तक नहीं। पिक्चर खत्म होने पर बाहर निकले, तो रेवा का हंसी के मारे बुरा हाल था।

"देखा सुधीर, मैनेजर का चेहरा देखा? एकदम कार्टून बन गया था, कार्टून। क्या बात कही तुमने! मजा आ गया।"

"बिना बात क्यों हंसे जा रही है," सुधीर ने टोका, "मैंने बिल्कुल सच बात कही थी। टामी कतई शोर नहीं कर रहा था। पर हम लोगों को 'रूल्स' की लकीर जो पीटनी होती है। सोचना कहां चाहते हैं? तू नहीं जानती यह नियम-नियम की रट कितनी खतरनाक होती है। हर नियम एक को ऊंचा बनाता है, दूसरे को नीचा···"

"खैर," रेवा उसकी बात पर ध्यान दिये बगैर फिर खिलखिला दी, "आया खुब मजा। क्यों ट्रामी, कैसी लगी पिक्चर?"

घर पहुंचने तक रेवा उसी झोंक में थी। भीतर घुसते ही सारा किस्सा शुक्ला साहब से बयान करने लगी।

"डैडी, डैडी, चहककर बोली, "पता है, आज कितना मजा आया?"

शुक्ला साहब ने किताब पर से नजर उठाकर उसकी तरफ देखा। बोले, "क्यों,. पिक्चर बहुत पसन्द आई?"

"अच्छी थी, डैडी, पर मजे की बात और है। बतलाऊं?" कहते कहते वह हंसी से दुहरी हो गई।

दुलार और अनुग्रह से उन्होंने उसकी तरफ देखा और सोचा, कितनी हंसमुख है यह बच्ची और उतनी ही भोली और कोमल। लगता है इसे दुनिया से बचाकर, अपने स्नेह की छांव में ढक-ढांपकर रखना होगा, वरना जीवन की लपेट सह नहीं पाएगी।

उन्होंने हाथ की किताब नीचे रख दी। साग्रह बोले, "हां-हां, बतलाओ।"

"पता है, टामी हमारे पीछे-पीछे पिक्चरहाल पहुंच गया था!"

"टामी?" शुक्ला साहब के माथे पर हलकी शिकन उभर आई।

"हां डैडी, बग्घी के पीछे भागा चला आया होगा। लिजा चलती भी तो इतनी धीरे है। हमें पता भी नहीं चला और वह अन्दर पहुंच

गया।"

"अन्दर···?' तब उनके माथे की शिकन और भी गहरी हो चली।

"सब चिल्लाने लगे—बाहर निकालो, कुत्ते को बाहर निकालो। मैंने कितनी कोशिश की पर वह टस-से-मस नहीं हुआ।"

"तुमने कोशिश की? सुधीर क्या कर रहा था?' उनका स्वर एक दम सख्त पड़ गया।

"वही तो बतला रही हूं। सुधीर ने ही तो काम बनवाया। इसे बड़े होकर डिप्लोमेट बनना चाहिए, डिप्लोमेट। शोर बढ़ा तो मैनेजर आ पहुंचा। आकर बोला, 'कुत्ते को बाहर निकालिए, वरना मुझे 'एक्शन लेना पड़ेगा," कहते-कहते रेवा खिलखिलाकर हंस दी। "तब पता है। सुधीर ने क्या कहा? बोला 'जनाब, यह कुत्ता चुपचाप बैठा है—किसी को डिस्टर्ब नहीं कर रहा, पर आप हैं कि बराबर बोले जा रहे हैं। अगर आप भी इसकी तरह खामोश हो जाएं तो हम आराम से पिक्चर देख सकते हैं।' बस डैडी, लोग इतना हंसे, इतना हंसे कि क्या बतलाऊं, मैनेजर की शक्ल देखने के काबिल थी। लोग उसे देखकर जो हंसे···" बतलाते-बतलाते रेवा हंस दी पर शुक्ला साहब नहीं हंसे।

सख्त ठण्डी आवाज में बोले, "मैं इसे हद दर्जे की बदतमीजी समझता हूं।"

"पर डैडी, टामी सचमुच चुपचाप बैठा था," हतप्रभ रेवा सफाई देने लगी।

"फिर भी हर जगह के अपने रूल्स होते हैं। और इसलिए बनाए जाते हैं कि उनका पालन हो। सुधीर को यह मालूम होना चाहिए।"

"पर डैडी'···" रेवा रुआंसी हो गई।

जज साहब उसे छोड़ सुधीर से बोले, "अब यह पिक्चर-विक्चर देखना छोड़ो। अच्छी डिवीजन लाना चाहते हो तो मेहनत करनी होगी।"

कहकर वे उठ खड़े हुए और अपनी स्टडी की तरफ जाते-जाते बोले, "गोविन्द और जैकब इन्तजार कर रहे हैं। जाओ जल्दी जाकर खाना खा लो।"

"जज साला हमेशा जज रहेगा," उनके जाते ही कटु स्वर में सुधीर ने कहा।

'सु···धी···र," रेवा ने बाधा दी। उसे लगा भगवान को गाली दी गई है।

"हूं!" हिकारत से इंकार कर सुधीर खाने के कमरे में चला गया। रेवा ने देखा, एक क्षण में उसका व्यक्तित्व उलट-पुलट हो गया है। पिक्चर हाल में मैनेजर से बात करते वक्त जो शरीर आत्मविश्वास से सीधा तना था, अब नीचे झुककर ढिल-मिल कर रहा है। चेहरे की मुसकराहट मिट गई है और वहां अस्वाभाविक ललिमा छाई हुई है। कुण्ठित आक्रोश की लपलपाट से आंखों की सहज तरलतः उड़ गई है। और चिनगारियां उठ रही हैं।

रेवा को रोना आ गया। पता नहीं डैडी के सामने आते ही सुधीर को क्या हो जाता है। रेवा के साथ रहता है तो कितना खुश और संयत! कितने मजे करते हैं वे लोग। पर डैडी के आते ही सब गड़बड़ा जाता है। क्यों? डैडी इतने अच्छे हैं। रेवा की हर बात मानते हैं। जिस चीज की इच्छा होती है, फौरन दिलवा देते हैं। आज ही को लो। सुधीर पिक्चर जाने को तैयार ही नहीं हो रहा था पर जैसे ही उसने डैडी से कहा, उन्होंने सुधीर से ले जाने को कह दिया। और अब कह रहे हैं, पिक्चर-विक्चर देखना छोड़ो। कुछ समझ में नहीं आता। बस, इतना जरूर समझती है कि डैडी उसे बेहद प्यार करते हैं। उसके स्कूल में जितनी लड़कियां हैं, सब उससे रश्क करती हैं। उन लोगों के डैडी उनसे बात भी नहीं करते। अपने सैर-सपाटे या काम-धाम में रहते हैं। पर उसके डैडी उससे घण्टों बातें करते हैं। जो खुद पढ़ते हैं, उसे पढ़कर सुनाते हैं, समझाते हैं और उसकी राय मांगते हैं। यह बात और है कि उसकी राय कभी उनसे भिन्न नहीं होती।

पर सुधीर...पता नहीं क्या-क्या सोचता रहता है। डैडी की बत लाई किताबें पढ़ता नहीं, उनकी खिल्ली उड़ाता है, खासकर अंग्रेजी की किताबों की और वही तो डैडी' पढ़ते हैं। किताबों का ही नहीं, उनके दोस्त का भी मखौल उड़ाता रहता है, खासकर अंग्रेज दोस्तों का। उसे लगता है दोस्तों का नहीं खुद डैडी का मजाक उड़ा रहा है वह। आज तो खुल्लमखुल्ला उड़ा रहा था।

कभी-कभी उसे लगता है डैडी भी सुधीर से और तरह बात करते हैं। पर वे कहते जो हैं सुधीर लड़का है, लड़के पर अनुशासन रखना पड़ता है।

सारा मजा खराब हो गया। बेकार डैडी को किस्सा सुनाने बैठी। अब सुधीर हंसने-बोलने से रहा।

कमरे में पहुंचकर शुक्ला साहब ने तिपाई पर रखी 'वार एण्ड पीस' उठा ली और आरामकुर्सी पर बैठकर पढ़ने लगे। स्थान खोजना नहीं पड़ा। कल रात पढ़ चुकने के बाद आखिरी पन्ने पर पुस्तक संकेतिका रख छोड़ी थी। सोने से पहले कुछ देर पढ़ना उनका प्रतिदिन का नियम है। वैसे ही जैसे अदालत जाना, घूमने जाना, टेनिस खेलना, खाना या सोना। जब वे लोगों को समय की पाबन्दी के खिलाफ अव्यवस्थित तरीके से काम करते देखते हैं तो उनके शरीर में चीटियां-सी काटने लगती हैं। लगता है। समय का कुछ अंश नष्ट होने के साथ-साथ उनके अपने जीवन का अंश नष्ट होता जा रहा है। उनका बस चले तो पूरा कानपुर शहर, घण्टी बजने पर एक साथ उठे, एक साथ खाये, एक साथ घूमे-फिरे और फिर एक साथ सो जाये। चलो, पूरा शहर न सही, एक घर के भीतर तो एक समय लागू होना चाहिए। क्यों सुधीर यह समझ नहीं पाता?और वक्त की पाबन्दी ही नहीं, न जाने कितने और नियम वह तोड़ता रहता है। वैसे वह मेधावी लड़का है, उन्हें उस पर गर्व है। सिनेमा के मैनेजर से उसने बिल्कुल ठीक बात कही थी, तर्कसंगत पर कुत्ते के हाल के अन्दर जाने को इतने हल्केपन से लेना, सरासर हिमाकत थी। सोचकर उनका बदन सिकुड़ गया।

पता नहीं चाहकर भी वे सुधीर को क्यों नहीं समझ पाते। वह उन्हें कटघरे में खड़े उन तमाम अभियुक्तों की एक साथ याद दिला देता है, जो तोड़-फोड़ करके आते हैं और सीख़चों में बन्द भी ऐसे दिखलाई देते हैं जैसे भीतर समा न रहे हों। उन्हें लगता है सुधीर पर लगाम लगाना उनका धर्म है। ज्यादा लाड़-प्यार से लड़के किस तरह बिगड़ जाते हैं, रोज देखने में आता है।

कल ही अदालत से लौटते हुए पूरा एक घण्टा बर्बाद हुआ था। देर तक बग्घी रोके रखनी पड़ी थी क्योंकि सामने से संघियों का जलूस निकल रहा था। पूरे जलूस के निकल जाने पर ही उन्होंने लिजा को आगे बढ़ाया था। इतने ढेर आवारा लड़कों को देखकर उसके बिदकने की पूरी सम्भावना थी। पास वाले कह रहे थे सब कालेज के लड़के हैं। बदतमीज, बेकार, आवारा। देखते-देखते उन्हें हर लड़के में सुधीर नजर आने लगा था। उनका खून खौल आया था। घर पहुंचते ही उन्होंने उसे बुलाकर ठीक से लिखने-पढ़ने की ताकीद कर दी थी। काफी लम्बा लेक्चर दे डाला था। सहसा उनकी आंखों के सामने सुधीर का कुम्हलाता और फिर तमतमाता चेहरा' घूम गया, और फिर वर्मा के चेहरे

में बदल गया। उन्होंने किताब बन्द कर दी।

वर्मा उनका बचपन का दोस्त था। स्कूल से लेकर एम॰ ए॰ तक साथ पढ़ाई की थी। पर उसके बाद उनके बीच दरार आनी शुरू हो गई थी। वर्मा बन गया था क्रान्तिकारी, शुक्ला साहब ब्रिटिश राज्य के अंगरक्षक। एक स्वाधीनता संग्राम का कैदी, दूसरा फैसला सुनाने वाला जज। वर्मा के केस में सजा सुनाने जैसी रोमांचकारी घटना शुक्ला साहब के साथ नहीं घटी पर जब-जब जहां-जहां उसे सजा सुनाई गई, उन्हें लगा, उन्होंने सुनाई और सुनाना न्यायोचित था। पर कहीं कुछ उन्हें कचोटता रहा था। वर्मा व्यवस्था का विद्रोही था, शुक्ला साहब के अनुसार उसे सफलता नहीं मिलनी चाहिए थी, पर मिली। भारत स्वाधीन हो गया। हां, स्वाधीनता मिलने से चार साल पहले जेल में रक्तस्राव होने से वर्मा की मौत हो गई थी। उसकी मौत पर उन्हें दुःख हुआ था, उसके बूढ़े मां-बाप से हमदर्दी। उन्होंने जी-जान से, धन देकर उनकी सहायता की थी, अब तक कर रहे थे। पर न्याय का माप दण्ड अटल रहा था। उनके विचार में वर्मा की मृत्यु सर्वथा न्यायोचित थी।

पर जब चार साल बाद आजादी मिलने पर, वही दण्डित दुर्दान्त अव्यवस्था सहसा अर्चना की वस्तु बन गई तो शुक्ला साहब के मस्तिष्क में भूकम्प आ गया। पर सम्भलकर उन्होंने नयी व्यवस्था के न्याय के मापदण्ड को उतनी ही सुदढ़ता से थाम लिया। उनकी जिन्दगी पुरानी लीक पर चलती गई।

सुधीर को देखते ही वर्मा की याद ताजा हो जाती है। लगता है। माचिस की तिली दिखलाने-भर की देर है, बारूद भक से जल उठेगा। नहीं, वे सुधीर को क्रांतिकारी नहीं बनने देंगे। वह भी आज का क्रांतिकारी, जिसका न कोई लक्ष्य है, न आदर्श। वर्मा कम-से-कम एक व्यवस्था को तोड़कर दूसरी व्यवस्था लाने के लिए लड़ रहा था। पर ये लोग? आखिर ये किसलिए लड़ रहे हैं? अखण्ड भारत! हुं! सैनिक ट्रेनिंग दे रहे हैं। निकम्मे। आवारा। अपने-आप को शिवाजी का अवतार मानने लगे हैं। क्या है इनकी सिंहगढ़-विजय? किसी निहत्थे मुसलमान का गला दबा देना, बस। अगस्त में हुए दंगे संघियों ने कराए थे, कौन नहीं जानता? मुसलमानों को मारकर विश्व-विजय करने निकले हैं। यहां कम हुए तो बंगाल में शुरू, वहां कम हुए तो यहाँ शुरू। उनके कितने मुसलमान दोस्त थे, सब कानपुर से रुखसत हो

गये। 'सर रहमत', उन्होंने प्यार से याद किया। क्या आला दर्जे का इन्सान था! जितना बढ़िया वकील, उतना उम्दा शायर! ऊपर से अंग्रेजी साहित्य का संवेदी रसिक। दोनों घण्टों साहित्य चर्चा किया करते थे। वाह-वाही भी होती थी और नोक-झोंक भी। शेक्सपियर की अनगिनत सानेट उसे याद थीं, शुक्ला साहब से भी ज्यादा। बेचारा दंगे में हलाल हो गया। कम्बख्त ये संधी! देश को तबाह करके छोडेगे। नौजवानों को उल्टी-सीधी शिक्षा देकर आवारा और क्रूर बना देंगे। कौन नौजवान है जो इनके प्रकोप से बचा है? कौन? क्या सुधीर भी? अगर सुधीर भी संघ का सदस्य हुआ? उनके शरीर के रोंगटे खड़े हो गये। हद हो गई। अब तक उन्होंने पूछा क्यों नहीं?

"सु···धी···र," उन्होंने जोर से आवाज लगाई।

जज साहब की पुकार खाने के कमरे तक पहुंची। रेवा ने सुनी और चौंककर सुधीर की तरफ देखा। सुधीर ने सुनी, माथे पर शिकन उभरी, मुंह का कौर निगला पर उठा नहीं। आराम से दूसरा कौर मुंह में डाला।

"तुम्हें डैडी आवाज दे रहे हैं," रेवा से बिना कहे रहा न गया।

"मुझे?" सुधीर ने भवें ऊपर चढ़ाकर कहा, "अरे नहीं, टामी को दे रहे होंगे।'

"सु···धीर···र," आवाज फिर आई।

"जाओ न," रेवा ने कहा।

सुधीर ने धीरे-धीरे मुंह का कौर खत्म किया, पानी पिया फिर लापरवाही दिखलाता उठ खड़ा हुआ।

"वाकई मुझे बुला रहे हैं, कहीं बिजली न गिर पड़े।" शुक्ला साहब के कमरे में पहुंचकर दरवाजे की चौखट पर खड़े रहकर उसने पूछा, "आपने मुझे बुलाया?"

जज साहब कुर्सी पर घूम गये और आंखें उसके चेहरे पर गड़ा दीं।

"तुम संघ में जाते हो?' कड़ककर पूछा।

सुधीर जैसे छत से गिरा। अचानक रात के नौ बजे संघ कैसे सूझ गया?

"जी," वह इतना हकबका गया कि अनजाने मुंह से सच निकल गया।

"तुम मानते हो, तुम संघी हो,' जज साहब ने अदालती स्वर में पूछा।

"जी हां।"

"फौरन इस्तीफा दे दो।"

"पर क्यों?"

"क्यों पूछते हो? जानते नहीं यह गन्दी नाली में गिरने के समान है? पढ़-लिखकर इन्सानों का गला घोंटते फिरोगे?"

"मैंने तो किसी का गला नहीं घोंटा।"

"उससे मतलब नहीं है। तुम संघबाजी नहीं करोगे, बस," जज साहब ने कड़कदार आवाज में फैसला सुनाया।

इससे पहले सुधीर चाह रहा था, संघ के बारे में उन्हें समझाए, उनकी गलतफहमियां दूर करे। वह कहना चाहता था, संघ वह नहीं है। जो वे समझते हैं। वह हमें सेवा करना, बलिदान देना, अहम से ऊपर उठना सिखाता है। कितने दिन हम गुलाम रहे, पहले मुगलों के, फिर अंग्रेजों के। आखिर क्यों? क्या हम गुलामों के संस्कार लेकर पैदा हुए हैं? नहीं। संघ हमें बतलाता है, हम क्या हैं, क्या थे और क्या बन गए। क्यों हमारा राष्ट्रीय स्वाभिमान जाग्रत् नहीं हुआ? हमारी लड़ाई जो रही, आपस में रही, मामूली बातों को लेकर। देश के लिए हम कब लड़े? हममें कमी है अभिमान की।. दम्भ की नहीं, स्वाभिमान की। स्वाभिमान अपने को लेकर नहीं देश को लेकर। संघ हमें स्वाभिमान देता है। हमारी किसी से लड़ाई नहीं है। मेरा दोस्त हिन्दू भी हो सकता है, मुसलमान और क्रिश्चियन भी, पर मैं उनका गुलाम नहीं हूं। मैं किसी का गुलाम नहीं हूं। न समाज का, न विदेशी सत्ता का। मैं स्वतन्त्र इ, डैडी, मुझ पर विश्वास कीजिए। मैं स्वतन्त्र रहकर ही प्रगति कर सकता हूं। मैं प्रगति करूंगा। एक दिन देश का बच्चा-बच्चा ' मुझे जानेगा। आप मुझे समझने की कोशिश कीजिए।

सोचते-सोचते उसका मन भर आया और शायद अगले क्षण वह कह भी जाता। पर तभी उसने सुना, अन्तिम निर्णय की तरह जज साहब हुक्म सुना रहे हैं, "उससे मतलब नहीं है। तुम संघबाजी नहीं करोगे, बस'..और अनायास उसके मुंह से निकला, "तो क्या करूं? अंग्रेजों के जूते चाटूं?"

"गेट आउट। बदतमीज। बेशऊर।' शुक्ला साहब को उसका वाक्य तमाचे-सा लगा और क्षण-भर के लिए वे सन्तुलन-बिन्दु से खिसक गए। फौरन उन्होंने अपने को सम्भाल लिया और सर्द आवाज़ में बोले, जब शान्ति से बात करने लायक हो, तब आना।"

सुधीर बाहर निकल आया।

वापस खाने के कमरे में पहुंचा तो रेता ने घबराई आवाज में पूछा, "क्या हुआ?"

"कुछ नहीं," सुधीर ने कन्धे झटक दिए, "साहबपना दिखला रहे थे और कुछ नहीं।"

सुधीर चला गया तो शुक्ला साहब को लगा, फिर सब कुछ गड़बड़ा गया। वे उसे पास बिठलाकर समझाना चाहते थे, संघ जो हिंसा सिखाता है, चोरी-छिपे वार करना सिखाता है, वह गलत है। शक्ति का दुरुपयोग मत करो। तुम देश का कल्याण चाहते हो, जरूर करो। पर निरपराध पर अत्याचार करके नहीं। जातीय बड़प्पन का रोग कितना भयानक है, नहीं जानते क्या? हिटलर और मुसोलिनी ने यही किया था न? तुम क्या वही नरक दुबारा लाना चाहते हो? मुझे समझने की कोशिश करो। मैं तुम्हारा भला चाहता हूं। तुम्हारी प्रगति, उज्ज्वल भविष्य।

क्यों नहीं कह पाये? जैसे ही वह उनके सामने आता है, वे उसे कटघरे में क्यों खड़ा कर देते हैं? देखने में सुधीर अपनी मां की तरह है। फिर वह विस्फोटक तत्व उसमें कहां से आया? वो तो बहुत ही धीर और लज्जालु किस्म की औरत थी।

वास्तव में शुक्ला साहब उसमें और अपने में जमीन-आसमान का अन्तर समझते थे, फिर भी उसके प्रति उनका व्यवहार हमेशा न्यायोचित ही नहीं, सदय रहा था। न्यायशास्त्र पढ़ने जब वे कैम्ब्रिज गए तो उनकी पत्नी गर्भवती थी। किसी भी सांवली, साधारण रूप-रंग वाली गांव की लड़की की तरह, उसके मन में विलायत यात्रा को लेकर वे सब डर समाये हुए थे, जिनसे हिन्दुस्तानी पत्नियां आक्रान्त रहा करती थीं। जब इतने काले साहब वहां से गोरी मेमें ब्याह लाये तो शुक्ला साहब, जो रंग-रूप में किसी अंग्रेज से कम नहीं, क्यों नहीं? पर उनके सामने एक बार भी उसने अपने मन की शंका जाहिर नहीं की। तीन साल बाद जब वे बैरिस्टर बनकर लौटे तब भी कुछ नहीं पूछा।

तीन साल बाद जब शुक्ला साहब ने दुबारा अपनी पत्नी और पहली बार ढाई साल के लड़के सुधीर को देखा तो बोरियत के सिवा कुछ महसूस नहीं किया। कैम्ब्रिज में रहते वे अनेक अंग्रेज लड़कियों के सम्पर्क में आए और कई की तरफ आकृष्ट भी हुए। पर प्रकृति ने उन्हें इतना संकोची बनाया था कि किसी से भी जल्दी घनिष्ठ होना उनके लिए

कठिन था। इसीलिए वे उन धूमिल आकर्षणों के प्रज्वलित होने से बचे रहे थे। एक लड़की के करीब जरूर आए थे, अपनी लैंड-लेडी की लड़की रूथ के , पर समीप लाया था, दोनों का संकोची स्वभाव और साहित्य प्रेम। रूथ के साथ इधर-उधर घूमकर और किताबों की चर्चा करके वे उस मुकाम पर तो पहुंच गए, जहां पत्नी का खयाल आते ही उसकी फीकी, सांवली और अनपढ़ छाया पर रूथ की गोरी, नाजुक और प्रतिभाशाली तस्वीर हावी हो जाती पर उस ठौर पर नहीं पहुंचे जहां वह तस्वीर छाया का अस्तित्व मिटा देती। वे रूमानी ढंग से रूथ को प्यार करते रहे पर आदान-प्रदान की ठोस धरती पर उतरकर, न उससे कभी कुछ कहा, न पूछा। उससे कुछ न मांगकर वे बलिदान कर रहे हैं, इसका खयाल तक नहीं आया।

पर वापस आने पर जब सभी परिचित अचरज दिखलाते हुए कहने लगे कि उनका विलायत से मेम न ब्याह लाना कितने गर्व की बात है। तो धीरे-धीरे उन्हें भी अपने पर गर्व हो आया। वे समझ गए कि अगर वे रूथ को हिन्दुस्तान ले आते तो उनके समाज या पत्नी को जरा आश्चय न होता। ऐसी हालत में उनके मन में इस धारणा का बठ जाना कि पत्नी के लिए रूथ का त्याग कर, न्याय की वेदी पर उन्होंने बलिदान दिया है, मुनासिब था। अपनी न्याय-बुद्धि पर हुआ गर्व जीवन भर उनका साथ देता रहा। न्यायोचित कर्म धीरे-धीरे उनका व्रत बन गया। अपनी पत्नी और सुधीर के प्रति उनका व्यवहार इसी न्याय-दृष्टि से जन्मा था। पत्नी की मृत्यु के बाद बच्चों की खातिर दूसरा विवाह तक नहीं किया। रूथ को छोड़ देने की कठिन परीक्षा के बारे में कोई जानता नहीं था इसलिए उसके लिए प्रशंसा नहीं मिल पाई थी, पर इस त्याग को संबने देखा और सराहा।

सच यह था कि जब रेवा की तस्वीर उनके सामने आती तो वह उन्हें त्याग भी न लगता। पत्नी की मृत्यु के बाद वह पूरी तरह उसकी देख-रेख में आ गई थी। उसके पैदा होते ही उन्होंने उसमें अपना प्रति रूप देखा था। गोरे-चिट्टे रंग और शक्ल-सूरत में वह हू-ब-हू शुक्ला साहब की तरह थी। जैसे-जैसे वह बड़ी होती गई, आचार-विचार में भी वे उसे अपने सांचे में ढालते गए। आशातीत सफलता मिली उन्हें। फिर उसका सुशील स्वभाव, उनके समर्थ व्यक्तित्व को अनुकम्पा के लिए अनायास पुकार उठता था।

जान-बूझकर उन्होंने सुधीर के प्रति कभी अन्याय नहीं किया। पर

जब भी रेवा से लड़ाई की भनक उनके कानों में पड़ी, अधीर हो वे रेवा को बचाने दौड़ पड़े—यह जानने की भी कोशिश नहीं की कि वह बचाव चाहती भी है या नहीं।

काफी देर तक शुक्ला साहब सुधीर की गुत्थी सुलझाने का असफल प्रयास करते रहे। एक माता-पिता की सन्तान होकर, एक ही घर में रहते हुए, रेवा और सुधीर एक-दूसरे के इतने विपरीत कैसे हो गए? एक के साथ बैठकर लगता है, ठण्डी खुशबूदार हवा के हल्के झोंके बदन को सहला रहे हैं तो दूसरे के पास आते ही गर्द-गुबार वाला अन्धड़ चल निकलता है। क्यों? कुछ देर परेशान रहने के बाद उन्होंने लम्बी सांस खींचकर दुवारा 'वार एण्ड पीस' उठा ली और पढ़ने लगे। सुधीर को लेकर जब भी उनके मन में संशय उठते हैं, वे इसी तरह किताब का सहारा ले लेते हैं। एक बार 'कार एण्ड पीस' खोल लेने पर प्रकृतिस्थ होने में उन्हें इतनी देर जरूर लगी कि पहले के दो-तीन सफे दुबारा पढ़ने पड़े पर उसके बाद सुधीर का कोई खयाल नहीं रहा।

4

अगले दिन शाम साढ़े पांच बजे शुक्ला साहब कोर्ट से लौटे तो देखा कि बैठक में रेवा 'वार एण्ड पीस' पढ़ने में तल्लीन है। माथे पर शिकन डाले इतनी तन्मयता से पढ़ रही थी कि उनके पैरों की आहट भी नहीं सुनी।

"क्या कर रही हो?" स्नेह-गद्गद स्वर में उन्होंने पूछा।

"डैडी?" चौंककर उसने सिर उठाया, कहा, "पढ़ रही हूं।"

"क्या? 'वार एण्ड पीस'?" शुक्ला साहब किंचित् मुसकराए।"

"हां, डैडी।'

"कैसी लग रही है?"

"अच्छी है," उसने दुविधा के साथ कहा।

"अच्छी?" वे उसके पास बैठ गए।

"देखो,' उन्होंने कहा, "किताब के लिए अच्छी-बुरी शब्द का प्रयोग अर्थहीन होता है।

तभी गोविन्द चाय लेकर आ गया। रेवा ने दो प्यालों में डाल दी और चाय पीते-पीते, शुक्ला साहब उसे किताबों के बारे में समझाने

लगे।

"किताब को सिर्फ अच्छी कहकर छोड़ देना उसका अपमान करना है।" उन्होंने कहा, "पढ़ते हम इसलिए हैं क्योंकि हम समझना चाहते हैं, उसमें सार क्या है। बिना समझे भी हम कह सकते हैं–किताब अच्छी है पर उसका कोई मतलब नहीं रह जाता।"

रेवा समझ गई, डैडी जान गए हैं, उसे 'वार एण्ड पीस' खास समझ में नहीं आई।

"बहुत जटिल किताब है। उसने कहा।

"हां रेवा, दो-चार बार पढ़ने पर समझ में आएगी। यह एक महान् दर्शन ग्रंथ है, गीता या बाइबिल की तरह। जिन्दगी पर बारीकी, गहराई और आस्था के साथ विचार किया गया है। असल में तुम्हारी उम्र इसे पढ़ने के लिए कम है। अभी तुम पढ़ो···" कुछ सोचकर उन्होंने कहा, 'ऐमा। जेन आस्टिन की 'ऐमा'। पड़कर मुझे बतलाओ उसमें तुम्हें क्या खासियत लगी।'

फिर चाय की एक-दो चुस्कियां लेकर उन्होंने खुद उसकी विशेषता बतला डाली। बोले, "वह अपनी तरह का पहला उपन्यास है। उसमें विलेन कोई नहीं है। हेमा' ही हीरोइन है और ऐमा ही विलेन।"

"यह न पढू? रेव ने वार एण्ड पीस दिखलाकर कुछ निराश स्वर में कहा।

"नहीं, नहीं, पढ़ लो उसकी निराशा से द्रवित हो उन्होंने कहा, "अच्छा, यह बतलाओ, तुम्हें क्या अच्छा लगा?'

"नताशा," रेवा ने बेहिचक कहा।

"ओह," शुक्ला साहब अनुग्रह से मुसकराये, "यही तो इस किताब की महानता है, इसमें जिस बारीकी से एक कमसिन लड़की के भोले प्यार के बारे में लिखा गया है, उसी गहराई से जंग की खौफनाक और बेमतलब बरबादी और वजूहात पर भी गौर किया गया है। हर इन्सान अपने लायक चीज ढूंढ़ लेता है।"

चाय की चुस्कियां लेते-लेते शुक्ला साहब देर तक उसे वार एण्ड पीस' की विशेषताएं समझाते रहे। रेवा ध्यान लगाकर सुनती रही। इस बीच सुधीर आकर दरवाजे से अन्दर झांक गया। उसे कुछ रुपये लेकर एक दोस्त के पास पहुंचना था। देर से इन्तजार कर रहा था कि रेवा बैठक से उठे तो उससे पैसे माँगे। पर वह थी कि उठने का नाम नहीं ले रही थी। दरवाजे की ओट में खड़े रहकर उसने इशारे से रेवा

को बाहर बुलाया। रेवा ने किताब की आड़ करके भीतर आने का इशारा किया। सुधीर ने शुक्ला साहब और किताब की तरफ अंगुली घुमाकर हाथ जोड़े और दुबारा उसे बाहर आने का इशारा किया। रेवा अन्यमनस्क हो चली। अब वह दो भागों में बंट गई थी। समझ नहीं रही थी कि डैडी की बातें सुनती जाए या बाहर जाने की तिकडम लगाये। घड़ी देखी··· 'साढ़े छह बजने वाले थे।

वात खत्म करके शुक्ला साहब ने प्याला दुबारा भरने के लिए उसकी तरफ बढ़ा दिया। बातचीत में अन्तराल हुआ तो केतली उठाकर चाय डालते-डालते वह बोली, "डैडी, लखनऊ से मुजद्दिद नियाजी की गजलें आने वाली हैं, रेडियो चला लें ?"

रेडियो चलता रहता है तो सुधीर भी उनके साथ आ बैठता है।

"हां-हां," शुक्ला साहब ने कहा, "तुम्हें मुजद्दिद नियाजी पसन्द है ?"

"हां डैडी, उसकी आवाज में मिठास है और बहाव भी।"

"बिल्कुल ठीक," शुक्ला साहब ने उत्साह से समर्थन किया।

असल में यही बात कुछ दिन पहले उन्होंने रेवा से कही थी। रेवा ने रेडियो चला दिया और एक बार फिर सुधीर को अन्दर आने के लिए इशारा किया। इससे पहले कि वह तय कर पाता भीतर आये या नहीं, रेडियो बोल उठा और कुछ ऐसा कि चौंककर वह उसके पास आ खड़ा हुआ। वह नहीं, शुक्ला साहब भी।

"बड़े दु:ख के साथ हम आपको सूचित करते हैं कि हमारे बापू अब इस संसार में नहीं हैं। ईश्वर उनकी आत्मा को शान्ति प्रदान करे।"

रेडियो के पास खड़े तीनों प्राणियों ने एक-दूसरे को देखा और आंखों-ही-आंखों में कहा—नहीं, यह नहीं हो सकता।

रेडियो पर महात्मा गांधी (बापू) की प्रिय रामधुन बजने लगी :

रघुपति राघव राजा राम।

पतित पावन सीता राम···

तीनों चेतन और अचेतन के बीच किसी बिन्दु पर टिके, रामधुन सुनते रहे।

रामधुन खत्म हुई और रेडियो पर विचलित स्वर फिर बोल उठा

"बड़े दुख के साथ हम आपको सूचित करते हैं कि हमारे बापू अब इस संसार में नहीं रहे हैं। ईश्वर उनकी आत्मा को शान्ति प्रदान करे।"

तीनों ने फिर एक-दूसरे को देखा। क्या जो नहीं हो सकता था वही हो गया है, अब उनकी आंखों ने कहा।

फिर भजन के शब्द सुनाई दिये, गांधी जी के प्रिय भजन के।

वैष्णव जन तो तेणे कहिए
जे पीर पराई जाणे रे'···

"एक भला इन्सान दुनिया से उठ गया,' शुक्ला साहब ने गम्भीर स्वर में कहा और उनकी आंखों के कोर भीग गये। सुधीर समझ नहीं पा रहा था कि इस समाचार को सुनकर उसे खुशी क्यों नहीं हो रही। उसने आंखें झुका लीं और अपने भीतर देखने की कोशिश करने लगा। रेवा ने करुण दृष्टि से एक बार डैडी को देखा, फिर सुधीर को। एक की गीली आंखें, दूसरे की झुकी हुई। उसकी अपनी आंखों से पानी बह निकला।

शुक्ला साहब अब तक सम्भल चुके थे। उनके कानूनी दिमाग ने काम करना शुरू कर दिया था। बार-बार रेडियो कह रहा था—हमारे बापू अब इस संसार में नहीं हैं—पर इस आकस्मिक न होने का कारण नहीं बतला रहा था। स्थिति सामान्य नहीं है, असामान्य के अनुभवी उनके मस्तिष्क ने कहा। हत्या, चीत्कार-सा उनके पारखी मन में बजा, हत्या! उन्होंने ओठ भींच लिये और गहरे सोच में डूब गये। भजनों के अन्तराल से रेडियो अपनी सूचना दुहराये जा रहा था। हर बार सूचना के आरम्भ होने पर जज साहब की शिराएं तन जातीं, आंखें सिकुड़कर छोटी और पैनी हो जातीं और वे अनुभवी शिकारी की तरह बयान के शब्दों में हल्की-सी लड़खड़ाहट पर टूट पड़ने के लिए बदन खींच रखते। सूचना के शब्द वही रहते, स्वर वही रहता, लड़खड़ाहट वही रहती और बिला गवाह, अन्तःप्रज्ञा द्वारा साजिश को पकड़ उनका अन्तःकरण चीख उठता, हत्या! हत्या!

कैसे? सुधीर और रेवा भी जानने को अधीर हो उठे थे। बार बार-सुनने पर शब्द अर्थहीन हो जाते हैं। हथौड़े की नियमित चोट की तरह सूचना मसलकर उन्हें उस बिन्दु पर छोड़ जाते जहां वे बेसब्री से अगली सूचना का इन्तजार करते। सूचना दी जाती और एक बार फिर वे उसी यन्त्रणा से बिंध जाते। कैसे? प्रश्न उन्हें झिझोड़ रहा था, कचोट रहा था, मसल रहा था। तभी शायद जज साहब का चीखता अन्तःकरण- उनके अचेतन मन को छू गया। हत्या! हत्या! कमरे की हवा की सरसराहट में सिसकता-फुफकारता शब्द तैरने लगा। यन्त्रणा

पाश में बंधे तीनों प्राणी बैठे रहे और सहते रहे। करीब दो घण्टे बीत गयेऔर तब एक जानी-पहचानी आवाज़ रेडियो पर गूंज उठी—प्रधान-मन्त्री पंडित जवाहरलाल नेहरू की।

"प्यारे भाइयो और बहनो,

"किस तरह मैं कुछ कहूं और क्या कहूं? एक अंधेरा-सा छा गया है। मेरा और देश के करोडों वासियों का दिल टूट गया है। हमारे प्यारे बापू, देश के राष्ट्र के पिता का देहान्त हो गया है। एक पागल आदमी के हाथ से यह बात हुई है और हमारी जो बड़ी-बड़ी उम्मीदें थीं, वह एकदम से खत्म हो गई हैं, और हम निराश-से हो गये हैं···।"

एक पागल आदमी के हाथ से यह बात हुई है···'एक पागल'···एक पागल···।

पण्डित नेहरू बोलते जा रहे थे पर कमरे में एक शब्द इतने जोर से चीख रहा था कि उनके अगले शब्दों को डुबोये दे रहा था। एक पागल···पागल···पागल!

शुक्ला साहब ने सुना, उनके मन में घटित हत्याकाण्ड खुलेआम घोषित हो चुका। तलाश है अभियोगी की। उनकी आंखों का गीलापन कब का दूर हो चुका था। अब वे उस आग से जल उठीं जो हत्या के अभियुक्त से साक्षात्कार होने पर उनके मन-मस्तिष्क को झुलसाकर रख देती थी। आग के ताप को झेलने के लिए सिकुड़कर छोटी और पैनी हो आई अपनी आंखें घुमाकर उन्होंने सुधीर पर टिका दीं। उसे लगा, वे कह रही हैं···और वह पागल तुम हो! घबराकर उसने हाथों से आंखें ढांप लीं पर कान सुनने को मजबूर रहे।

रेडियो पर पण्डित नेहरू कह रहे थे :

"एक पागल आदमी ने हाथ उठाया, वह एक पागल था। लेकिन हम जानते हैं कि पिछले जमाने में, पिछले दिनों में कितना जहर फैला, क्या-क्या जहर कहा गया, किस तरह से लोगों को गलत बातें करने की उत्तेजना दी गई और आखिर उसका यह फल निकला। अब तो अपने रास्ते से हमें हटना है और उस जहर का सामना करना है, उसको काबू में लाना है। लेकिन अपने रास्ते पर चलकर, गलत रास्ते पर चलकर नहीं···"

हां, सुधीर सोच रहा था, "मैंने ही वह जहर सुना था, मैंने ही वह जहर उगला था। साहब ठीक सोचते हैं, मैं ही वह पागल हूं। मैं,

और कोई नहीं।

पण्डित नेहरू अगले दिन की शवयात्रा के विषय में बोल रहे थे पर सुधीर उन शब्दों को नहीं सुन रहा था। उसे लग रहा था, समय उस पल थम गया जब जज साहब ने अपनी लपलपाती आंखें उस पर ज़मा-कर बिना कहे कहा था```और वह पागल तुम हो! उसने चाहा, कानों में, अंगुली डालकर बाहर भाग जाये पर भाग न सका। उसने उठने की कोशिश में बदन हिलाया कि जज साहब की आंखें फिर उसकी तरफ़ घूम गई। मन्त्र-बिद्ध-सा वह वापस कुर्सी पर ढह गया। उसकी यातना का अन्त नहीं था। रेडियों अपने अभियोग दुहराता जा रहा था, बस आवाज बदल गई थी। अव उप-प्रधानमंत्री सरदार पटेल बोल रहे थे:

"अभी आपने मेरे प्यारे भाई जवाहरलाल का पैगाम सुना। मेरा दिल दर्द से भरा हुआ है। क्या कहूं, क्या न कहूं? जबान चलती नहीं। आज का अवसर भारत के लिए बड़े दु:ख का और शोक और शर्म का है। आज चार बजे मैं उनके पास गया था। और एक घण्टे मैंने उनसे बातचीत की। वह घड़ी निकालकर मुझसे कहने लगे, 'मेरा प्रार्थना का समय हो गया है, अब मुझे जाने दीजिए।' भगवान के मन्दिर की ओर अपने हमेशा के समय पर निकल पड़े। तब मैं वहां से अपने मकान पर आ रहा था। मकान पर पहुंचा नहीं था कि रास्ते में मेरे पास एक भाई आया। उसने कहा कि एक हिन्दू नौजवान ने, महात्मा जी को प्रार्थना की जगह पर जाते हुए, उन पर पिस्तौल से तीन गोलियां चलाईं। वह वहां गिर पड़े और उनको उठाकर घर में ले जाया गया है। मैं वहां पहुंच गया। उनका चेहरा देखा। वही चेहरा था जो हमेशा शान्त रहता है। उनके दिल के माफी और दया के भाव उनके चेहरे से प्रकट हो रहे थे। चन्द दिनों से उनका दिल, खट्टा हो गया था...'

सुधीर के मन में अपने लिए माफी और दया नहीं थी। कोई कुछ कहता रहे, वह वही शब्द बार-बार सुन रहा था, 'तू हत्यारा है! पागल हत्यारा! हत्यारा!'

उससे और बर्दाश्त नहीं हुआ। हाथों से सिर थामे, लड़खड़ाते कदमों से उठा, रेडियो तक पहुंचा और तेज झटके से उसका स्विच ऐसे मरोड़कर बन्द कर दिया जैसे गांधी जी के हत्यारे को गला घोंट रहा हो।

कमरे में सन्नाटा छा गया। शुक्ला साहब चौंककर उठ खड़े हुए। कोई और दिन होता तो वे इस गुस्ताखी के लिए सुधीर को डांटते पर अब वे भी और उत्तेजना झेलने लायक नहीं थे। दो घण्टे तक तनाव के झटके खाकर थक चुके थे। एकान्त और शान्ति चाहते थे। गम्भीर स्वर में उन्होंने कहा, "आज का दिन याद रखना, तीस जनवरी' और कमरे से बाहर चल दिये। जाते-जाते उन्होंने रुककर इतना और कहा, "हम खाना नहीं खाएंगे और अपनी स्टडी की तरफ मुड़ गये।

अपनी दिनचर्या बदलकर वे उस दयावान पुरुष को श्रद्धांजलि अर्पित कर रहे थे, जिसकी नृशंस हत्या की खबर उन्होंने अभी-अभी सुनी थी। स्टडी में पहुंचकर उन्होंने गीता का अंग्रेजी में अनुवाद उठा लिया और पढ़ने लगे। शुक्ला साहब गांधी जी के भक्तों में से नहीं थे। सच कहा जाए तो उन्हें गांधी जी की नीतियों ने कभी प्रभावित नहीं किया था। लंगोटी लगाना, तीसरे दर्जे में सफर करना, सत्याग्रह की दुहाई देकर डंडों की मार सहना, इन सबमें उन्हें कायरता की बू आती थी। वास्तव में अंग्रेजी सत्ता से टक्कर लेने का यह भिखाराना अन्दाज उनके स्वाभिमान को ठेस पहुंचाता था। गांधी जी की आर्थिक योजनाओं से भी वह सहमत नहीं हो सके थे। इस प्रगतिशील युग में स्वाधीनता के नाम पर मिलों को बनाया कपड़ा जलाना उन्हें बचपना मालूम पड़ता था। फिर भी एक बात के वे कायल थे। और जो हो, गांधी जी ढौंगी नहीं थे। जो उनकी मान्यताएं थीं, उन्हें जीवन-भर निर्भीक पाबन्दी के साथ निभाते रहे। उनके विचार में धुन का इस कदर पक्का होना ही इन्सान को महात्मा बना देने के लिए काफी था।

इस दृष्टि से वे गांधी जी के प्रशंसक थे और उनकी मृत्यु से दुःखी। फिर जज होने के नाते हर हत्या के शिकार से सहानुभूति होना स्वाभाविक था। एक लम्बी सांस खींचकर गीता में डूब गए।

कुर्सी पर पड़ी रेवा रोती रही। तो वह सौम्य अनन्दमय मुख संसार में नहीं रहा। अभी कुछ दिन पहले वह डैडी के से। दिल्ली गई थी तो उसकी जिद पर उन्होंने उसे गांधी जी के दर्शन करने भेज दिया था। अपार भीड़ के पीछे पंक्ति बांधकर चलते-चलते, उसने देखा था, खाट पर लेटा नन्हा कृश शरीर और सौम्य-आनन्दमय सांवला मुखे। उसे उस मुख में अपूर्व सौन्दर्य नजर आया था। हृदय आर्द्र हो उठा था और पुलकित भी। उसके पास खड़े आदमी ने कहा था, "सारनाथ की

बुद्ध-प्रतिमा-से लग रहे हैं बापू।" पर रेवा को उन्हें देखकर सहसा मां का खयाल आ गया था। उस मां का जिसका उसने केवल नाम सुना था, होश रहते देखा न था, जिसके बारे में कभी सोचा न था। उसे रोना आ गया था। बाद में डैडी ने बतलाया था, देश में हो रहे साम्प्रदायिक दंगों के विरुद्ध गांधी जी ने चार दिन से उपवास रखा हुआ था।

शुक्ला साहब के कमरे से बाहर चले जाने पर भी सुधीर ने आंखें ऊपर नहीं उठाई। लड़खड़ाता-सा आकर सोफे पर गिर पड़ा। झुकी आंखों को दुबारा हाथों से ढांप लिया और जोर से रो दिया।

"सु···धी···'र!" त्रस्त रेवा ने पुकारा, "प्लीज सुधीर!" आज से पहले सुधीर को रोते नहीं देखा। वह क्यों रो रहा है? वह महात्मा गांधी का भक्त कभी नहीं रहा। बात-बात पर उन्हें पाखण्डी और कायर बतलाता था। पाकिस्तान बनने से पहले और बाद में हिन्दुओं की जो दुर्दशा हुई, उसके लिए उन्हें जिम्मेदार ठहराता था। दिल्ली से वापस लौटने पर जब उसने हर्ष, व्यथा और उत्साह के साथ उसे गांधी जी के दर्शन और उपवास के बारे में बतलाया था तो बिगड़कर बोला था, "हूं! अब व्रत कर रहे हैं। जब सैकड़ों हिन्दू भून डाले गये तब कहां थे?" अब वह इस हृदय-विदारक ढंग से क्यों रो रहा है?

सुधीर के हृदय की गहराइयों में छिपी गांधी जी के प्रति श्रद्धा के बारे में रेवा क्या, कोई नहीं जानता था। संघ में उनकी कायरता, स्त्रैणता और मुसलमान-प्रेम के बारे में भाषण सुनकर और संघी पत्रिकाओं में निकले व्यंग्य-चित्र देखकर, वह जबान से उन्हें कायर और पाखण्डी जरूर कहने लगा था पर मन-ही-मन पूजता रहा था। वैसे भी साधु-सन्तों को देखकर उसका मन अपने-आप उनके पीछे दौड़ जाया करता था। गांधी जी का व्यक्तित्व ऐसा था कि उसके सम्पूर्ण अस्तित्व को हिलाकर रख देता था। एक इन्सान जो पूरे संसार से अपने को काटकर रखे पर साथ ही उसके उद्धार में एकरत रहे, उससे बड़ा कौन हो सकता है! एक दिन मैं भी ऐसा बनूंगा, वह स्वप्न-लोक में विचरकर सोचता। लोग मेरी पूजा करेंगे और मैं उनकी स्तुति या निन्दा की परवाह नहीं करूंगा। अपने में परिपूर्ण। ऐसा वैरागी जिसका प्रभुत्व सारा संसार माने। आज गांधी जी की हत्या क्या हुई, उसे लगा उसके अहम् और भविष्य को गोली मार दी गई। वह फूट-फूटकर रोता रहा।

"सु···धी···र भाई! ऐ-जी, सु···धी···र! भाई जी! सुधीर भा··ई!" बाहर से तीन-चार कण्ठों की मिली-जुली पुकार सुनाई दी।

सुधीर ने कमीज की बांह से रगड़कर आंखें पोंछ डालीं।

"सु···धी···र जी,! भा···ई जी!" आवाजें फिर उभरीं।

सुधीर झपटकर कमरे से बाहर जा पहुंचा। वह आवाजें पहचान गया था।

आंगन में पांच-छः युवकों का झुण्ड खड़ा है। संध्या के धुंधलके में चेहरे स्पष्ट नज़र नहीं आ रहे थे पर वह जानता था, वे कौन हैं।

"खबर सुनी?" दो-तीन आवाजों ने एक साथ पूछा।

"हां," सुधीर ने अस्फुट स्वर में कहा।

"फिर घर में क्या घुसे बैठे हो?" एक आवाज आई।

"चलो,। "तुम भी चलो हमारे साथ," दूसरा स्वर आया।

'कब से पुकार रहे हैं, अब निकला है," तीसरी आवाज रोबीली थी। उसने डपटकर कहा।

"हां, चल, जल्दी कर," चौथा स्वर उभरा।

"कहां?" सुधीर ने पूछा।

"मिठाई बांटने और कहां?' रोबीली आवाज ने कहा, "कितनी जगह हम बांट भी आए।"

घास्तव में तीन-चार मोहल्लों में मिठाई बांटने के बाद जब विक्रम सुधीर की कालोनी की तरफ निकला तो उसे खयाल आया कि मिठाई का खर्च सुधीर के सिर डाला जा सकता है।

"जल्दी कर," दूसरे स्वर ने कहा।

"हां सुधीर भाई, जल्दी करो, शुभ काम में देर क्या," एक और आवाज आई।

"साथ लेकर आए हैं," रोबीली आवाज ने फिर कहा।

"साथ लाए हो?"

"हां, यह रही," टोकरी उठाए हाथ ऊपर उठे थे कि सुधीर ने लात मारकर टोकरी ऊपर उछाल दी। झटका खाकर वह बाहर फाटक के पास जा गिरी और लड्डू निकलकर इधर-उधर लुढ़कने लगे।

"हैं···हैं···क्या करता है?"रोबीली आवाज तेज हुई कि सुधीर का जोरदार घूंसा कनपटी पर जा पड़ा।

फिर सुधीर नौजवानों के बीच था और दोनों मुट्ठियां बांधे जहां-तहां वार करता चीख रहा था :।

"निकलो यहां से, बदज़ात! आ गए लाश पर गिद्धों की तरह मंडराने! निकलो! निकलो यहां से वरना हड्‌डी-पसली एक कर दूंगा!"

युवकों का दल इस अप्रत्याशित काण्ड से क्षण-भर के लिए भौचक रहा पर जल्दी संभल गया। दस हाथों के इकट्ठे हमले से सुधीर बरामदे की दीवार से जा टकराया। उसे दबोच रख, वे साथ उस पर गालियों की बौछार करने लगे।

देशद्रोही! नामर्द! कायर! चूड़ियां पहनकर बैठ। टेसुए बहा रहा है। हम थूकते हैं तुझ पर, नपुंसक!"

"मारो-मारो साले को! उसी बुढ़ऊ का चेला है! निकालो भुरकुस साले का!'

सुधीर ने हाथ उनके शिकंजे से छुड़ा जवाबी वार करना चाहा पर छडा न सका। पिटते-पिटते गालियों का जवाब देना चाहा पर क्रोध, अपमान और व्यथा से फंसा उसका गला घर-घर के सिवा कुछ न कर सका। तभी तमाम गाली-गलौज को पाले की मार-सी गलाती सर्द आवाज बरस उठी।

"गेट आउट!' और शुक्ला साहब बरामदे में खड़े थे, "गेट आउट, आल आफ यू।'

नौजवानों ने सकपकाकर उनकी तरफ देखा और सुधीर को छोड़ एक तरफ हट गए। सिर्फ रोबीली आवाज वाला विक्रम उसे थामे डटा रहा। "हिन्दी में बोलिए," उसने चिल्लाकर कहा।

बाकी युवकों ने उसका अनुसरण नहीं किया, चुपचाप खड़े रहे।

"समझता क्या है अपने-आप को, अंग्रेजी टट्टू, ' वह गरजा और अचरज के साथ देखा कि साथी अब भी चुप थे।

उनके बीच खुसर-पुसर शुरू हुई—चलो-चलो, चलो यहां से। केस में फंसा देंगे। चलो-चलो जल्दी करो और नौजवान एक-एक करके पर छाइयों की तरह वहां से खिसकने लगे।

"गेट आउट!" जज साहब ने फिर कहा।

रोबीली आवाज के मालिक ने पाया वह वहां अकेला है। तब तक सुधीर उसकी जकड़ से अपने को छुड़ा चुका था। जैसे ही वह मुक्का तानकर आगे बढ़ा, वह दो कदम पीछे हट गया।

"नामर्द! कायर!" वह चीखा जरूर पर उसके सामने टिका न रहा।

"साले भाग गए! कायर कहीं के," जाते-जाते वह बुड़बुड़ाया और

गेट के पार हो गया।

वह नहीं जानता था कि उसके साथी जज साहब के पास-पड़ोस में रहने वाले थे, उनसे खौफ खाना उनकी बचपन की आदत थी।

"सुधीर, भीतर चलो,' उनके चले जाने पर उसी सर्द स्वर में जज साहब ने कहा, "रिस्पेक्ट द डेड।' कहकर वे वहां नहीं ठहरे, पढ़ने वाले कमरे की तरफ मुड़ गए। वहां पहुंचकर उन्होंने दुबारा गीता उठा ली और गहरी अवहेलना से मुसकराकर बोले, "संघी होंगे।"

उनके बर्फीले स्वर का स्पर्श पा, सुधीर का जलता मन भभक उठा। अब तक जिन्हें दिलोजान से वह धिक्कार रहा था, जिनकी पीठ पर घूसे क्या, लात मारने में भी नहीं हिचकिचाया था, उन्हीं के लिए जज साहब के मुंह से ताना सुन, वह ऐसे बैचेन हो उठा जैसे तेज़ ज्वर से प्रताड़ित आदमी बर्फ की सिल्ली पर लेटकर हो जाता है। नौजवानों के घूंसों से उसका शरीर पीड़ित था, गांधी जी की हत्या से उनका मन व्यथित था। उसकी समझ में नहीं आ रहा था, किस तरह उनका प्रतिकार करे। अब उसे रास्ता सूझ गया। अपना सारा आक्रोश शुक्ला साहब पर उड़ेल कर वह अपना झुलसता व्यक्तित्व शीतल करने लगा। मन-ही-मन तोप की तरह गरजता-दहाड़ता, ऊपर से चुप वह कमरे से निकल आया। पर रात देर तक रेवा को उसका व्याख्यान सुनना पड़ा।

"देखो, अंग्रेजों के पिट्ठू को? संघियों को दोष दे रहे हैं। खुद धर्मराज बन बैठे हैं। गीता पढ़ रहे हैं। चार साल पहले तक जिसे जेल में ठूंस रहे थे, कड़ी-से-कड़ी सजा सुनाने का दांव-पेच लगा रहे थे, उसी के लिए किस भलमनसाहत से फरमा रहे हैं, रिस्पेक्ड द डेड। जैसे इनका बाप मर गया हो। गोरे कलक्टरों को शराब पिला-पिलाकर जज क्या बन गए, साहबों के कान काटने लगे। रिस्पेक्ट द डेड। जिन्दा आदमी की कदर करो नहीं, मरों के लिए ओठों पर अँगुली रखकर बैठ जाओ तो हो गई साहबी सभ्यता। पाखण्डी कहीं के! खुदगर्ज! ट्रेटर।"

सुधीर समझ नहीं पा रहा था, ट्रेटर कौन है? शुक्ला साहब, वह स्वयं या संघ के नेता? आत्मग्लानि से बचने का सबसे सहज उपाय था, उसका बोझ शुक्ला साहब के कन्धों पर डाल देना। आज फिर उनकी जीत हुई थी। उनकी एक डांट में देशप्रेमी नवयुवक दल, गुब्बारे में सुई चुभने-सा पिचककर रह गया था। जो काम सुधीर की उद्दण्ड लातें और गुस्ताख गालियां नहीं कर पाई थीं, उनकी सपाट सर्द आवाज ने क्षण-भर में कर डाला था।

उनकी जीत गलत थी। शुक्ला साहब गलत थे। ढोंगी, पाखण्डी, देशद्रोही, अत्याचारी थे। सत्ता वे थे, अधिकारी हत्यारे, अन्यायी जज, और नियति के जाने किस क्रूर मजाक से सुधीर के सर्वेसर्वा वे थे!

रात-भर सुधीर रोता-कलपता, बौराता उन्हें दुत्कारता रहा और सुबह होने पर हारे हुए सैनिक की तरह संघे से अलग हो गया। न जाने क्यों, जिस दिशा में भी वह कदम उठाता है, रास्ता स्वयं पलटकर उसे पटकनी दे देता है। वह हार जाता है खुद अपने चुनाव से और जज साइब जीत जाते हैं, तटस्थता से, उसी बिन्दु पर खड़े-खड़े, बिना एक कदम उठाए, महज अपनी राय जतलाकर।

5

फिर एक दिन वह आया जब सुधीर ने कालेज से लौटने पर देखा, जज साहब के पास बाहर बैठक में चोटीधारी पंडित बैठा है और दोनों मनो योग से सलाह-मशविरा कर रहे हैं। साहब और पण्डित!

यह आरश्र्चजनक खबर रेवा को सुनाने वह भीतर घुसा।

"इधर आ। एक अचरज की बात बतलाऊं। कान इधर ला।"

"क्या है?"

"साहब के पास पण्डित बैठा है।'

"तो?" रेवा मुसकरा दी।

"अंग्रेज भी पण्डितों को मानते हैं?" उसने भंवें ऊपर चढ़ाकर, जूते खोलते-खोलते कहा।

"तुम भी, सुधीर! डैडी क्या अंग्रेज हैं?"

"नहीं हैं?" कृत्रिम आश्चर्य से उसकी भंवें और ऊपर चढ़ गईं।

"तुम तो यूं ही उनके पीछे पड़े रहते हो।"

"अच्छा, चल छोड़। तुझे पता है पण्डित आया क्यों?

"तारीख निकलवा रहे होंगे," रेवा ने आंखें नीची करके मुसकराकर कहा।

"कैसी तारीख?"

"कौन-सी दुनिया में रहते हो?"

"अच्छा-अच्छा, ज्यादा बड़प्पन मत छांट। किसकी तारीख निकलवा रहे हैं, यह बतला।'

"तारीख किसकी निकलवाई जाती है?" रेवा ने उल्टे प्रश्न किया।

"मुझे क्या पता। रुक-रुक, तेरा ब्याह तो न हीं हो रहा ?"

"और क्या।"

"हैं ? तेरा ब्याह हो रहा है ? किससे ?"

"उस दिन वे लोग आए नहीं थे ?"

"कौन लोग ?"

"वही मिस्टर पाण्डे वगैरह। तुम यहीं तो थे। मिले नहीं ?"

"कौन पाण्डे ? "संदीप ?"

"हां।"

"आए तो थे।"

"बस फिर।"

"संदीप को तो मैं जानता हूं।"

"सच ? तुम्हारे दोस्त हैं ?" रेवा ने उत्सुकता से पूछा।

"दोस्त तो नहीं, कालेज में एक साल सीनियर था मुझसे। अभी इंजीनियरिंग पास की है। केमिकल में।"

"कैसे हैं !" रेवा ने धीमे से पूछा।

"ठीक है...अच्छा है," सुधीर गहरे सोच में डूब गया।

"ओहो, तो तेरी शादी संदीप से तय हो रही है ?" काफ़ी देर बाद उसने कहा।

"डैडी कह रहे थे, बहुत लायक है।"

"वह छोड़। यह बतला, तुझे पसन्द है ?" सुधीर को सहसा अपना दायित्व सूझ गया।

"हां।"

"वाकई ?"

"हा।"

"इसलिए नहीं कि साहब कहते हैं, वह लायक हैं ?"

सुधीर ने मन-ही-मन तय कर लिया कि अगर रेवा ने जरा भी आभास दिया, उसे संदीप पसन्द नहीं है तो वह शादी नहीं होने देगा। सीधा जाकर साहब से कह देगा, यह शादी नहीं हो सकती। फिर वे चाहें जो करे, सुधीर परवाह नहीं करेगा, खुद जाकर रिश्ता तोड़ आएगा। अपने दायित्व को साहस से निभाने की गरिमा से उसकी छाती चौड़ी हो गई।

"हां-हां पसन्द है। कितनी जिरह करते हो तुम, रेवा ने कहा।

उसके उत्तर ने उसे शौर्य की हवाई ऊंचाइयों से ठोस धरातल पर

ला पटका।

"तब ठीक है," उसने कहा।

फिर कुछ ठहरकर बोला, "सबसे अच्छी बात यह है कि वह यहीं कानपुर में रहता है।

"नहीं," रेवा ने कहा, "नौकरी दिल्ली में लगी है, 'ब्लाण्डन एण्ड को' में।'

इसका मतलब विवाह के बाद रेवा कानपुर छोड़ दिल्ली चली जाएगी और इस कोठी में वह अकेला रह जाएगा। वह और जज साहब। अकेले होने से भी भयंकर एकाकीपन।

अब तक जब भी उसकी मानसिकता उनसे जूझी है, जब भी मुकाबले में चकरघिन्नी खा, वह टूटकर गिरा है, किसी की उपस्थिति ने उसे संभाल लिया है। इस कोठी में जज साहब के अलावा रेवा भी रहती थी। रात के खौफनाक अकेलेपन में रेवा उसके साथ जगी है, सन्ध्या के धूमिल एकाकीपन में उसके साथ घूमी है, हंसी-बोली है, चुपचाप बैठी है। वह थी तो सुधीर के चारों ओर आत्मीयता की चारदीवारी खडी रहती थी। समय साहचर्य से बंधा रहता था। वह नहीं रहेगी तो इस कोठी के भीतर एक कोने से दूसरे अनदेखे छोर तक तारकोल की नयी बनी सूनी-सपाट सड़क-सा सन्नाटा छा जाएगा, मशीन की मानिन्द घर और उसमें फिट न हो सकने वाले पुर्जे, वह और जज साहब। कैसे जुड़े रहेंगे ?

वह जल्दी-जल्दी जूते के खुले तस्मे बांधने लगा।

"अब कहां चले!" रेवा ने पूछा।

"फुटबाल खेलने।"

"यही जूते पहनकर ? फुटबाल वाले जूते नहीं पहनोगे ?"

"नहीं पहनूंगा तो ?"

"कुछ खाओगे नहीं ?" रेवा ने दूसरा सवाल पूछा।

"भूख नहीं है।"

"डैडी पूछेंगे तो ?"

"वे क्यों पूछेगे। उन्हें फुर्सत है? बाहर पण्डित बैठा है। वाह, साहब लोग भी तारीख निकलवाने लगे।"

"तब क्या हुआ ? कब से कायदा बना हुआ है।"

"कायदा," सुधीर ने ओठ बिचकाकर कहा, "और जज साहब कायदे को जीवन की अमूल्य उपलब्धि मानते हैं।"

तभी बाहर से जज साहब की आवाज गूजी, "सु···धी'·'र!"

'लो,' सुधीर ने कहा, "शैतान का नाम लिया नहीं कि..."

सुधीर बाहर चला आया। देखा, पण्डित जा चुका है और वे अनमने अकेले बैठे सामने ताक रहे हैं।

"तुम संदीप पाण्डे को जानते हो?" उन्होंने पूछा।

"जी।"

"तुम्हारे कालेज में था?"

"जी।"

" 'ब्लाण्डन एण्ड को' में काफी अच्छी नौकरी मिल गई। एसिस्टेण्ट इंजीनियर की। पांच सौ स्टार्ट है।

"जी।"

"रेवा का रिश्ता उससे तय हो गया है।"

"जी।"

"दस नवम्बर तारीख निकलती है शादी की," कह शुक्ला साहब ने लम्बी सांस छोड़ी। सुधीर ने आश्चर्य के साथ देखा, उनकी आंखों में आंसू हैं। सहसा उसका अपना गला फंस गयो।

"उसके तो सिर्फ दो महीने हैं," उसने कहा।

"हां, लड़का अच्छा है। खानदान भी मुझे पसन्द है:..." शुक्ला साहब ने मेज पर पेंसिल घुमाते-घुमाते रुंधे कण्ठ से कहा।

"जी हां, अच्छा लड़का है," सुधीर ने कोमल स्वर में कहा, "मुझे विश्वास है, रेवा खुश रहेगी।"

अपने दुःख से दुःखी शुक्ला साहब की भीगी आंखें देख, उनका टूटा स्वर सुन, उस क्षण सुधीर को उनसे सहानुभूति हो आई। उसी तरह वे भी अकेले हैं।

"उम्मीद तो यही करता हूं,' शुक्ला साहब ने कहा। उन्हें उसके स्वर का माधुर्य भला लगा।

उन्होंने फिर एक लम्बी सांस भरी और चुप हो गये।

कुछ देर चुप्पी बनी रही। शुक्ला साहब और सुधीर, दोनों कहने के लिए कुछ ढूंढ़ते रहे। कुछ, जिससे संवेदना से पैदा हुआ नवजात साहचर्य बना रह सके। दोनों अधैर्य के साथ अपने भीतर कहने लायक शब्द खोजते रहे पर ढूंढ़ नहीं पाये। ज्यों-ज्यों चुप्पी खिंचती गई, तनाव बढ़ता गया। आखिर शुक्ला साव ने मेज पर पड़ी किताब उठा ली और पन्ने पलटते-पलटने, घिसा-पिटा वाक्य दुहरा दिया :

"तुम्हारी पढ़ाई कैसी चल रही है ?"

"ठीक है, सुधीर ने उनके प्रयत्न को सही अर्थ में लेकर सहज उत्तर दे दिया।

"संदीप फर्स्ट डिवीजन में पास हुआ है," शुक्ला साहब ने कहा। तब भी उसने बुरा नहीं माना।

बिना व्यंग्य कहा, "होनहार लड़का है।"

"हां। मेहनती और समझदार है।"

"और सबसे बड़ी बात यह है कि रेवा को पसन्द है।"

"जहां तक रेवा का सवाल है, उसने चुनाव की जिम्मेदारी हम पर छोड़ दी थी," शुक्ला साहब के स्वर में गर्व छलक आया।"

सुधीर की सहानुभूति बर्फ का स्पर्श पा जम गई। मुंह सिकोड़कर उसने कहा, "ओह !"

"उससे हमारी जिम्मेदारी और बढ़ जाती है," शुक्ला साहब कहते गये।

"पण्डित जी हैं। उन पर भरोसा करके ज़िम्मेदारी खिसकाई जा सकती है, सुधीर ने व्यंग्य किया।

"पण्डित ज़ी क्या कर सकते हैं ?"

"क्या कहा उन्होंने ? 'संजोग' बनता है या नहीं ?"

"संजोग ? वह बनाना अपने हाथ में होता है। इन्सान को अपने पर भरोसा हो तो हाथ की लकीरें अपने-आप बदल जाती हैं।"

"तब पण्डित जी महाराज यहां क्या करने आए थे ?"

"शादी की तारीख निकालने। संदीप के मां-बाप चाहते हैं कि विवाह मुहूर्त निकलवाकर हो। ठीक है, जो कायदा इतने दिनों से चला आ रहा है, उसे मानकर चलना चाहिए।"

"कायदा !" सुधीर ने मन-ही-मन कहा, "पाखण्डी !"

ऊपर से बोला, "ठीक है। जब सब काम कायदे से चल रहा है तो परेशान होने की क्या जरूरत है। मैं जाऊं ?"

"हां,' उन्होंने उदासीन भाव से कहा।

उसका वहां टिके रहना उन्हें सुकून नहीं पहुंचा रहा था।

उन्होंने किताब रख दी और रेवा को आवाज लगाई।

उसके आने पर वे भाव-विह्वल-से उठ खड़े हुए। आद्र कण्ठ से बोले, "आओ, बैठो।'

रेवा उनके पास सोफे पर बैठ गई।

कुछ देर दोनों चुप रहे। पर उनकी चुप्पी में तनाव नहीं था, अव्यक्त विषाद। दोनों जानते थे कुछ महीने बाद उन्हें अलग हो जाना है। साथ में अनकहा हर्ष भी था। दोनों इस बात से खुश थे कि रेवा की शादी संदीप से हो रही है।

"दस नवम्बर तारीख निकली है," काफी देर बाद अवरुद्ध कण्ठ से शुक्ला साहब ने कहा।

रेवा ने कुछ नहीं कहा। शुक्ला साहब उठ खड़े हुए। अलमारी से जेन आस्टिन की हाल में खरीदी किताबों का सेट लेकर रेवा के पास आए और बोले, "ये मैं तुम्हारे लिए लाया हूं। बाद में भी पढ़ती रहना। मैं चाहता था, तुम आगे पढ़ो। मैट्रिक में तुम्हारी फर्स्ट डिवीजन आई है, तुम्हें आगे पढ़ना चाहिए। तुम भी पढ़ना चाहती थीं न?"

"जी, डैडी।"

"पर तुम जानती हो," उन्होंने टूटे स्वर में कहा, "बिना किसी औरत के इस घर में तुम्हारा अकेले रहना'''मेरे ऊपर कितनी बड़ी जिम्मेदारी है। संदीप जैसा लड़का मिल गया तो मैंने सोचा और रुके नहीं रहना चाहिए। उन्होंने मुझे यकीन दिलाया है कि दिल्ली में तुम्हें पढ़ने से नहीं रोकेंगे।"

"जी, डैडी।"

"तुम बी॰ ए॰ जरूर करना।"

"अच्छा डैडी।"

"तुम समझती हो न, जल्दी शादी करना जरूरी था वरना मैं तुम्हें और पढ़ाता,' शुक्ला साहब जैसे उसके सामने अपराधी हो आये।

"आप फिक्र मत कीजिए, डैडी। जो आप कर रहे हैं, ठीक है।" रेवा ने द्रवित स्वर में कहा।

शुक्ला साहब ने सन्तोष की सांस ली।

पता नहीं सुधीर इस तरह उनकी बात क्यों नहीं समझ पाता? उसने भी अच्छे नम्बरों से इण्टर पास किया था, फर्स्ट डिवीजन जरूर रह गई थी। फिर इंजीनियरिंग कालेज में दाखिला भी मिल गया था। आजकल माइनिंग इंजीनियरिंग के थर्ड ईयर में अच्छा चल रहा है। उन्हें उससे कोई खास शिकायत नहीं है, सिवा इसके कि वे चाहते थे, वो माइनिंग नहीं मैकेनिकल इंजीनियरिंग ले। उसके लिए खुद कानपुर में स्कोप था। पर वह बिना उनसे कुछ कहे माइनिंग के लिए एप्लिकेशन

दे आया। खैर, उसका कुछ इन्तजाम हो जाएगा। पर इसका क्या करें? यह जो रेवा के चले जाने पर, उसके साथ अकेले इस कोठी में रहने का खयाल उन्हें परेशानी में डाल रहा है। अगर वे कमज़ोर आदमी होते तो कहते परेशानी नहीं, खौफ। अकेलेपन से भी भयंकर एकाकीपन का खौफ। रेवा नहीं रहेगी तो कोर्ट से उनका घर लौटना बेमानी हो जाएगा। वह नहीं रहेगी तो किताबें पढ़ने का रस आधा रह जाएगा। वह नहीं रहेगी तो उनके जीवन के न जाने कितने घण्टे सूने हो जाएंगे। पर उसे भेजना उनका धर्म है, उन्हें यह सूनापना सहना ही पड़ेगा।

दस नवम्बर आई। उसके साथ न जाने कब के भूले-बिसरे नाते-रिश्ते दार। सुधीर-रेवा के सगे मामा-मामी, ममेरे भाई-बहन, शुक्ला साहब के चचेरे-ममेरे-मौसेरे और न जाने किस रिश्ते में लगने वाले भाई-बहिन और उनके बच्चे। अनुशासित, टुकड़ों में विभक्त और अकेले स्वामित्व से संचालित घर शोर-गुल और अस्त-व्यस्तता से भर उठा। अच्छा लगा सुधीर को, भीड़ से घिरकर वह कम अकेला हो आया। बर्दाश्त कर लिया शुक्ला साहब ने, कुछ दिनों की बात थी। ध्यान भी नहीं दिया रेवा ने, वह संदीप के सपनों में खोई थी। फिर दस नवम्बर बीत गई। ग्यारह आई और चली गई, साथ में रेवा। दो-एक दिन ठहरकर नाते रिश्तेदार भी अपने-अपने घर चले गये। मामा-मामी भी ज्यादा नहीं टिके, सुधीर के आग्रह पर सप्ताह-भर रह गये पर शुक्ला साहब की नजरों से दूर-दूर। उनके दोस्तों के आने पर जेकब ने मुर्गी बनाने की बात चलाई, मामी ने बिस्तर-बोरिया समेट लिया।

सुधीर अपने मामा-मामी से बहुत कम मिला था। बचपन में दो-चार बार, फिर नहीं। शुक्ला साहब बच्चों को उनके पास गांव भेजने के पक्ष में नहीं थे। मां ही वह सूत्र थी जो जज साहब और पोंगा-पन्थी मामा-मामी को कभी-कभार पास ले आती थी। उसकी मृत्यु के बाद सम्बन्ध करीब-करीब खत्म हो गया था। न वे कभी कानपुर आते और न सुधीर-रेवा उनके पास जाते। बड़े होने पर भी सुधीर ने उनसे मिलने की कोशिश नहीं की। फिर भी वे उसके मां के भाई-भाभी थे। अब मिलने पर उसे उनसे स्नेह हो गया या कहना चाहिए, मां के नाते वह उनसे स्नेह रखना चाहने लगा। स्नेह दिखलाने में मामी भी पीछे नहीं थी पर उसमें इतना दम नहीं था कि मांस-मुर्गे का पकना सह ले।

अब रह गये कोठी के बाहर या उसके बारह कमरों के भीतर, अलग-अलग जीवन जीते जज साहब और सुधीर। शुक्ला साहब कचहरी, क्लब, साहित्य और दोस्त-अहबाब लेकर व्यस्त रहने लगे और सुधीर, कालेज से लौटकर, अकेले कमरे में, किसी-न-किसी को गाली देकर समय बिताने लगा। जज साहब को इस बात का दुःख था कि उनके सम्भ्रान्त मित्रों के सुपुत्र सुधीर के दोस्तों में नहीं थे। वैसे दोस्त ही उसके कम थे पर जो थे, गरीब घरानों के। इसलिए नहीं कि वह उन्हें जीने का बेहतर रास्ता सिखा सकता था या वे उसे, बल्कि इसलिए कि जज साहब की बदौलत सुधीर से पैसा मिल सकता था जो आड़े वक्त उनके काम आता था। कम-से-कम वह यही सोचकर उनकी मदद करता था कि आड़े वक्त उनके काम आ रहा है। कुछ दोस्त ऐसे भी थे जो उसकी तरह, अपनी दुनिया से नाखुश तो थे पर यह नहीं जानते थे कि उसे बदलकर दूसरी दुनिया की स्थापना कैसे करें।

जब तक रेवा थी, जेब खर्च या फीस के पैसे किसी दोस्त के हवाले कर घर लौटता तो रेवा से कह कर्त्तव्य से छुट्टी पा लेता। डैडी से पैसे मांगने की जिम्मेवारी उसकी होती। रुपये-पैसे के मामले में शुक्ला साहब तंग-हाथ नहीं थे। वह अपने लिए किसी शौकीन चीज़ की फर्माइश कर पैसे ले लेती और सुधीर के हवाले कर देती। एकाध बार किसी लड़की की खस्ता हालत बयान करके रुपये लेने की कोशिश की थी पर उन्होंने साफ इन्कार कर दिया था। समझाकर कहा था, 'मैं रुपये देकर किसी की मदद करने के सख्त खिलाफ हूं। इससे उनका स्वाभिमान मर जाता है और धीरे-धीरे भीख मांगने की आदत पड़ जाती है। वैसे भी हिन्दुस्तान में कम भिखारी नहीं हैं। अगर उसकी माली हालत सचमुच खराब है तो उसके भाई, बाप या किसी रिश्तेदार को काम दिलवाने की कोशिश कर सकता हूं।"

उसके बाद सुधीर के दान देने के शौक को अपने तक सीमित रखने का निश्चय कर लिया था। सुधीर को मना करने की गुंजाइश थी नहीं। डैडी की बात सुनकर वह इस कदर · आगबबूला हो उठा था कि रेवा चुप रह गई थी।

जब से रेवा की शादी हुई है, सुधीर दिक्क़त महसूस करने लगा है। अपने खर्चा को बढ़ा-बढ़ाकर शुक्ला साहब से पैसे माँगने में लगता है अपने को धोखा दे रहा है। चुनौती देकर जरूरतमंदों के लिए पैसा लेने की हिम्मत नहीं जुटा पाया है। आम तौर पर जेब खर्च पर भरोसा

करना पड़ता है। पर दोस्तों के दबाव पर घर की कोई बेचने लायक चीज प्रार्थी के हाथों पर रखने से नहीं हिचकिचाता। शुक्ला साहब रहते हैं अपनी दुनिया में, घर की चीजों की फेहरिस्त तो रखते नहीं!

यूँ अपनी-अपनी ज़िन्दगी जीते, शुक्ला साहब और सुधीर, एक दूसरे के सामने आने का कष्ट आसानी से टाल सकते थे। ज्यादातर यही करते। पर बहुत दिनों से चले आ रहे नियम के अन्तर्गत सुबह और खाने की मेज पर उनका सामना हो जाता।

यही क्षण सुधीर के लिए सबसे दुखदायी होते। लम्बे कष्टदायक मौन को तोड़ने के लिए घिसे सिक्कों जैसे शब्द, हर शब्द के साथ बढ़ता तनाव, व्यंग, कटाक्ष। फिर अपने कहे पर खेद। लगाम खिंचे घोड़े की तरह सम्भल-सम्भलकर पांव रखना। फिर तनाव, विवाद, व्यंग्य, कटाक्ष। मौन या प्रलाप। किसी तीसरे की अनुपस्थिति में, अन्दर-ही अन्दर घटता-बढ़ता क्षोभ। और एक बार फिर वही घिसे सिक्कों से फेंके गये वाक्य।

तुम्हारी पढ़ाई कैसी चल रही है?"

"ठीक है।"

"इम्तिहान के कितने दिन हैं?"

' ' 'महीने।'

"फर्स्ट क्लास आ जाएगी?"

भगवान जाने।"

"क्यों, तुम्हारी तैयारी ठीक नहीं है।'

"तैयारी तो ठीक है पर भविष्य पर अधिकार नहीं है।"

"आदमी को अपने पर भरोसा रखना चाहिए।"

"कर्म करो, फल की परवाह मत करो, गीता में लिखा है।'

"नान्सेन्स! यह असफलताओं पर पर्दा डालने का तरीका है।"

"जी।"

"यह सिर्फ तुम्हारा इन्फ़ीरियरिटी काम्प्लेक्स है। अपनी तरफ से तैयारी पूरी हो तो सफलता क्यों नहीं मिलेगी?"

'जी।'

'अखबार देखा? यू॰ पी॰ सरकार का काम हिन्दी में होगा।'

"जी।"

"क्या बेकार की बात है। अभी हिन्दी सीखते हमें बीस साल लगेंगे।"

वे भी कम होंगे। आखिर अंग्रेजी हम दो सौ साल में भी नहीं सीख सके।"

'कौन नहीं सीख सके?"

हम।"

"नान्सेन्स। सब पढ़े-लिखे लोग अंग्रेजी जानते हैं।"

"जी हां, पर वैसे ही जैसे सब अनपढ़ हिन्दी जानते हैं।"

"तुम हमेशा संधियों की बात दुहराते हो।'

"मुझे जब न हिन्दी आती है न अंग्रेजी, तो मेरी बात का महत्त्व क्या है?

"क्यों नहीं आती? तुम्हारा अपना दोष है। सीखते क्यों नहीं? मेहनत करने से डरते क्यों हो?'

"सीखने से सब कुछ आ जाता है?

"बिल्कुल। संदीप को देखो, जो जुबान बोलता है, लगता है वही अपनी जुबान है।"

"संदीप! उसकी बात और है!"

"क्यों? तुममें इतना इन्फीरियनिटी काम्प्लेक्स क्यों है? काम करने की लगन होनी चाहिए। इन्सान सब कुछ कर सकता है।"

"जी।"

"मुझे देखो। पिछले दो साल में मैंने कितनी हिन्दी सीख ली, हिन्दी की न्यूज सुनकर और किताबें पढ़कर।'

"जी।"

तुम टेनिस क्यों नहीं खेलते?"

'मालूम नहीं। कभी सीखा नहीं।'

"मेरे साथ कानपुर क्लब चलो, मेम्बर बनवा दूंगा। फिर खेल सकते हो।'

"जी नहीं, शुक्रिया। मैं क्लब का सदस्य नहीं बनना चाहता।"

"क्यों? कानपुर का सबसे अच्छा क्लब है। शहर के सब बड़े लोग मेम्बर हैं।"

"जी, इसीलिए।"

"क्या मतलब? तुम्हें इज्जतदार लोगों से मिलने-जुलने में तकलीफ़

क्यों होती है?

'इज्जतदार? सूट पहनकर अंग्रेज़ियत दिखाने से आदमी इज्जतदार हो जाता है?"

"मेरी समझ में नहीं आता तुम पर अंग्रेजों का भूत क्यों सवार रहता है? यहां के एम॰ एल॰ ए॰ खुद क्लब के मेम्बर हैं।"

"जानता हूँ।

"फिर?'

"मैं नहीं बनना चाहता!"

"यह महज़ तुम्हारा इन्फीरियरिटी काम्प्लेक्स है। जब तक अच्छी सोसायटी से ताल्लुक़ नहीं रखोगे, तहज़ीब आएगी कैसे?"

'जी।'

"मेरी समझ में नहीं आता तुम अपने को सुधारना क्यों नहीं चाहते?"

"आप नहीं समझ सकते।

"ठीक है। बदतमीज़ आदमी से बहस नहीं करनी चाहिए।'

"जी।'

"खाना खाने ठीक वक्त पर आया करो। मैंने गोविन्द को घर भेज दिया है।

'जी।"

......

"आज फिर तुम देर से आए?"

"मुझे खाना नहीं खाना।

'इसका मतलब यह नहीं कि तुम देर से आओ।'

"जी।"

जज साहब और सुधीर के बीच का हर वार्तालाप 'जी' पर आकर खत्म हो जाता था। सहमति-सूचक डेढ़ अक्षर के इस शब्द के पीछे असहमति के जो नारे कुलबुलाया करते थे वे जज साहब को सुनाई नहीं देते थे. फिर भी उससे उद्वेलित वातावरण की अशान्ति उन्हें छू जाती थी। वे सोचते रह जाते थे, कहां क्या गलत है? उनकी समझ में नहीं आता था सुधीर के भीतर इतनी गहरी हीन भावना क्यों पनप रही है। वे

चाहते थे चोट-पर-चोट करके, उसे धकियाकर बाहर निकाल दें। उसके इन्फीरियरिटी काम्प्लेक्स को लताड़ने का कोई मौका, वे हाथ से नहीं जाने देते थे।

अकेले सुधीर के साथ घर में रहते उनकी परेशानी बढ़ती जा रही थी। पर वे समर्थ थे। अपनी समस्या का निदान वे भले न ढूंढ़ पाये हों, साल बीतने तक हल जरूर निकाल लिया।

6

"तुम्हारे इम्तिहान खत्म हो गये?" शुक्ला साहब ने पूछा।

"जी,' सुधीर ने कहा।

"लखनऊ में शर्मा साहब के यहां रिश्ते की बात चल रही है। कल लड़की देखने जाना है। चार बजे। तैयार रहना।"

'में?'

"और कौन?"

"मैं क्यों?"

"क्या मतलब? तुम्हारी शादी है। मैं चाहता हूं, तुम खुद लड़की देखकर पसन्द कर लो।"

"ओह, मेरी शादी है?"

"क्या मतलब?"

उसने यह कहने से अपने को रोक लिया, "मैंने समझा, आपकी है।"

शुक्ला साहव कहते गये, "शर्मा साहब करते बिज़नेस हैं। तुम जानते हो हमें व्यापारियों से ताल्लुक रखना पसन्द नहीं है। पर शर्मा साहब आम बिज़नेसमैन की तरह नहीं हैं। झा साहब ने बतलाया, लड़की को उन्होंने पढ़ाया-लिखाया है, ग्रेजुएट है। मैंने पहली बात उनसे यही कही थी कि लड़की पढ़ी-लिखी होनी चाहिए।"

"जी।'

"उनकी तरफ से बात तय है पर मैंने कहा, जब तक लड़का लडकी को देखकर पसन्द न कर ले, मैं शादी पक्की नहीं करना चाहता।"

"यह भी तो हो सकता है कि मैं उन्हें पसन्द न आऊ।"

"क्यों?" शुक्ला साहब ने अचरज से उसकी तरफ देखा, "शर्मा साहब हमारे खानदान और हमारे बारे में अच्छी तरह जानते हैं। साल-भर बाद इन्जीनियरिंग पूरी होते ही तुम्हारी नौकरी लग जाएगी।

इन्जीनियर्स के लिए कितना स्कोप है, शर्मा साहब जानते हैं। शादी नौकरी लगने पर होगी।"

"जी, पर जहां पसन्द का सवाल होता है, यह सब बातें···।"

"नान्सेन्स!" शुक्ला साहब ने बात काट दी, "तुम्हें अपने पर भरोसा होना चाहिए।"

'जी।'

"ठीक वक्त पर तैयार हो जाना।"

"जी।"

ठीक चार बजे वे दोनों शर्मा साहव के यहां पहुंच गये।"

"आइए, आइए। अहोभाग्य-अहोभाग्य," शर्मा साहब ने खीसें निपोर कर स्वागत किया, "रास्ते में तकलीफ तो नहीं हुई? इस गर्मी में इतनी दूर आने का कष्ट किया। क्षमा चाहता हूं।" उन्होंने ऐसे कहा जैसे मौसम का सर्द-गर्म होना उन्हीं की जिम्मेदारी हो।

इस स्वागत भाषण को सुन, सुधीर के पास कहने को जो थोड़ा-बहुत था, वह भी नहीं रहा।

जज साहब ने औपचारिक उत्तर दिया, "तकलीफ तो हम आपको दे रहे हैं।"

"वाह, साहब, आपके मुकाबले हम क्या हैं। ही-ही···हमारा तो सौभाग्य है आपने हमारी तरफ देखा। हमें सेवा का अवसर मिला। क्या लीजिएगा—बादाम का शर्बत मंगवाऊ या चाय···या-ही-ही···आप तो साहब लोग हैं···'कुछ और···ही-ही···"

"ज्यादा जहमत मत उठाइए। चाय ले लेंगे।"

"अजी जहमत कैसी? हमारा सौभाग्य है-रामदीन, शर्बत ले आ···और बीबी जी से चाय वगैरह के लिए कह दे···'

चाय और शर्बत के साथ वगैरह' के आ जाने से बीच में पड़ी गोलाकार मेज ठसाठस अट गयी।

जज साहब ने चाय के प्याले के साथ एक बिस्कुट उठा लिया।

"अजी, यह लीजिए न···कचौड़ी···सविता ने अपने हाथ से बनाई है···खस्ता है,' शर्मा साहब ने सानुरोध कहा।

"शुक्रिया, मैं चाय के साथ और कुछ नहीं लेता,' शुक्ला साहब के उत्तर में मनुहार की गुंजाइश नहीं थी।

"ही-ही, आप साहब लोग जो ठहरे, ही-ही, आप तो लीजिए,' शर्मा

साहब सुधीर से मुखातिब हुए और उसके 'धन्यवाद' कहते ही खस्ता कचौड़ी से लेकर असली घी के बने मोतीचूर के लड्डू उसकी प्लेट में लाद दिए।

'और लीजिए न,' 'यह तो आपने चखी ही नहीं, 'सविता ने खुद बनाया है की पुनरावृत्ति के बीच सब चीज़ों का स्वाद उसके मुंह के बेस्वाद जायके से जाकर मिलता रहा। अजीब तमाशा है! खामख्वाह यहां लाकर बिठला दिया। जब सब बात बुड्ढों ने पहले ही आपस में तय कर रखी है तो यहां लाकर उसकी नुमाइश करने का फायदा? महज पेट में ठंसने के लिए? और खुद साहब चाय के साथ बस बिस्कुट खाते हैं।

"अगर एतराज न हो तो लड़की को बुलवा लीजिए," चाय से फारिग होकर शुक्ला साहब ने कहा।

"नहीं जी, एतराज कैसा? अभी लीजिए। आजकल के लड़कों को, हीही···हम बूढ़ों पर विश्वास नहीं होता।

ही-ही! क्या इन्सान है! हर बात में ही-ही! पैर नहीं छू लिये, गनीमत समझो।

तभी हाथ में पान की तश्तरी लिए, माँ के साथ सविता आई। तश्तरी मेज पर रखे, हाथ जोड़ उसने , सामने की तरफ नमस्कार कर दिया और तीनों पुरुषों से अलग दूर पड़ी कुर्सी पर बैठ गई। मां ने साथ नहीं छोड़ा, बगल में बैठ गई।

सुधीर ने उड़ती नजर उस पर डाली और हल्के सन्तोष का अनुभव किया। उसे देख पहली बार उसने स्पष्टता के साथ जाना कि रेवा (या शुक्ला साहब) की तरह गोरी खूबसूरत लड़की से विवाह करने का अरमान बहुत दिनों से उसके दिल में है।

"तुमने किस विषय में बी॰ ए॰ किया है?' शुक्ला साहब ने पूछा।

"इतिहास में।"

"अच्छा है।"

"ही-ही, लड़की की पढ़ने की बहुत इच्छा थी, ही-ही,' शर्मा साहब ने सफाई दी।

"अच्छा है," जज साहब ने कहा, "मैं हमेशा लड़कियों की पढ़ाई का हिमायती रहा हूं। मेरी लड़की भी बी॰ ए॰ कर रही है।"

शुक्ला साहब इसी भ्रम में थे। रेवा ने उन्हें नहीं बतलाया था कि विवाह करके दिल्ली पहुंचने के बाद उसने पढ़ाई के बारे में सोचा ही

नहीं। शादी के बाद दो बार कानपुर आ चुकी है। दस-दस दिन के लिए। सन्दीप इससे ज्यादा छोड़ता नहीं। शुक्ला साहब यह सोचकर अधिक ठहरने के लिए जिद नहीं करते कि पढ़ाई में हर्ज होगा। दो महीने पहले आई तो गर्भवती हो चुकी थी, वह भी डैडी को उसने नहीं बतलाया। ऐसी हालत में बी॰ ए॰ करने का कोई प्रश्न ही नहीं उठता था। उसने दाखिला तक नहीं लिया था; उसने कह दिया था, प्राइवेट इम्तिहान के लिए तैयारी कर रही है।

शुक्ला साहब को रेवा याद हो आई। एक नजर सविता को देखा। उतना नहीं पर कुछ अभिजात सौन्दर्य इसके मुख पर भी है। बी॰ ए॰ है, पढ़ने-लिखने में दिलचस्पी है, अपनी पसन्द की किताबें पढ़ने को देंगे। जब से रेवा गई है, साहित्य के बारे में किसी को समझाया नहीं।

"जी हां, आपके ऊंचे सवालों को कौन नहीं जानता···" शर्मा साहब ने कहा तो उन्होंने सुना तक नहीं, अपने विचारों में खोये रहे।

सुधीर ने जरूर सुना। हूं! खुशामदी पिट्ठू! उसने नजर सविता की तरफ घुमा ली। हल्के आश्चर्य के साथ देखा, वह एकटक उसी को देख रही है। उसे अपनी तरफ देखता पा धीमे-धीमे मुस्कराने लगी। सहसा, सुधीर को सब कुछ भला लगने लगा। उस आत्मीय मुस्कराहट ने उसे सहज विश्वास दिला दिया कि सविता को वह अच्छा लगा है। आज तक किसी लड़की ने उसकी तरफ इतने आत्मीय स्नेह से नहीं देखा। रेवा को छोड़कर। आज यह देख रही है। पढ़ी-लिखी है। आज़ाद खयाल भी होगी। उसके हृदय की तह में छिपी आकांक्षाओं को समझ लेगी। उसके कदम से कदम मिलाकर चल पाएगी। उसे संवेदना, स्नेह, साहचर्य दे सकेगी। वह स्नेह जो उसे रेवा के सिवा किसी से नहीं मिला, और वह साहचर्य जो उससे भी नहीं मिला। रेवा के लिए वह प्रथम कभी नहीं रहा। पहले शुक्ला साहब थे, अब सन्दीप है। वह दूसरे से तीसरे स्थान पर जा पहुंचा है। पर इसके लिए वह प्रथम होगा। इसके आ जाने पर अकेला नहीं रह जाएगा। क़ायदे-क़ानून की पाखण्डी दुनिया के बारे में जो कुछ वह समझाएगा, वह समझेगी; जो उसकी इच्छाएँ होंगी, उन्हीं के अनुरूप अपने को ढालेगी। हिन्दुस्तानी पत्नी पति का कितना आदर करती है, क्या वह जानता नहीं? रेवा को देखो, जज साहब तक को पति से निचले पद पर ला बिठलाया। वह चाहेगा तो इसके साथ मिलकर अपनी अलग दुनिया बसा सकेगा -धोखे, दिखावे और गुलामी से परे की दुनिया।

"आपकी और किन चीजों में दिलचस्पी है?' थूक घोंटकर उसने सविता से पूछ डाला।

"खाना बहुत बढ़िया बनाती है।

"बुनाई, कढ़ाई, सिलाई, घर के सब कामों में, ही-ही···सर्वगुण-सम्पन्न है।"

एक उत्तर मां ने दिया, एक पिता ने।

"जरूर,' शुक्ला साहब ने कहा और ऐसी नजरों से सुधीर को देखा जैसे उसने ज़बरदस्त वदतमीजी कर डाली हो।

सविता ने नज़र बचाकर उसकी तरफ देखा और शैतानी से मुस्करा दी, मानो वह कह रही हो, मुझे दिलचस्पी आप में है। छोड़ो, सुधीर ने सोचा, ये प्रश्नोत्तर बाद में होते रहेंगे।

"लड़कियों की दिलचस्पी अपने पति और घर-बार में होती है। होनी भी चाहिए। हमारी बहिनें यह अच्छी तरह जानती हैं," अब तक चुप बैठे सविता के बड़े भाई अतुलदेव ने कहा।

सविता को अंग्रेजी के हल्के रोमानी उपन्यास पढ़ने का शौक था। उनके नायकों का सौन्दर्य कुछ विशेष प्रकार का होता था। पौरुष से परिपूर्ण। बलिष्ठ देह-यष्टि और तीखे नाक-नक्श। लेखक या लेखिकाएं अधिकतर उन्हें 'डार्क' की उपाधि दिये रहते थे। यद्यपि अंग्रेजी में उसका अर्थ गाढ़े रंग के बाल और आंखों से होता था, पर पढ़कर जो मूत उसके मन में बनती वह किसी सांवले रंग के लौह-पुरुष की होती। सुधीर को देख उन नायकों की याद ताजा हो आई। उसकी गठीली चुस्त देह पर वह मोहित हो उठी। और फिर पिता के साहबी हाव-भाव! सुधीर बड़े घर का इकलौता लड़का है, इसका पता उसे अतुलदेव से चल चुका था। उसे डर था, उतनी जायदाद का वारिस कोई पिलपिला और चिकना-चुपड़ा छोकरा न निकले। समृद्ध खानदानी घर-बार की खातिर, तुर्क-बुद्धि लगाकर उत्तराधिकारी से विवाह स्वीकार कर लेना, और तर्क-बुद्धि का उसमें अभाव नहीं था, और बात है और मन का सन्तुष्ट होना और बात। उसे लगा, उसका सौभाग्य था कि सुधीर उसके रोमानी खयालों का मर्द भी निकला। समर्थ, सबल पौरुष का निर्दोष प्रतिरूप! अगली मुलाकात शयनकक्ष के एकान्त में ही सही! उसने शैतानी के साथ सोचा।

सुधीर ने शादी के लिए हामी ही नहीं भरी, साल-भर तक, आने वाले नये सहचर के लिए बेसब्री से इन्तजार ही नहीं किया, होने वाली

प्रियतमा की रुचि का आभास पाकर, एक बलिदान भी दे डाला। माईनिंग इंजीनियरिंग पास करके नौकरी की खोज और विवाह की तैयारी एकनाथ शुरू हुई। सुधीर का इरादा कानपुर में रहने का नहीं था। उसने देश-भर की कोयला खदानों का ब्यौरा मंगाकर धनबाद-रानीगंज ढेर सारी अजयां भेज दीं। शुक्ला साहब का इरादा उसे कानपुर रखने का था। अब उसके साथ अकेले रहने की सजा खत्म होने वाली थी। कानपुर में खदान या उसका दफ्तर न होने से फर्क नहीं पड़ता था। ट्रेनिंग के बाद मैनेजर की जगह किसी भी इण्डस्ट्री में मिल सकती थी। उन्होंने अपने प्रतिष्ठित परिचितों से कहकर कानपुर की नामी-गिरामी टेक्सटाइल मिलों में उसकी सिफारिश कर दी। सुधीर की लियाकत से पहले उनका रसूख रंग लाया। 'हैरिस टेक्सटाइल मिल में ट्रेनी-आफिसर की जगह सुधीर को पेश कर दी गई। वह मना करने के लिए अपने को तैयार कर ही रहा था कि सविता का बड़ा भाई अतुलदेव कानपुर आ निकला। व्यापार के काम से आया था, शुक्ला साहब के हाल-चाल पूछने आ पहुंचा। आया तीन बजे के करीब, जब शुक्ला साहब थे नहीं। सुधीर से गपशप होने लगी। बातचीत के दौरान जिक्र आया तो धनबाद-रानीगंज का नाम सुन सकते में आ गया, "राम-राम, वहां कहां मारे-मारे फिरोगे? सविता बेचारी इस खयाल में है कि कानपुर में रहना होगा। धनबाद, रानीगंज जैसे दूर-दराज शहरों का नाम सुनकर उसकी रूह फना हो जाएगी! सबसे छोटी लाडली लड़की है, मां-बाप से दूर इन दाल-भात के प्रदेशों में रही तो सूखकर कांटा हो जाएगी। अरे, उससे बड़ो दोनों बहनें तो लखनऊ में ही ब्याही हैं।"

सुधीर ने सुना और बिना कुछ कहे होने वाली महबूबा के लिए कुर्बानी देने को तैयार हो गया। शुक्ला साहब के एप्रोच का भार सहकर, 'हैरिस टेक्सटाइल' मिल में लग गया।

इसके बाद विवाह में अड़चन नहीं आई। सविता से उसकी अगली मुलाकात शयनकक्ष की दीवारों से घिरे प्रणयी एकान्त में हुई। अपने जैसे अनेक युवक-युवतियों की तरह एक छिछली मुलाकात के बाद, साल बीतने पर जब वे मिले, तो शारीरिक आकर्षण में बंधे हुए थे। जिस आकर्षण ने सहज ही प्रथम दृष्टि में उन्हें बांध लिया था, वह किसी भी स्त्री-पुरुष के बीच पैदा हो सकता था। कोई भी स्त्री-बस युवती! कैसा भी पुरुष–बस युवक!

अपने सख्त और सबल हाथों में सुधीर ने सविता के हाथ दबा दिये

तो उसकी कोमल अंगुलियां ही नहीं, पूरी देह पारे-सी कांप कर रह गई। चिन्तन और चेष्टा से परे, सविता ने आंखें मूंद, अपने शरीर को ढीला छोड़ दिया। सुधीर के हाथ कांप गए, पर उसकी पकड़ ढीली नहीं हुई। एक बार फिर उसकी अंगुलियों को मसलकर, उसने किसी अदृश्य रोमानी थाप पर थिरक रही अपनी अंगुलियों को फैलाया और गुदगुदी हथेलियों में उसका आरक्त पर आश्वस्त मुख थाम लिया। देर तक वह उस मासूम स्पर्श से दिल बहलाता रहा। इस उपहार-स्वरूप मिले सहचर को निहा रता रहा। सविता ने आंखें खोल दीं। कसमसाकर गाल उसकी अंगुलियों पर सहला दिये और अचानक बोल उठी, "अरे, आपकी सगाई की अंगूठी कहां है ?"

सुधीर ने कुछ कहा नहीं, बल्कि अपनी हथेली उसके अधरों पर रख, उसे चुप करा दिया। और हथेली तब हटी जब होंठों ने उसकी जगह ले ली। सविता के लिए अनेक उपन्यासों के उग्र नायक गड्डमड्डू हो सजीव हो आये। सुधीर के भीतर का अधूरा व्यक्ति, भागीदार पा अपने सहज पूर्ण अन्त पर पहुंच गया।

प्रथम मिलन की उदात्त हिलोरों से रोमान्चित सविता, उस रात अपने प्रश्न पर नहीं लौटी, पर उसे भूली नहीं। अगली रात उसने अपना प्रश्न दुहरा दिया और कुछ रूठने के अन्दाज में बोली, "आप अपनी सगाई की अंगूठी पहनते क्यों नहीं ?"

"अरे छोड़ो,' कहकर सुधीर ने उसके सवालिया चेहरे पर अपने होंठ फिरा दिये।

पर सवाल पुंछा नहीं। होठों के हटते ही मुखर हो उठा, "बत लाइए न, कहां है अंगूठी ? लाइए, मैं पहना दें।'

'बाद में बतलाऊंगा," सुधीर ने कहा।

'खो गई क्या ?" सविता अब बेताब हो चली थी।

"खो गई हो, तो ?' सुधीर ने किंचित् मुस्कराकर कहा।

मोह-ग्रस्त भय और दम्भ के साथ बोली सविता :

"हीरे की थी।"

"तो··· ?" सुधीर की भवें तन गई।

"खो गई तो पूरे हजार रुपये का नुकसान हो जाएगा।"

खोई नहीं,' सुधीर ने सपाट स्वर में कहा।

ओह, सविता हंस पड़ी, "क्यों मुझे बना रहे थे? नाहक परेशान कर डाला," कहते-कहते उसने अदा के साथ अपने होंठ गोल किए, जैसे

चुम्बन आमन्त्रित कर रही हो। पर सुधीर पर वांछित प्रतिक्रिया नहीं हुई।

"इसमें परेशानी की क्या बात है?' उसने कहा, "अगूंठी खोई नहीं, गिरवी रखी है।"

"गिरवी? क्यों' सविता चौंकी और होंठ ऐसे कसे कि लगा खुलना जानते ही नहीं।

'कालेज के एक साथी को रुपयों की जरूरत थी। इंजीनियरिंग के फाइनल की फीस के लिए पैसे नहीं थे। घरवालों की हालत वक्त पर पैसे भेजने की नहीं थी। गांव में रहते हैं, इस साल तमाम फसल बर्बाद हो गई। मेरे पैसे भी खर्च हो चुके थे, इसलिए अंगूठी गिरवी रख दी।"

"और रुपये उसे दे दिए?' सविता ने इतने आश्चर्य के साथ कहा कि शब्द फुफकार उठे।

"हां।' सुधीर ने शांति से कहा।

"वह उसे छुड़वा सकेगा?'

"वह क्या छुड़वाएगा? उसके पास पैसे होते तो मेरे पास क्यों आता?"

"मतलब, अंगूठी छुड़वाने के लिए रुपया आप देंगे।'

"और कौन देगा?"

'आप क्या ऐसे ही रुपए लुटाते फिरते हैं?" सविता के मुंह से बेसाख्ता निकल गया।

"मैं रुपये क्यों लुटवाऊंगा?" सुधीर भड़ककर बोला, "किसी को जरूरत होती है तो दे देता हूं, वरना लुटाने लायक जायदाद मेरे पास नहीं, जज साहब के पास है।" कहकर सुधीर उसके पास टिका नहीं। तल्खी से सिर झटक दूसरे बिस्तर पर जा लेटा।

सविता चुप हो गई। पर सो नहीं पाई। सारी रात उसकी आंखों के सामने हीरे की अंगूठी नाचती रही। उसे लगा वह एक आलीशान इमारत की नींव बालू पर रख बैठी है। अगर नीचे कंकरीट डालकर उसे मजबूत नहीं बनाया तो तामीर होते ही भरभराकर गिर जाएगी।

7

अगली सुबह सविता खुद शुक्ला साहब का नाश्ता ले उनकी स्टडी में पहुंची तो वे सुखद आश्चर्य से द्रवित हो, कुर्सी से उठ खड़े हुए।

अरे, तुमने क्यों तकलीफ की? गोविन्द ले आता," उनके मुंह से निकला।

सविता ने मुस्कराकर साड़ी के पल्ले से ढका सिर झुका लिया और ट्रे मेज पर रख दी। खुद पास खड़ी रही। उसकी भंगिमा कह रही थी, 'इसमें मुझे कोई तकलीफ नहीं है।'

"बैठो, बैठो न,' शुक्ला साहब ने कहा, फिर बोले, "तुमने नाश्ता कर लिया?"

"अभी करूंगी,' सविता ने बैठते हुए कहा।

"जाओ-जाओ, तब जाकर करो, वे परेशान-मधुर स्वर में बोले, "कितनी देर हो गई!"

उनके घर में दिन और रात का खाना मेज पर इकट्ठा किया जाता है, पर सुबह-शाम का नाश्ता-चाय गोविन्द अलग-अलग कमरों में पहुंचा जाया करता है।

"आप लंच पर कितने बजे आएंगे?' उठकर सविता ने पूछा।

"एक बजे।'

आज खाना मैं बना रही हूं,' सविता ने लजाकर कहा।

"तुम? क्यों? जेकब को क्या हुआ?' शुक्ला साहब परेशान हो आए।

गुड मार्निंग, डैडी," कहती रेवा वहां आ पहुंची।

"गुड मार्निंग," शुक्ला साहव ने कहा, फिर एक दम बोले, "सदिता कह रही है. आज लंच वह बनाएगी, क्यों?

"मामी जी कहती हैं, रस्म होती है," रेवा ने सफाई दी।

"रस्म? हमने तो कभी नहीं सुनी।

'होती तो है, डैडी, रेवा ने कहा, "मैंने भी बनाया था।'

"अच्छा," उन्होंने कुछ चिंतित स्वर में कहा, "तब एकाध चीज बना लेना। पूरा बनाने की जरूरत नहीं है। रेवा, अपनी मामी से कह देना।"

रेवा की शादी की तरह, सुधीर की शादी पर भी भूले-बिसरे रिश्तेदार कानपुर आ पहुंचे थे। मामी ने आते ही भीतर का काम अपने हाथ में ले लिया था। छुआछूत के मारे जेव ब के हाथ का खा नहीं सकती थीं, लिहाजा खुद रसोई की जिम्मेवारी सम्भाले थीं।

तब तक रेवा को ढूंढती मामी वहीं आ पहुंची। "अरे रेवा, तेरा मुन्ना कब से रो रहा है," कहती वे भीतर घुसी और नई बहू को मुंह उघाड़े खड़ा देख स्तम्भित रह गई।

जब होशोहवास लौटे तो कर्कश स्वर में बोल उठी, "तुम यहां क्या कर रही हो, बहू? ससुर के सामने मुंह उघाड़े आने का कौन-सा कायदा है?"

सुनकर शुक्ला साहब काठ हो गए। कठोर स्वर में बोले, "आप जानती हैं, हम परदे में विश्वास नहीं करते। बहू से ऐसा कहने का कोई मतलब नहीं है।'

"नहीं करते तो ठीक है, ननदोई जी," मामी हतप्रभ होकर बोलीं, आपका घर है। मैं तो यह कहने आई थी कि हम कल जाना चाहते हैं।

"अच्छा,' शुक्ला साहब ने कहा, "रेवा, साईस से कहकर इनका रिजर्वेशन करवा देना।"

अच्छा," रेवा ने कहा, "मैं अपना भी करा लें।

अभी से?' सविता मधुर स्वर में बोली, "कुछ दिन और ठहरिए न।"

"तेरा मुन्ना कब से रो रहा है, रेवा, मामी ने वेवा गुस्सा दिखलाते हुए कहा, "चल, तब मैं ही चलकर चुपकराऊ।"

दनदनाती हुई वे चली ही थीं कि शुक्ला साहब ने रोक लिया, "सुनिए, सविता कह रही थी खाना पकाने की कोई रस्म होती है।"

"होती तो है," मामी ने मुंह फुलाकर कहा, "आप कहें तो न कराएं।"

"नहीं, करा लीजिए, जरा हाथ लगवा लीजिएगा। गरमी में ज्यादा परेशान मत कीजिएगा।"

"ठीक है," मामी बुडबुड़ करती मुड़ गई।

'मैं आ रही हूं,' कह रेवा भी पीछे चल दी।

जब से बी॰ ए॰ करने के बजाय उसने मुन्ने को जन्म दिया है, वह डैडी के सामने आने से कतराती है। वह जानती है, उसके बी॰ ए॰ न करने से उन्हें कितना सदमा पहुंचा है।

"यह तुम्हारा अपना घर है, सविता, उनके चले जाने पर शुक्ला साहब ने सविता से कहा, "जैसे रहना चाहो, रहो। किसी बात का संकोच मत करो। किसी चीज की जरूरत हो तो हमसे कहो।"

फिर कुछ रुककर बोले, "सुधीर की मामी कल चली जाएंगी।'

'जी, डैडी। यहाँ से एक किताब ले लें?"

"हां-हां, ले लो, जो चाहो, ले लो।"

"दुपहर को एक बजे आ जाएंगे न?"

"बिल्कुल। हम रोज एक बजे लंच लेते हैं।"

'और चाय?' सविता ने पूछा।

'साढ़े पांच बजे।'

"जी, अच्छा," कहकर सविता भीतर चली आई।

उसके पूरे व्यवहार पर मुग्ध, शुक्ला साहब ने सन्तोष की सांस ली।

कमरे में पहुंचकर सविता ने देखा, सुधीर बैठा नाश्ता कर रहा है।

'कहां चली गई थीं?" उसे देखकर पूछा।

"डैडी ने बुलाया था," मधुर स्वर में सविता ने कहा। उसके स्वर में रात जगे रहने का कोई आभास नहीं था।

"तभी मामी इतना शोर मचा रही थीं," सुधीर ने मुस्कराकर कहा। रात नाराज होकर सो जाने से दोनों के बीच जो मनोमालिन्य पैदा हो गया था, सुधीर उसे धो डालने की पूरी कोशिश कर रहा था। कल दूसरा ही दिन था। उन्हें एक-दूसरे को समझने में कुछ समय लगेगा। प्यार से वह उसे अपनी तरह बना लेगा। धीरे-धीरे।

"क्यों, क्या हुआ? मुझे तो कुछ पता नहीं लगा," मासूमियत से सविता ने कहा।

"देखो, सविता," सुधीर ने समझाने के स्वर में कहा, "मामी जरा पोंगा-पन्थी हैं। परदे में कट्टर विश्वास है। मुझे खुद पसन्द नहीं है, पर उनका मन रखने को एकाध दिन परदा कर भी लिया जाए तो क्या हर्ज है? कल तो वे जाने को कह ही रही हैं।"

"डैडी ने बुला लिया, नहीं तो न जाती,' सविता ने कहा।

"चलो जो हो गया सो हो गया, सुधीर ने कहा, "अब बात-वात करके उन्हें खुश तो कर लो।"

"आप फिक्र मत कीजिए,' सविता हंस दी, "अभी मिनटों में खुश हुई जाती हैं। आज खाना मैं बना रही हूं।"

"इतना बढ़िया बनाती हो?' सुधीर बोला।

"देख लेना।"

"ठीक है, तब तो मैं एक बजे से पहले ही आ जाऊंगा।"

"आ जाना, खाना तो एक बजे ही मिलेगा।"

सुनकर एक बार सुधीर का मन हुआ कहे, जज साहब ठीक एक बजे खाते हैं, इसका मतलब यह नहीं कि कोई उससे पहले खा नहीं सकता, पर जब्त कर गया। अभी वह सब कहने का वक्त नहीं है।

शक्ला साहब की हिदायत की परवाह न करके सविता रसोई में जा पहुंची। मामी वहां पहले से विराजमान थीं। उसे देखते ही करछुल आगे करके बोलीं, "लो, हाथ लगा दो। बनाने को साहब ने मना किया है।"

हंसकर सविता वहीं उनके पास पटरे पर बैठ गई। बोली, "आदमियों की बात छोड़िए, मामी जी, उन लोगों को क्या मालुम? यह बतलाइए, बनाऊं क्या-क्या? करेले भरवां वनाऊं या काटकर? दाल उड़द की चढ़ाऊं न? खीर मखाने की बनाऊं या सेमई की?"

व्यंजनों के नाम सुन मामी गुस्सा कायम न रख सकीं। नई बहू क्या और कैसे बनाएगी, यह देखने का कुतूहल तो था ही, रसोई करने से एक जून छुट्टी पाने की लालसा भी थी। वे बैठी-बैठी देखती रहीं और सविता के दक्ष हाथ तरह-तरह के पदार्थ बनाते रहे। बड़ियों की तहरी, उड़द की यखनी दाल, कचौड़ी, भरवां करेला, खट्टा सीताफल, आलू की भाजी, मखाने की खीर। इतना बढ़िया कि खाकर विपरीत मनोवृत्तियों वाले उस घर के तमाम प्राणी खुश हो गए। सन्दीप ने इतनी तारीफ कभी अपनी मां की रसोई की भी नहीं की थी। रेवा ने रश्क के साथ मंजूर किया कि भरसक कोशिश करने पर भी ऐसा खाना वह उम्र-भर नहीं बना सकती। मामी का तो कहना ही क्या! आशीष दे-देकर माथा ऐसे चूमा कि ससुर के सामने घूघट उलटा देने का खयाल न रहा।

शुक्ला साहब ने मेज पर बैठते ही पूछा था, "सविता कहां है?"

गोविन्द के साथ मामी खेद खाना परोस रही थीं, जवाब उन्होंने दिया, "कचौड़ी उतार रही है।"

'क्यों? हमने मना किया था, उसे परेशान न करना।'

"तो मैंने थोड़ा बनाने को कहा। बहू को खुद रस्म पूरी न होने का गम था। बोली, बनाना तो पूरा खाना चाहिए। अपनी सास होतीं तो आधी रस्म करके छोड़तीं? तो मैंने कह दिया, जैसा तू ठीक समझे कर। उसने पूरी रसोई कर डाली।"

"यह सब उसी ने बनाया है?" जज साहब ने आश्चर्य से पूछा।

"और क्या?" मामी ने गर्व के साथ कहा।

"बिल्कुल एक्सपर्ट कुक है!

सुधीर ने एक टुकड़ा मुंह में डाला और मुस्करा उठा।

"अव तो बुला लो सविता को,' शुक्ला साहब ने कहा, "काफी हो गया।"

इस बार सविता आई तो आधा मुंह घूघट से ढककर। परदा था

भी और नहीं भी।

सुधीर ने सविता के गर्व से दमकते चेहरे को देखा तो खुशी के साथ कहीं असन्तोष अनुभव कर गया। पाक-कला में निपुण, दुनियादारी में माहिर, रुपए-पैसे में चौकस-ये तो नहीं चाहता था वह? इसके अलावा और कुछ भी है इसमें या नहीं ?"

तव तक मेज पर बैठे तमाम लोग सविता को खाने की बधाई दे रहे थे। मामी माथा चूमकर आशीष दे रही थीं और शुक्ला साहब और देर न करके जल्दी खा लेने की हिदायत। सुधीर क्या सोच रहा है, उस तरफ किसी का ध्यान नहीं था, सविता का भी नहीं।

उस रात सविता ने अंगूठी की बात दुबारा नहीं छेड़ी। किसी पौरा णिक योद्धा के समान, उसने सूर्यास्त के बाद लड़ाई में विराम देने का निर्णय कर लिया था।

"मामी को तुमने खुश कर लिया," बिस्तर पर लेटकर ऊपर छत की तरफ देख सुधीर ने कहा तो सविता उसके पास आकर बैठ गई। गरदन बढ़ाकर उसकी तरफ देखा और आंखें झपककर बोली, "और आपको ?'

"खाना तुम वाकई बढ़िया बनाती हो,' सुधीर ने समझदारी से कहा।

सविता मुस्करा दी। शैतानी से उसकी तरफ ताककर बोली, "बस, खाना ?"

सुधीर ने नजरें छत से हटाकर एक बार उसकी तरफ देख लिया तो अपनी गम्भीरता बनाए नहीं रख पाया।

हंसकर बोला, "और क्या ?"

साथ ही करवट उसकी तरफ कर हाथ बढ़ा दिया। सविता खुद-ब खुद उसके अंक में सिमट गई।

अगले दिन मामी चली गई। जाते हुए अनेक आशीषों के साथ अपने गांवः खतौली आने का आग्रह कर गईं। सुधीर से बोलीं, 'अब लक्ष्मी बहू आ गई है तो ननिहाल भी रह आओ एक बार। बहू मेमसाहव तो है नहीं कि गांव में रह न पाएगी।"

जरूर आएंगे, सुधीर ने कहा। जज साहब पर मामी का कटाक्ष उसे भला लगा। सविता उसे समझ नहीं पाई। उनके पैर छु मुस्कराकर बोली, "बुलाएंगी तो क्यों नहीं आएंगे, मामीजी ?"

मामी चली गईं तो सविता और मुखर हो उठी। दुपहर खाने की मेज पर रेवा से बोली, "रेवा दीदी, आप इतनी जल्दी क्यों जाना चाह

रही हैं? घर एकदम सुना हो जाएगा। कुछ दि और ठहर जाइए न।'

"हां, ठहर क्यों नहीं जाती?" सुधीर ने भ, कहा, "तुझे जाने की जल्दी पड़ी है?"

"संदीपजी की छुट्टी नहीं है तो वे चले जाएं। आप तो कुछ दिन रह सकती हैं,' सविता ने फिर कहा, "क्यों संदीपजी, रह न जाएं रेवा दीदी जी कुछ दिन और?"।

डैडी के सामने रेवा या संदीप यह नहीं कह पाए कि दोनों साथ ही जाना चाहते हैं।

"हां-हां,' संदीप ने कहा, "जैसा ये चाहें।'

और रेवा ने कहा, "अच्छा, दो-तीन दिन रुक जाऊंगी।"

तभी शुक्ला साहब बोल उठे, "हां, रेवा, सविता का सामान वगैरह आलमारियों में लगवा दो। कमरे में किसी चीज की जरूरत हो तो बतला देना, सविता।"

रेवा जल-भुन गई। वह क्या सविता की चीज-बस्त सम्भालने के लिए रुक रही है? ठीक है, उसने सोचा, अभी ठहर जाती हूं, पर दुबारा डैडी खुद नहीं बुलाएंगे तो नहीं आऊंगी।

"इस भीड़-भाड़ में तुझसे कुछ बात ही नहीं हुई," शुक्ला साहब अब उसकी तरफ मुड़कर बोले, "कुछ दिन ठहरकर जाना।'

उनकी बात पर सन्तोष करने का अवकाश भी नहीं मिला था कि नौकरानी ने आकर कहा, "मुन्ना तो चुप ही नहीं हो रहा, बीबीजी।'

"प्लीज, एक्सक्यूज मी," कह रेवा एकदम प्लेट छोड़ उठ खड़ी हुई, "जरा देख आऊं।"

"क्यों?" शुक्ला साहब के माथे पर बल पड़ गए। "यह नहीं चप करा सकती उसे? मेरी समझ में नहीं आता, एकदम खाना छोड़कर उठने की क्या बात है?"

"मान नहीं रहा, डैडी। इसके पास रहने की आदत नहीं है," रेवा ने कहा और वापस कुर्सी पर बैठने का प्रयत्न नहीं किया।

उसके चले जाने पर, देर तक शुक्ला साहब माथे पर शिकन डाले बैठे रहे। क्या हो गया रेवा को? एकदम दकियानूसी औरत बन गई। बच्चा जरा-सा रोया नहीं कि तमाम दिनचर्या उलट-पलट कर उसके पीछे भागने लगी।

'अंग्रेज लोग कभी बच्चों को इस तरह स्पॉयल नहीं करते," उन्होंने

कहा, शायद संदीप से।

"जी-हां,' संदीप हंस दिया, "पर इन औरतों को कौन समझाए, उसने ऐसे कहा जैसे रेवा और आम गंवई औरत में कोई फर्क न हो। शुक्ला साहब की कोफ्त बढ़ गई।

"वहां भी खुद देखती है बच्चे को,' संदीप कहता गया। उसके स्वर में परेशानी नहीं गर्व झलक रहा था। "नौकरानी तो सफाई-धुलाई में लगी रहती है।'

शुक्ला साहब अपने में डूबे बैठे रहे। जब से रेवा की शादी हुई है, वह पास रहते हुए भी उनके करीब नहीं होती। अलग दुनिया में बसी रहती है, जहां शुक्ला साहव का दखल नहीं होता। शादी के बाद उसे विदा करने पर हुआ दुख याद आ गया। कैसे अपंग-अकेले हो गये थे, उसके लौट आने का इन्तजार करते! पर वह जो गई तो लौटकर नहीं आई। अब आई भी, तो जैसी गई थी वैसी नहीं। यही करते रहना है, तो उसके यहां टिके रहने में कोई रस नहीं है। अनमने भाव से उन्होंने उसांस भरी और सोचा, चलो, सविता तो है।

सविता ने सब कुछ ध्यान से सुना था और अन्दाज लगा लिया था कि रेवा के पास बस यही नौकरानी है। और क्या, इस घर की तरह नौकर-चाकर सब घरों में थोड़ा मिल सकते हैं। यह ऐशो-आराम, यह ठाट-बाट अभिजात वर्ग के ऊंचे ओहदे वाले साहबों के घर में ही हो सकता है। उसके पिताजी के पास व्यापार और दुकानों से कमाई कितनी दौलत है, पर ऐसा रहन-सहन कहां? वह जज साहब के प्रति कृतज्ञ हो उठी। सच, जज साहब के संरक्षण से परे, सुधीर के साथ अकेले रहना पड़े तो उसे भी यह उपलब्ध न हो। उसने सलाद की प्लेट उनके आगे कर दी और आग्रह के साथ कहा, "लीजिए न, डैडी।

शुक्ला साहब के माथे की शिकन पुंछ गई। प्लेट उसके हाथ से लेते वे मुस्करा दिए।

दुपहर का खाना खाकर सुधीर दफ्तर नहीं गया। अलसाया-अधलेटा कमरे में पड़ा रहा और रेवा और सविता को बक्सों में से कपड़े-लत्ते निकालकर अलमारियों में जमाते देखता रहा। पहला बक्स खुला, कशीदा किए मेजपोश और पलंगपोश, महीन दुसूती के काम की चादरें और गिलाफ निकले और आलमारी में सहेज दिए गए। चादरें एक खाने में, पलंग पोश दूसरे में और गिलाफ और मेजपोश तीसरे में। फिर दूसरा बक्स खुला, उसमें से निकले छोटे-छोटे प्यारे-प्यारे हस्तकला के नमूने—गुड़िया

का मुंह और घाघरे में बनी टीकोजी, बादलों-से हल्के झालर-लगे सफेद नैपकिन, दूधिया आरकण्डी का फूल-सा खिला रूमाल रखने का डिब्बा, बेल-लगे रंग-बिरंगे रूमाल, सीप-मोती-जड़ा नन्हा-सा बटुआ। चादर और मेजपोशों वाला बक्स खोलकर सामान सहेजते हुए, रेवा ऐसे दिख रही थी जैसे उसे उनमें कोई दिलचस्पी न हो, काम पूरा कर रही हो। पर इन नन्ही-नन्ही, प्यारी चीजों वाले बक्से के खुलते ही सारा गाम्भीर्य भूल चहक उठी, "हाय, कितनी प्यारी गुड़िया है, बिल्कुल इंगलैंड की रानी-सी! और यह रूमाल रखने का डिब्बा, आपने बनाया है? डेहलिया का फूल लगता है, सच्ची!"

"हां, सब चीजें मैंने बनाई हैं। अच्छी लगीं?" सविता ने मुस्करा कर कहा।

"बहुत प्यारी हैं। काम भी कितना महीन है," रेवा एक-एक नैपकिन पर हाथ फेरती हुई बोली।

सुधीर के सामने बच्चों के खेल-सा लुभावना दृश्य खिल उठा। वह अनुग्रह से मुस्करा दिया। कितनी खुशनुमा है औरतों की यह अपनी दुनिया!

तीसरे बक्से की खुलने की बारी आई तो रेवा और मुखर हो उठी। ऊपर से दुशाले हटकर आलमारी में जम गए तो नीचे से साड़ियां निकल आईं। रेवा ने उन्हें पहले देखा नहीं था। मामी के चाहने पर भी सविता के कपड़ों की नुमाइश नहीं लग पाई थी। जज साहब ने मना कर दिया था। बस, दहेज की साड़ियों का बक्सा खोलकर फैलाया जा सका था। उसमें से छांटकर मामी और रेवा ने सब रिश्तेदारों को उनकी साड़ियां बांट दी थीं। सबसे बढ़िया साड़ी खुद रेवा को मिल गई थी। पर सविता की साड़ियां देखने की चाह मन में रह गई थी। अब वे एक-एक करके उसके सामने खुलने लगीं। सविता उन्हें उठा-उठाकर मैचिंग ब्लाउज और पेटीकोट के साथ जमा रही थी। हर बार रेवा उसके हाथ से साड़ी ले लेती और घुमा-फिराकर देखती। लखनऊ के चिकन के काम की और बनारसी सिल्क के नये डिजाइनों की उम्दा साड़ियां देखकर, वह तारीफ पर-तारीफ करने लगी। जिस साड़ी की वह ज्यादा तारीफ कर देती, सविता उसे पूरी तरह खोल डालती और रेवा मुग्ध हो उसका एक-एक फूल परखती। फिरोजी रंग की बनारसी साड़ी पर शुभ्र जरी के फूल खिले देख, वह उत्तेजित हो उठी। सोने की जरी का काम उसने पहले देखा था, पर चांदी की जरी देखने का पहला मौका था। दिल्ली में रहते हुए भी, वह महीनों से

साड़ी की दुकान पर नहीं गई थी। मुन्ने के होने से पहले या वाद समय ही नहीं मिला था। जरूरत भी नहीं थी। अभी शादी की सारी साड़ियां नई की-नई पड़ी थीं।

'चांदी वाली जरी कितनी लाजवाब लग रही है! मैंने तो पहले देखी नहीं, उसने चिहुंककर कहा और साड़ी खोल डाली।

"एकदम लेटेस्ट चीज है," सविता ने गर्व के साथ कहा।

रेवा ने साड़ी का रुपहला पल्लू कन्धे पर डाला और उसके फिरोजी रंग पर खिले चांदी के बार्डर को अपने गोरे मुख पर रखकर, शीशे के सामने जा खड़ी हुई। क्षण-भर मोहित भाव से देखकर बोली, "सोने के काम से ज्यादा दिलकश लगता है, नहीं?"

"हां,' सविता ने कहा।

"मुझ पर फवता है न?" उसने कुछ इतराकर पूछा।

"सभी पर फबता है,' सविता ने कहा।

"तुझे इतनी पसन्द है तो तू ले ले,' अनायास सुधीर बोल उठा।

कमरे में सन्नाटा छा गया। न रेवा ने कुछ कहा, न सविता ने। सुधीर को कुछ अटपटा जरूर लगा, पर वह बोलता गया, "बाप रे! इतनी ढेर साड़ियां पहनते-पहनते तुम लोग थक नहीं जातीं? चल, रेवा, यह साड़ी तू रख ले।'

सविता ने फिर भी कुछ नहीं कहा। होंठ कसे चुपचाप बैठी रही। रेवा ने चोर नजर उस पर डाली और साड़ी अलग करते हुए जबरदस्ती मुस्कराकर बोली, "नहीं-नहीं, मैं क्यों ले लें? तुम भी, भैया, बस, कमाल करते हो!' उसने जल्दी से साड़ी की तह की और आलमारी में रख दी। सविता ने चुपचाप दूसरी साड़ी बक्से में से निकाली और बिना खोले वैसे-की-वैसी आलमारी में लगा दी। अवाक् सुधीर देखता रहा।

दोनों औरतें बिना उसकी तरफ देखे अपना काम करती रहीं। जल्दी जल्दी साड़ी-ब्लाउज आलमारी में टिका रेवा बोली, "मुन्ने को देख आऊं, देर हो गई, और कमरे से बाहर निकल गई।

"उसके बाहर जाते ही अब तक निर्वाक् बैठा सुधीर फट पड़ा, "एक साड़ी रेवा को दे देतीं तो क्या बिगड़ जाता?"

"उनके हिस्से की साड़ी मैं पहले दिन ही उन्हें दे चुकी हूं,' सविता ने मधुर स्वर में कहा और आलमारी बन्द करके ताला लगा दिया।

उससे मतलब?" सुधीर ने कहा, "उसे यह पसन्द जो थी।'

उन्हें तो सभी पसन्द थीं,' सविता ने उसी मधुर स्वर में कहा, "पर

अपनी साड़ियों में से ननद को देने का कोई कायदा नहीं है।"

"कायदा!' सुधीर तड़पकर उठ खड़ा हुआ, "मैं कायदे की बात नहीं कर रहा। कायदा हो न हो, छोटी वहिन है, उसे चीज पसन्द है तो शौक से दी नहीं जा सकती?"

"मैंने तो मना नहीं किया,' कुछ रुककर सविता ने रुआंसी आवाज में कहा, "वे लेना चाहें तो जरूर ले लें। पर देख लीजिएगा, वे खुद ही नहीं लेंगीं। दूसरे की शौक से बनाई चीज कोई नहीं लेगा।'

"रेवा, ओ रेवा!" सुधीर ने जोर से आवाज लगाई। रेवा का जवाब नहीं मिला तो दरवाजे पर जाकर और जोर से चिल्लाया, "रेवा, इधर तो आ!"

"क्या है, सुधीर भैया?" कहती रेवा आ पहुंची। जब से उसकी शादी हई है, रेवा को लगता है सुधीर के नाम के साथ भैया लगाना जरूरी है।

"कहां चली गई थी? अपनी साड़ी लेती जा," सुधीर ने साड़ी आलमारी से निकालकर उसकी बांहों में रख दी।

"आपको पसन्द है तो ले लीजिए,' सविता ने छोटी-सी आवाज में कहा।

अजीब धर्मसंकट में पड़ी रेवा समझ नहीं पा रही थी क्या कहे। इतने में सुधीर बोल पड़ा, "क्यों, तुझे पसन्द तो है न?'

"पसन्द तो मुझे सभी साड़ियां हैं,' रेवा ने बात को मजाक में लेते हुए कहा, "तो क्या नई दुलहिन का सारा दहेज छीन लें? तुम भी, सुधीर भैया, एक ही हो!"

"मैं जो कह रहा हूं, तू ले ले," तमतमाकर सुधीर ने कहा।

"अच्छा, ठीक है, ले लेती हूं,' स्थिति को सम्भालते हुए रेवा ने कहा, "और तुम क्या आज दफ्तर से छुट्टी मना रहे हो?'

सहसा सुधीर को लगा, इससे तो दफ्तर जाना बेहतर होता।

"जा रहा हूं,' कहकर वह कमरे से बाहर निकल गया।

उसके चले जाने पर, कुछ देर रेवा परेशान, चुपचाप खड़ी रही, फिर सायास हंसकर, मधुर स्वर में बोली, "सुधीर भैया को तो जो सूझ गई सूझ गई! मैं क्या पागल हूं जो दूसरे की शौक से बनाई चीज हथिया लंगी? लो, रखो भाभी, अपनी साड़ी,' कहकर वह वहां नहीं टिकी। जल्दी से साड़ी आलमारी में रख बाहर निकल गई।

सविता समझ गई, उसने उसकी बातें बाहर से सुन ली हैं। चलो अच्छा हुआ।

बाहर आकर रेवा ने लम्बी सांस खींची। बेकार झंझट खड़ा हुआ। सविता के ऊपर उसे रोष नहीं था। बिना बात अपनी साड़ियां बांटना कोई औरत पसन्द नहीं करती। यानी कोई आम औरत। आम आदमी को उससे कोई शिकायत नहीं होनी चाहिए। पर सुधीर? अजीब फक्कड़ आदमी है! कायदा-कानून मानता नहीं। दुनियादारी समझता नहीं। स्कूल-कॉलेज के दिनों में भी जिस-तिस दोस्त को रुपये बांट आता था। जानती थी तो बस रेवा। खुले दिल और जेब वाले डैडी को पूरी बात बतलाने की जरूरत नहीं पड़ती थी। उसकी शादी के बाद सुधीर को कुछ दिन तकलीफ रही होगी, डैडी के सामने खुद जाने से कतराता जो था। फिर खुद कमाना शुरू कर दिया था। अब सविता के आ जाने पर वह सब चल सकेगा? और न चलने पर स्वयं सविता के साथ कैसे चलेगा? उसका मन गहरी आशंका से भर उठा।

8

सविता कमजोर औरत नहीं थी। शादी की अगली सुबह से ही उसने उस शिला की तलाश शुरू कर दी, जो उसकी समृद्ध अट्टालिका को सहारा दे सके। जल्दबाजी उसके स्वभाव में नहीं थी।

जैसे ही उसकी समझ में आ गया कि सम्भ्रान्त घर की ऐश्वर्यमयी स्वामिनी बनने के लिए उसे सुधीर के नहीं, जज साहब के कन्धे थामने होंगे, वह रोमानी वधू से कर्तव्यनिष्ठ कुलवधू बन गई। जिन रोमानी उपन्यासों को वह शादी से पहले चाव से पढ़ती आई थी, उन्हें उठाकर ताक पर रखने में वह नहीं हिचकी। उनकी जगह जमीन-जायदाद के कागजात और बैंक की एकाउण्ट-बुक संभाल ली और उन्हीं के अध्ययन में रत हो गई। सुधीर की गतिविधियों पर भी दृष्टि रखने लगी, जिससे मेहनत से खड़ी की गई इमारत में सेंध न लग जाए। हिसाब-किताब रखने की अपनी आदत की वजह से, वह हर महीने बतला सकती थी कि सुधीर ने ठीक कितने रुपये, ऐरों-गैरों को सीधा दान देकर या ऐसे उधार देकर, जिनके वापस लौटाए जाने की सम्भावना नहीं थी, मिट्टी में मिला दिए। अब तक जज साहब को सुधीर की कार्यवाहियों की जानकारी नहीं थी। अब सविता से उनका ब्यौरा और भयकर परिणामों का लेखा-जोखा पाकर, वह इतने त्रस्त हो उठे कि खर्चे की हर रकम पर नजर रखने लगे। सुधीर की इन आदतों की वजह से, वे समझ गए, उसकी नौकरी

के बावजूद सविता का काम उनसे पैसे लिए बगैर नहीं चलता। और सुधीर था कि जितना शुक्ला साहब, पैसे को दांत से पकड़ते, उतना लापरवाह होता जाता। उनसे जूझने का एकमात्र रास्ता यही नजर आता कि चारों ओर फैले जरूरतमन्दों के हाथों, अपनी कमाई और जज साहब की सम्पदा लुटा दे।

जितना सुधीर और सविता एक-दूसरे को समझने में नाकामयाब होते गए, उतना शुक्ला साहब और सविता हमदर्द बनते गए। कामकाज में निपुण, नियम-पालन में दक्ष, और हिसाब-किताब में माहिर सविता ने उनके हृदय के उस स्थान को भरना शुरू कर दिया जो रेवा के चले जाने के बाद खाली हो गया था। उसके संचालन में उनके उठने-बैठने, खाने पीने, घूमने-पढ़ने के समय का निर्वाह इतनी कुशलता से होता कि एक दिन शिकायत का मौका नहीं मिला। फिर कुशाग्र-बुद्धि सविता जमीन जायदाद की समस्यओं में भी उतनी ही दिलचस्पी रखती थी जितनी घर के कामकाज में। यहां वह रेवा से अधिक समर्थ थी। रेवा लड़की थी, पराया धन। जमीन-जायदाद के बारे में उसे बतलाने में तुक नहीं थी। पर सविता घर की बहू थी। हर बार अपने 'इन्वेस्टमेंट के बारे में उससे सलाह लेने के बाद वे ठण्डी सांस भरकर सोचते, काश, यह पुत्रो चित विवेक-बुद्धि सुधीर में हुई होती!

सविता की मदद से शुक्ला साहब ने अपनी छहों कोठियां ऊंचे-से ऊंचे किराये पर बड़ी कम्पनियों को चढ़ा दीं। उसके संयोजन में बैंक में पड़े रुपयों से नामी मिलों के शेयर खरीद लिए, जिन्हें वह समय-समय पर बाजार भाव देखकर बेचने-बदलने लगी। उसी की सलाह पर कदोरा गांव में पड़ी अपनी सौ बीघा जमीन उन्होंने गन्ने की काश्तकारी के लिए ठेके पर दे दी। उसकी सलाह मानकर हर तरह अपनी सम्पत्ति में वृद्धि की। उनकी स्टडी सविता के लिए किसी दफ्तर से कम नहीं थी। जहां कभी रेवा के साथ बैठकर जज साहब साहित्य-चर्चा किया करते थे, अब सविता की देखभाल में जायदाद के मसले सुलझाने लगे। इसका यह मतलब नहीं है कि साहित्य-चर्चा होती ही नहीं थी। सविता अच्छी तरह जानती थी, डैडी को अपनी बेशुमार किताबों से गहरा लगाव है और किसी से बांट लेने की इच्छा भी। वह रेवा की कमी हर तरह पूरी कर देना चाहती थी। हर बार सम्पत्ति की बात निबट जाने पर, उनसे कोई किताब मांग जल्दी-जल्दी पढ़ डालती। घोर साहित्यिक पुस्तकों में उसे रुचि नहीं थी फिर भी शुक्ला साहब की खातिर वह उन्हें सरसरी तौर

पर पढ़ जरूर लेती। इससे उनके बारे में इतनी जानकारी हो जाती कि डैडी को उकसाकर चर्चा करवाने पर, उनकी बातें सिर के ऊपर से न गुजर जाएं। एकाध प्रश्न पूछकर उनकी दिलचस्पी बनाए रखती और उनके हर निष्कर्ष से सहमत हो जाती। ऐसी सुशील और कार्य-दक्ष पुत्र वधू पाकर शुक्ला साहब के दिन आराम से कैसे न बीतते?

सदियों से भारतीय नारी के जिस आदर्श रूप की धूम रही है, सविता उस पर खरी उतरती थी। विवाह करने पर वह एक पुरुष की पत्नी नहीं बनी थी; बनी थी उसके खानदान की बहू, उसके बच्चे की मां, उसके घर-द्वार की रक्षिका। उनके कर्तव्य निभाने में कोई कसर नहीं उठा रखी। पति की मर्यादा का भी तो उल्लंघन नहीं किया। पति की ओर से उदासीन होने पर भी अधर्म का काम नहीं किया। डंके की चोट पर वह सिर ऊंचा करके कह सकती थी, परपुरुष की तरफ आंख उठाकर देखा तक नहीं।

सुधीर और सविता शयनकक्ष के एकान्त में मिलते रहे, पति-पत्नी का व्यापार निभाते रहे ; आश्चर्य, केवल कर्तव्य समझकर नहीं, प्रकृति के नियमों से अभिभूत होकर भी। शरीर की अपनी मांगें होती हैं और अपने नियम। दिन में बिगाड़े गए रुपयों का जिक्र सविता रात के सन्नाटे में सुधीर से नहीं करती। मानसिक धरातल पर दुनिया से हो रहे अपने संघर्ष का वृत्तान्त सुधीर अन्धेरा घिर आने पर सविता के सामने नहीं उघाड़ता। दिन में अपने-अपने क्षेत्र में वे एक-दूसरे से जूझते और सूरज छिपने पर हथियार डाल, रात-भर के लिए सन्धि कर लेते। बस, जैसे जैसे दिन बीतते गये, सन्धि का समय घटता गया। चन्द पहरों से लेकर चन्द घण्टे और फिर घण्टों से हटकर चन्द मिनट। कभी-कभी तो एक दूसरे की बांहों से अलग होने से पहले ही वे अगले दिन की मुठभेड़ की। योजना बनाने लगते।

सविता की आकांक्षाओं की पूर्ति के लिए सुधीर का सुधीर होना जरूरी नहीं था। वह चाहती थी एक बड़ा घर, जो जज साहब ने दे दिया था। ऐशो आराम की जिन्दगी, जो जज साहब के पैसे और पद ने पहले मुहैया कर रखी थी। समाज की इज्जत, जिसकी जज साहब के संरक्षण में कमी नहीं थी। सुरक्षित भविष्य, जिसके लिए जज साहब ने काफी जमीन-जायदाद जुटा रखी थी। और वह चाहती थी बच्चे, जो सुधीर ने अनजाने उसे दे डाले। इनके अलावा वह चाहती थी एक सबल पुरुष, जो सुधीर था। इन सब उपलब्धियों के बीच जो उसकी मानसिक

शान्ति भंग करता था, वह सुधीर का सुधीर होना ही तो था।

विवाह का पहला साल पूरा होते-होते सविता की पहली सन्तान भी हो गई···लड़की। हल्की-सी निराशा हुई। पहला बच्चा लड़का होता तो अच्छा रहता, डैडी को एक वारिस मिल जाता। सुधीर के दिवास्वप्नों से उनकी सम्पत्ति की रक्षा करना काफी नहीं है, एक उचित उत्तराधिकारी भी चाहिए। लड़का होता तो शिक्षा देती कि जायदाद को अपनी समझकर देखे-भाले। अब अगली बार तक इन्तजार करना पड़ेगा।

'लड़की है, सुधीर से उसने इतना ही कहा।

"कितनी प्यारी है। रेवा पर गई है, नहीं?' कह उसने नवजात बच्ची को गोद में उठाकर चूम लिया।

"विजया," उसने कहा, "इसका नाम विजया रखेंगे। दकियानूसी चीजों पर विजय पाने वाली।"

नाम रखने से क्या होता है, सविता ने मन ही-मन कहा, कुछ भी रख लो। तुम्हारा नाम भी तो सुधीर है पर तुम-सा अधीर आदमी मैंने दूसरा नहीं देखा।

ऊपर से बोली, "कुछ भी रख लो, डैडी से भी पूछ लो।"

"इसमें वे क्या करेंगे?"

'सबसे पूछकर रखना चाहिए।"

आखिर विजया में बुराई क्या है?" सुधीर ने तेज स्वर में पूछा तो सविता बोली, "बुराई क्यों होती? अच्छा नाम है, सभी को पसन्द आएगा।"

इतनी छोटी-सी बात को लेकर बहस करना उसे बेकार मालूम पड़ा।

"विजया," सुधीर ने बच्ची को चूमकर धीरे से पुकारा। उसका हृदय हर्ष और परितोष के दबाव से चौड़ा हो गया। यह मेरी है, उसने सोचा, 'इसे मैं जैसा चाहूं बना सकता हूं। यह मेरे संरक्षण में है। मैं इस पर कोई अंकुश नहीं रखेंगा, अपनी कोई मान्यता या महत्वाकांक्षा नहीं थोपंगा' सोचते-सोचते वह बोल उठा, "यह जो करना चाहेगी, करेगी; जैसे रहना चाहेगी, रहेगी···आजाद।"

हूँ! मन-ही-मन सविता ने अवहेलना से टोका, अपनी तरह गैर जिम्मेवार और स्वप्नजीवी बनाकर छोड़ना है? लड़की है तो ढंग से

रहना सीखना होगा। पढ़-लिख लेने का यह मतलब नहीं कि पैर धरती पर न पड़ हवा में उड़ने लगें। "लड़की होकर हर बात में अपनी मर्जी कैसे चलाएगी?"

जैसे तुम चलाती हो, जैसे रेवा चलाया करती थी, सोचकर सुधीर की जबान पर कड़वाहट आ गई पर कहने से पहले नजर बांहों में सोती बेटी पर गई और वह पिघल गया।

"लड़की हो या लड़का, क्या फर्क पड़ता है?' उसने कहा, मेरे लिए दोनों एक हैं।"

सविता चुप रही।

"डैडी शायद लड़का चाहते होंगे, कुछ रुककर उसने कहा।

"तो?'

"लड़की का सुनकर कुछ कह रहे थे?"

'हां।'

क्या?"

'लड़कियों से ही घर की रौनक होती है," उसने उनकी बात हल्के व्यंग्य के साथ दुहरायी।

"यह तो ठीक है,' सविता एकदम खुश होकर बोली, "लड़की हो तभी तीज-त्यौहार का मजा है। मां से प्यार भी लड़की को ज्यादा होता है। बड़ी होगी तो हर काम में मेरा साथ देगी। मेरा भी दिल लगा रहेगा।"

"बस-बस,' सहसा सुधीर के मुंह से निकल गया, "इसे भी अपने जैसा मत बना देना।"

"क्या मतलब?' सविता ने तड़पकर पूछा।

"कुछ नहीं।"

"कुछ नहीं क्यों? मुझमें जो बुराई है, खोलकर कहो।',

"मैं तो मजाक कर रहा था।

"नही, यह मजाक नहीं है। तुम यह नहीं सोचते कि मेरी वजह से घर संभला हुआ है वरना कब का बर्बाद हो चुका होता। डैडी बेचारे अकेले क्या-क्या कर सकते हैं?" डैडी के जरिये जो तोहमत उस पर लगाई गई थी, उसे समझ वह चिढ़ उठा।

"तो अपने डैडी पर एहसान जतलाओ, मुझे क्या कहती हो? यह घर मेरा नहीं उन्हीं का है।"

"यह तुम्हारे मन का खोट है। डैडी का जो कुछ है हमारा ही है।"

"तुम्हारा होगा, मेरा नहीं।"

"इसलिए क्या सब-कुछ लुटाकर खत्म कर दोगे?" सविता ने कड़वे स्वर में कहा।

"क्या लुटाया है मैंने?'

'क्यों! पिछले हफ्ते मानकचन्द पांच सौ रुपये नहीं ले गया?"

"ले गया तो? तुमसे मतलब? अपने कमाये पैसे दिए हैं, तुम्हारे डैडी के नहीं।"

'पर इतने पैसे बचे कैसे? घर का खर्च डैडी के भरोसे चल जाता है, इसी से न?"

"वह तुम्हारी जहालत है। उनसे पैसे लेने जाती क्यों हो? यहां रहती क्यों हो? मैं आज ही इस नौकरी से इस्तीफा देकर धनबाद चला जाता हूं। खदानों में नौकरी मिलना मुश्किल काम नहीं है।'

धनबाद जाने की बात सुन सुविता डर गई। स्वर कोमल बनाकर बोली, "आप तो यूं ही नाराज हो गए। धनबाद के धूल-कोयले में भला बेबी कैसे रहेगी?

"जैसे सब रहते हैं, सुधीर ने तल्खी से कहा और बच्ची को वापस पालने में लिटा दिया।

उसने बाहर जाने को कदम उठाया ही था कि पालने में पड़ी बच्ची चीखकर रो दी। सुधीर ठिठक गया; गोदी की गरमाई से हट पालने की ठण्डी चादर पर लेटने से आंख खुलते ही रो पड़ना बच्ची के लिए स्वाभाविक था। पर सुधीर को लगा शायद उसने बच्ची को जोर से पालने में पटक दिया है, इसी से गला फाड़ रो उठी है। अपराधी-स। चेहरा लिये उसने बच्ची को देखा, फिर सविता को।

"आया को बुला लो," सविता ने रुआंसे स्वर में कहा, "मैं वैसे ही थकी पड़ी हूं।"

सुधीर की अपराध-भावना और बढ़ गई। अभी कल तो सविता ने बच्ची को जन्म दिया है। और वह बेकार की झिक-झिक ले बैठा। सच, छोटी-सी कोमल बच्ची धनबाद के धूल-कोयले में कैसे पनपेगी? और कौन-सी धनबाद की नौकरी मिली पड़ी है। फिर आजकल मानकचन्द के साथ दवाइयों की फैक्टरी लगाने की बातचीत हो रही है। जानकारी हासिल करने के लिए तो पिछले हफ्ते पांच सौ रुपये दिये हैं उसे।

"बुलाता हूं, तुम आराम करो,' उसने मीठे स्वर में कहा, "बिना बात क्यों अपना दिमाग खराब करती हो।'

मानकचन्द सुधीर का दोस्त ही नहीं, रिश्ते में फुफेरा भाई भी लगता था। जज साहब उस रिश्ते को मानें-न-माने, मानक चन्द को उनकी धन दौलत और सुधीर की इच्छाओं की पूरी जानकारी थी। सुधीर के काफी दोस्त उसे शुक्ला साहब की धन-दौलत के इस्तेमाल के तरीके बतला कर बिजनेस करने की सलाह देते रहते थे। मानकचन्द उनसे दो कदम आगे था। उसने बिजनेस का पूरा प्लान तैयार कर लिया था। जब भी उससे मिलता, कहता, "भाई साहब, आपके पास इतनी दौलत है, एक दवाइयों की फैक्टरी क्यों नहीं खोल लेते? आप जानते हैं, हम लोग सारी महत्वपूर्ण ड्रग्स बाहर से इम्पोर्ट करते हैं, एण्टीबायोटिक्स कितने ऊंचे दामों पर बिकते हैं! गरीब आदमी बेचारा उतना पैसा खर्च नहीं सकता। बेमौत मारा जाता है। अपने देश में ज्यादा दवाइयां बनने लगें तो दाम कम हो जाएं। अरे पैनिसिलिन, स्ट्रैपटोमाइसिन न सही, मलेरिया-पेचिश की मामूली दवाइयां तो बन सकती हैं। अपने गांवों में यही बीमारियां होती हैं, भाई साहब। मामा जी के पास इतना पैसा है, किस काम आएगा? फिर इसमें नुकसान की सम्भावना है नहीं। फायदे का फायदा और देश-सेवा की देश-सेवा।'

धीरे-धीरे, प्रस्ताव सुधीर के मन में घर करता गया। एक साल बीतते-बीतते हैरिस टेक्सटाइल मिल से उसका मन ऊब चला था। जिस जोश में आकर, अदृश्य प्रेयसी के लिए, उसने मिल की नौकरी कबूल की थी, कब का ठण्डा पड़ चुका था। कहीं और नौकरी करके, अपनी कमाई पर रहने और घरबसाने का ख्वाब वह अक्सर देखा करता। पर मन-ही मन जानता था, उतने पैसों में उनका गुजारा होने वाला नहीं है। मानकचन्द के सुझाव ने समस्या सुलझाकर रख दी थी। शुक्ला साहब की खानदानी दौलत का देश-कल्याण के लिए सदुपयोग, अपनी आय में वृद्धि। और फिर मानकचन्द कहता न था, 'मामाजी से आपको रुपये उधार-भर लेने हैं।"

एक बार फैक्टरी चल निकले तो जो मन में आयेगा कर सकेगा। सविता के घर खर्च के बाद जो बचेगा, गरीबों की मदद में लगा देगा। उसके कारखाने के मजदूरों को किसी किस्म की तकलीफ नहीं होने पायेगी। बीमारों को मुफ्त इलाज करायेगा, बच्चों को मुक्त स्कूल में पढ़ाएगा। अपना अस्पताल और स्कूल ही खोल डालेगा। कोई उसके काम में हस्तक्षेप नहीं कर सकेगा। उससे यह कहने की जुर्रत नहीं कर सकेगा कि वह घर का सामान लुटा रहा है। सविता भी उसकी इज्जत

करेगी और विजया? शुरू से ऐसे वातावरण में पलेगी तो उसकी तरह सोचेगी। कितना गर्व होगा उसे अपने पिता पर। गरीब-दुखियों की सेवा में रत, दरियादिल इन्सान, नेक पिता और काबिल उद्योगपति यह विजया के लिए उसी तरह आदर्श होगा, जैसे शुक्ला साहव रेवा के लिए थे।

"यह सब होगा न?' उसने मानकचन्द से कहा, "मुझे इस काम के बारे में जानकारी नहीं है।"

"तब क्या हुआ, भाई साहब?" मानकचन्द ने विनम्र स्वर में कहा, 'आप तो अभिभावक होंगे फैक्टरी के। अपने सुझाव और आशीर्वाद देते रहिएगा। भाग-दौड़ मैं करूंगा। सच भाई साहब, मैं तो आपकी बातों पर मर-मिटा हूं। जैसे आपके ऊंचे खयाल हैं, सबके हों तो देश की काया-पलट हो जाए। गरीबों की सेवा करने का संकल्प कितने लोग उठाते हैं? पर सेवा करने के लिए पैसा चाहिए। काम शुरू करके बीच में तो बन्द किया नहीं जा सकता। ठहरे हुए पानी से खेत सींचेगे तो एक-न-एक दिन खत्म होगा ही। बहते पानी की नदी हो तो क्या कहना। फैक्टरी की कमाई बहती जलधारा होगी। ऐसे महान काम में मैं आपका साथ दे सकें, इससे बड़ा सौभाग्य मेरे लिए और क्या हो सकता है?"

विजया का मुंह देखकर सुधीर ने तय किया कि धनबाद जाना नहीं हो सकेगा। कानपुर रहकर फैक्टरी, लगानी होगी और अपनी खूबसूरत सपना पूरा करना होगा। बस, शुरुआत करने में शुक्ला साहब से टक्कर लेनी होगी, फिर काम अपने-आप पूरा होता चला जाएगा।

| एक-डेढ़ महीने तक शुक्ला साहब से रुपये के बारे में बातचीत करने के लिए वह रोज अपने को तैयार करता रहा। खाने की मेज पर आज-कल दोनों अकेले सामना कर रहे हैं। सविता कमरे से बाहर नहीं निकलती। खाना भी नहीं खाती है। अभी बच्चे को चालीस दिन पूरे नहीं हुए। सुधीर चाहे तो आसानी से बात छेड़ सकता है। मेज पर उनके सामने बैठ, टुकड़ा तोड़ते-तोड़ते, कह देने की उत्कण्ठा उसके गले में आ फंसती है। रोटी का कौर मुंह में चुभने लगता है। कह डालने को मुंह खोलता है और बिना कहे बन्द कर लेता है। लगता है। जबान हिलाते ही सपना कमज़ोर पड़कर थरथराने लगेगा और 'नहीं' की चोट खाकर ढेर हो जायेगा। उस क्षण की लाचार वेदना की कल्पना से वह ओठ भींच लेता। न कहकर सपने को कायम रखा जा सकता था, टूटन-भरे क्षण को स्थगित किया जा सकता था।

सुनता, शुक्ला साहब पूछ रहे हैं, "सविता कैसी है?"

जवाब देता "ठीक है, तो अपनी बात जबान पर आने को बेताब हो उठती। दिल जोरों से धड़क उठता, कान लाल हो जाते, हाथ कांपते, मुट्ठियां बंधतीं और फिर खुल जातीं। वह क्षण को टाल जाता।

शुक्ला साहब अब पूछ रहे होते, "बेबी कैसी है?

वह अपनी बात थूक के साथ गले के रास्ते धड़कती छाती के अन्दर उतार देता और रोज की तरह उत्तर दे देता, "ठीक है।"

"लेडी डाक्टर आई थीं?' उनके तीसरे सवाल के आने तक उसकी छाती की धौंकनी धीमी हो जाती और वह निष्प्राण-सी आवाज में कह देता, "जी।"

"जिस चीज की जरूरत हो, मंगवा लेना," कहकर शुक्ला साहब चुप हो जाते और सुधीर पाता कि निर्णायक क्षण आगे ठेल, कौर नीचे उतारने में उसे अब खास तकलीफ नहीं हो रही।

"तुम नहीं चाहतीं कि बेबी को लेकर धनबाद वगैरह कहीं छोटी जगह रहा जाए तो एक उपाय हे। साहब पैसा दे तो यहीं कानपुर में फैक्टरी लगा लें।'

आखिर सुधीर ने सविता से ही कहा। चालीस दिन पूरे होने पर उसने दुबारा घर की बागडोर हाथ में ले ली है। शुक्ला शाहब से रोज सलाह-मशविरा चलता है।

'फैक्टरी?" उसने अचरज से कहा, "आप लगाएंगे फैक्टरी?"

"हां मानकचन्द साथ रहेगा।'

'किस चीज की फैक्टरी? '

"दवाइयों की।"

"उसके बारे में आप क्या जानते हैं, ?"

"कहा न, मानकचन्द साथ रहेगा। '

"पर आखिर हैरिस मिल की नौकरी में क्या तकलीफ है?"

"तुम्हीं तो कहती हो, पैसे पूरे नहीं पड़ते।"

"नहीं तो,' सविता ने मासूमियत के साथ कहा, "मैं तो खर्चे की बाबत कहती हूं। खर्चा कम हो तो···"

"खर्चा कम किया जासकता है, ज्यादा कमाया नहीं जा सकता?" सुधीर ने बीच में टोका।

"अरे हां,' सहसा सविता ने खिलकर कहा, "डैडी कह रहे थे यह साल पूरा होते ही आप असिस्टैण्ट मैनेजर हो जाएंगे।'

"उनकी मिल है क्या ?"

"उनसे आपके मैनेजिंग डाइरेक्टर ने खुद कहा है।"

"किसने ? मिस्टर मण्डेलिया ने ?'

"हां।"

"क्यों ? मेरा जिक्र उनसे कैसे आया ?"

"वह अपने किसी काम से डैडी के पास आए थे।'

"वाह ! तो डैडी ने अपना काम बतला दिया। क्या खूब !" सुधीर व्यंग्य से हंसा 'क्या काम था मण्डेलिया साहब को ?'

"मुझे क्या पता ?' सविता उसकी प्रतिक्रिया पर कठोर हो आई।

"पता कैसे नहीं ?" तुम्हें जरूर पता है। उन्होंने इतनी बात तुमसे कही तो यह नहीं कही होगी ?"

"मुझे नहीं पता।'

"पता है, जरूर पता है तुम्हें,' कह सुधीर ने उसका हाथ कसकर पकड़ लिया, दांत भींचकर बोला, "बेकार मुझे खिझाओ मत।'

सविता सहम गई, बोली, "पक्का नहीं पता पर शायद उनके लड़के को ला-कालेज में रीडरशिप मिल गई है।"

"ओह, सुधीर ओठ बिचकाकर हंस पड़ा, फिर गम्भीर होकर बोला, "उनसे कह दो, तराजू के पलड़े में मुझे रखने की जरूरत नहीं है। मण्डेलिया साहब के लड़के की रीडरी के बदले मुझे मैनेजरी खरीदवाएंगे तो साली नौकरी को लात मारकर चला जाऊंगा।'

सविता का हाथ अब तक उसके हाथ में था। अपनी बात कहते-कहते अनायास उसने उसे मसल डाला। सविता सिसकारी भर उठी।

"क्या करते हो ?' दर्द से ओठ सिकोड़कर उसने कहा।

घबराकर सुधीर ने हाथ छोड़ दिया। फंसी आवाज में बोला, "क्या हुआ ?"

"मेरा हाथ तोड़ डाला,' सविता ने उलाहना देते हुए कहा, पर गुस्से से नहीं, प्यार से। उसकी आंखों में मादक चमक निखर आई और ओठों को हल्के-से बिसूरकर, धीमे-धीमे मुसकरा दी।

सुधीर और घबरा गया। उसका कुचला हाथ थाम धीरे-धीरे सह लाने लगा।

"पता नहीं कैसे दब गया," उसने कहा, "ज्यादा दर्द तो नहीं है ?" 'और नहीं तो क्या ?" वह फिर अदा से मुसकरा दी, "तुम्हारा बस चले तो आदमी को मार ही डालो।'

क्या कहती हो?' सुधीर बेचैन हो उठा, "पता नहीं कभी-कभी बहुत गुस्सा आ जाता है। सच, तुम क्या सोचती हो, मैं ऐसा कर सकता हूं"

"क्या?" उसने अपनी मस्त हो आई आंखें उसके चेहरे पर टिका दीं और दूसरा हाथ बढ़ाकर उसकी उठती-गिरती छाती पर रख दिया। "क्या नहीं कर सकते?' अर्थपूर्ण स्वर में दुहराया।

"किसी को मारना," सुधीर ने कहा पर अब उसके स्वर में पहली-सी आकुलता नहीं थी।

"छोड़ो भी,' सविता फुसफुसाई और सुधीर का मुख आप-से-आप उसके मुख पर झुक गया।

कानपुर छोड़कर जाने का इरादा टल गया। वहीं रहकर फैक्टरी लगाने का इरादा और पक्का हो गया।

अगले दिन वही प्रसंग ले सविता के पास पहुंचा।

"तुम बात करो न,' मान-अभिमान छोड़कर कहा, "समझाकर कहोगी तो तुम्हारी बात नहीं टालेंगे। फिर इसमें घाटे का डर नहीं है। शुरू-शुरू में एक लाख रुपया चाहिए, बाकी का मानकचन्द इन्तजाम कर लेगा। फैक्टरी चलते ही रुपया वापस मिल जाएगा।

"एक लाख,' सविता सोचकर बोली, "रकम बड़ी है।"

"तो क्या फैक्टरी एक रुपये में लगेगी? तुम्हारे पिता जी और भाई इसी तरह बिजनेस करते हैं।

"नहीं। रुपया लगता है, मैं जानती हूं, पर डैडी से कहते डर लगता है। फिर मानकचन्द का क्या भरोसा?'

'किसी-न-किसी का भरोसा तो करना होगा।"

"अच्छा,' सविता ने कुछ रुककर कहा, "भैया से बात करूं? बिजनेस करना है तो उन्हीं के साथ करो।'

नहीं, कभी नहीं, सुधीर ने तेजी से कहा।

"क्यों, क्या खराबी है? वे लोग तजुर्बेकार आदमी हैं।"

"होंगे। मैं उनके साथ काम नहीं कर सकता।'

"पर क्यों?"

"वस, नहीं कर सकता। हर बात की सफाई देना जरूरी है? उन लोगों जैसा बिजनेस नहीं करना मुझे। सट्टाबाजारी करके खालिस रुपयों के पीछे भागना।"

"क्या मतलब? बिजनेस में रुपयों के पीछे नहीं भागोगे तो क्या चांद-सितारों के पीछे भागोगे?"

"मैं रुपया बनाने के लिए फैक्टरी नहीं लगा रहा।"

"तो क्या जन-सेवा के लिए लगा रहे हो?"

हां, उसी के लिए, सुधीर ने कहा, "तुम्हारे पिता जी की तरह मुझे जिस-तिस की एजेन्सी लेकर दुकानदारी नहीं करनी। पचास पर खरीदो और सौ में बेचो। बैठे-बैठे चीजों के दाम बढ़ाते रहो, गरीब को बर्बाद करो और पैसा बनाओ। मैं ऐसी चीज की फैक्टरी लगा रहा हूं जो देश का, गरीब का, बीमार का भला करेगी।"

"फिर तो चल लिया बिजनेस। दुनिया-जहान की सेवा करते फिरोगे तो छह महीने में रुपया डूबा समझो।"

उसके पिता के पास कई महत्वपूर्ण एजेंसियां हैं, विख्यात कैलिको और अम्बिका मिल्स के कपड़ों की, एटलस साइकिलों की, फिलिप्स रेडियो की, जतवाड़ा पेपर की; कई पेट्रोल पम्प हैं और सट्टाबाजार से रोज का ताल्लुक है। इन्हीं के जरिये उन्होंने अपनी धन-सम्पत्ति जोड़ी है और इन्हीं की बढ़ोतरी में उसका भाई अतुलदेव लगा हुआ है। सुधीर के कटाक्ष इतने सही थे कि वह तिलमिला उठी, "कम-से-कम मैं ऐसी नुकसानदेह सलाह डैडी को नहीं देंगी," उसने तेजी से कहा और कमरे से बाहर चली गई।

9

'सुधीर के पूरे बदन को झिझोड़ती गुस्से की ऐसी आंधी घुमड़ी कि तर्क को अलग फेंक, एक झपेट में शुक्ला साहब के सामने जा पहुंचा। बिना प्रस्तावना के मांग सामने उगल डाली, "हम फैक्टरी लगा रहे हैं। एक लाख रुपया चाहिए।"

शुक्ला साहब तभी कचहरी से लौटे थे। बैठक में चाय पी रहे थे। उसकी आवाज से चौंककर उन्होंने आंखें ऊपर उठाई और देखते रह गए। उसके लाल दहकते कान, फड़कते नथुने, चढ़ी आंखें, कसी मुट्ठियां, उत्तेजना से कांपता, शिकन-मढ़ा कपाल। क्षण-भर को वे भतभीत हो उठे। उन्होंने अपनी नरम आवाज बनाकर धीमे से पूछा, "क्या बात है?"

"हम फैक्टरी लगा रहे हैं? एक लाख रुपया चाहिए," सुधीर ने हांफती आवाज में मांग दुहरा दी।

"कौन फैक्टरी लगा रहे हैं?"

"हम। मैं और मानकचन्द।"

'कौन मानकचन्द?"

"सन्तो बुआ जी का लड़का।"

"सन्तो बुआ जी?" शुक्ला साहब समझ नहीं पाए।

"वो फूलबाग के पास जो रहती हैं।

"ओ-हां," उन्हें याद आ गया था, दूर के रिश्ते की उनकी बहिन फूल बाग के पास रहती है।

"उसके लड़के का नाम मानकचन्द है?"

"जी।"

"क्या करता है?"

सुधीर ठीक से नहीं जानता था। मानकचन्द कभी पूछा नहीं। इतना पता था कि सन्त° बुआ जी के पास छोटे-मोटे कई मकान हैं जिनके किरायेदार किराया देने से मानकचन्द को इतना तंग करते हैं कि आए दिन वह उनकी वसूली के लिए परेशान रहता है। वह सोचने लगा, क्या कहना चाहिए शुक्ला साहब से?

"कहां काम करता है?" उन्होंने प्रश्न दुहराया तो स्वर की नरमाई कम हो चुकी थी और उसमें तहकीकाती सुर उभर आया था।

अपनी प्रापर्टी की देखभाल करता है," सुधीर ने कहा, "फैक्टरी का पूरा काम संभाल लेगा।"

"और रुपया कहां से आयेगा?" जज साहब मुस्करा दिए।

आप देंगे, चाहकर भी सुधीर दन से नहीं कह पाया। अपने सूखे ओठों पर जुबान फेर हकलाकर बोला, "कुछ दिन के लिए उधार चाहिए। आप दे दें तो फैक्टरी चालू होते ही लौटा दिये जाएंगे।"

"कितने दिन लगेंगे?"

"यही कोई छह महीने।"

"किस चीज की फैक्टरी लगाओगे?"

"दवाइयों की।"

"तुमने पता कर लिया है, छह महीने में वह प्राफिट देने लगेगी? उतने दिनों में तो शायद लगकर तैयार भी न हो।"

"तब शायद साल लग जाए," उसने निश्चित स्वर में कहा।

"दो साल क्यों नहीं?"

"उतना वक्त नहीं लगेगा।"

"तुम कैसे जानते हो ?"

"मानकचन्द ने मालूम कर लिया है।"

"प्रोप्राइटरी कन्सर्न होगा ?"

"जी।"

"मानकचन्द का कितना शेयर होगा ?"

"तय कर लेंगे।"

"जमीन कहां लोगे? रौ-मैटीरियल कहां से आएगा? इम्पोर्ट-परसेण्टेज कितना होगा? मशीनें हिन्दुस्तान में अवेलेबल हैं? क्या-क्या दबाइयां बनाने का इरादा है? मार्केट-सर्वे कर लिया?" शुक्ला साहब ने प्रश्नों की झड़ी लगा दी।

सुधीर हकबका गया। कुछ देर सोचता रहा फिर बोला, "वह अभी करना है। बात तय हो जाए तो मानकचन्द कर लेगा।"

"सुधीर," सहसा उनका स्वर सख्त पड़ गया।

सुधीर को लगा वह वर्तमान में नहीं, दस वर्ष पूर्व के काल में उनके सामने खड़ा है। न इतनी लियाकत है कि उनके प्रश्नों का ठीक उत्तर दे सके, न इतनी हिम्मत कि आदेशों को ठुकरा सके।

"सुधीर," मैं नहीं चाहता मानकचन्द तुम्हें बेवकूफ बनाए। उसके लिए जरूरी है कि तुम खुद अपना बेवकूफ बनाना छोड़ दो।"

उन्होंने देर से नीचे रखा चाय का प्याला उठाया और ओठों से लगा लिया। चाय ठण्डी हो चुकी थी। एक घंट भर कर प्याला नीचे रख दिया और बोले, "गोविन्द से कहो दूसरी चाय ले आए।"

गोविन्द कमरे के बाहर मंडरा रहा था। सुधीर ने आवाज लगाकर उससे और चाय लाने के लिए कहा और वापस कमरे में आ गया।

"बिजनेस में बर्बाद करने के लिए मेरे पास रुपया नहीं है, सुधीर" शुक्ला साहब ने कहा, "और मैं बिजनेस को कोई ऊंचे दर्जे की चीज नहीं समझता।"

"सविता के घरवाले भी बिजनेस करते हैं, सुधीर ने कहा।

"हां," शुक्ला साहब का स्वर सर्द हो गया, "हमने बिजनेस वालों के यहां लड़की दी नहीं, ली है। यहां हमारी सोहबत में रहकर सविता बहुत कुछ सीखी है। कोई कह नहीं सकता वह अभिजातवर्ग की नहीं है। और फिर पढ़ी-लिखी वह पहले से थी।"

"पर आखिर बिजनेस में बुराई क्या है ?" सुधीर बोला।

"इतना पढ़-लिखकर तुम्हें दुकान लगाने की जरूरत क्या है? खरीद

फरोख्त के चक्कर में पड़ने के लिए ऐसे बहुत लोग हैं जिन्हें तालीम नहीं मिल पाई। अजहां तक तुम्हारा सवाल है, इस साल तुम असिस्टेंट मैनेजर हो जाओगे।"

सुधीर ने झट नये कोण को पकड़ लिया।

"किसी की सिफारिश पर मैं मैनेजर नहीं बनना चाहता," उसने तड़पकर कहा।

"सिफारिश?" शुक्ला साहब ने अचरज से भंवें चढ़ाकर कहा, "इसमें सिफारिश की क्या बात है? एक साल ट्रेनी रहकर तुम असिस्टैंट मैनेजर नहीं बनोगे तो क्या बनोगे?"

"तो क्या मण्डेलिया का लड़का ला-कालेज में रीडर नहीं लगा?"

"उससे क्या? वह अपने मैरिट पर लगा है, तुम अपने मैरिट पर प्रमोट किये जाओगे।"

'पर···" सुधीर कुछ कहे उससे पहले ही शुक्ला साहब ने, हिकारत से कहा, "तुममें इतना इन्फीरियरिटी काम्प्लेक्स क्यों है, तुम सोचते हो, तुम असिस्टेंट मैनेजर होने के लायक नहीं?".

सुधीर तिलमिला उठा, बोला, "मैंने . माइनिंग इंजीनियरिंग की है। मैनेजरी नहीं।'

कुछ देर तक शुक्ला साहब चुप बैठे रहे। इतने में गोविन्द चाय ले आया। पुरानी केतली और प्याले हटाकर गरम चाय की केतली और प्याले रख दिए। दो प्याले। गोविन्द ने सोचा होगा, सुधीर भी पीएगा। प्याले देखकर उन्हें भी उसका खयाल आ गया, बोले, "चाय लोगे?"

"जी नहीं," कह सुधीर खड़ा रहा।

"बैठ जाओ," उन्होंने कहा।

वह बैठ गया।

शुक्ला साहब ने अपने लिए चाय बनाई, घूट भरा और बोले, "अगर तुम माइनिंग इंजीनियर की नौकरी करना चाहते हो तो जरूर करो। मुझे आपत्ति नहीं है। वैसे इस ब्राञ्च को लेने के लिए मैंने तुम्हें मना किया था। खैर, नौकरी तुम्हें करनी है मुझे नहीं। जहां तुम्हें खुशी मिले, करो। मैं सिर्फ एक बात तुमसे कहना चाहता हूं। हर आदमी की अपने परिवार के प्रति कुछ जिम्मेदारियां होती हैं। खदानों के पास अगर तुम्हारा परिवार रह सके और तुम उसे ठीक समझो तो देख लो। यह तुम्हारी जिम्मेदारी है और फैसला भी तुम्हें करना है। नौकरी चाहे यहां करो, चाहे धनबाद, रानीगंज में, पर बिजनेस में लुटाने के लिए पैसा मैं

तुम्हें नहीं दें गा।"

"ठीक है, तब मैं धनबाद चला जाऊंगा।"

उसके चले जाने पर कुछ देर शुक्ला साहब सोच में डूबे रहे। कोई-न कोई नया फितूर इसके दिमाग पर चढ़ ही जाता है। मना करने के सिवा उनके पास उपाय ही क्या था। सविता से वे सब सुनते आ रहे हैं। जो आदमी नौकरी करते-करते पैसे लुटा सकता है, वह बिजनेस करके कैसे बचा पाएगा? मना करके उन्होंने अन्याय नहीं किया। उन्होंने चाय की चस्की भरी। पर सन्तोष के साथ नहीं। मन में कुछ कचोट रहा था। जाने-अनजाने शायद अन्याय उनसे हो गया, इंजीनियर बनने पर सुधीर को कानपुर रोके रखने का प्रयत्न करके। अगर हैरिस टेक्सटाइल मिल के मैनेजिंग डायरेक्टर मिस्टर मण्डेलिया उनके जानकार न होते तो इतनी आसानी से नौकरी उसे नहीं मिलती। उस पर कोई दबाव नहीं डाला था. उन्होंने। वह खुद वहां रहने को तैयार हो गया था। फिर भी एक माइ निंग इन्जीनियर को गलत खांचे में फिट करने के अन्याय में हिस्सा लेने का प्रतिकार उन्हें करना था। आज उन्होंने कर डाला। सुधीर चाहे तो धनबाद जा सकता है। सविता और विजया भी। अनजाने उनके मुंह से एक लम्बी सांस निकल गई। झेलना ही पड़ेगा अकेलेपन को।

पच्चीस साल से शुक्ला साहब की जिन्दगी में कोई परिवर्तन नहीं आया। बस, कुछ नाम बदल गए हैं। टॉमी से पहले जो कुत्ता उनके पास था उसका नाम था, टाइगर। टॉमी के मर जाने पर जो एलसेशियन कुत्ता खरीद लिया गया है, उसका नाम है रॉल्फ। बूढ़ी होकर घोडी लिजा ने दम तोड़ा तो दोस्तों की सलाह के बावजूद उन्होंने मोटर गाड़ी नहीं खरीदी दूसरी घोड़ी ले आए। नाम है ब्लैकी।

उनके दोस्त वकील टंडन ने तो काफी मजाक उड़ाया था, उनको।

"अरे यार अंग्रेज गए। घोड़े-गधों का वक्त लद गया। मोटरें रखते हैं आजकल लोग, मोटरें। न दाना-पानी की जरूरत, न तेल मालिश की। पट्रोल भर और चाहे जितनी तेज चला। न उसके दिल पर असर, न तेरे दिमाग पर। जितनी देर में तेरी घोड़ी कोठी का दरवाजा नहीं लांघती, वह कचहरी पहुंचा देगी कचहरी।

"मुझे वहां पहुंचने की कोई जल्दी नहीं है,' शुक्ला साहब ने कहा था।

"कमाल करता है यार। सिर्फ कचहरी का सवाल नहीं है, तू हर

जगह जल्दी पहुंच सकेगा।"

"मैं कही भी वक्त से पहले पहुंचना बदतमीजी समझता हूं," शुक्ला साहब का जवाब था। टंडन खिलखिलाकर हंस पड़ा था, फिर बोला था, "बच्चों से पूछा है? लड़का-बहू क्या रखना चाहते हैं, मोटर या बग्घी?"

"बग्घी,' शुक्ला साहब ने फौरन जवाब दे दिया था।

सुधीर का पता नहीं पर सविता उनसे कई बार कह चुकी है, जो शान-शौकत बग्घी में है, मोटर में नहीं।

"ठीक है भैया, अपने को क्या?' टंडन ने कहा था, "तू बग्घी रख।" एक नाम और बदला है उनके आसपास। पहले उनके स्नेह और अनुग्रह के केन्द्र-बिंदु का नाम रेवा था, अब सविता है और थोड़ी दूरी पर घुसपैठ करने को तैयार विजया नाम भी लहराने लगा है। उनके चले जाने पर कैसा लगेगा? कहीं आत्म-करुणा से भर न उठे, इस डर से सिर झटककर खड़े हो गए और राल्फ को पुकारने के लिए सीटी बजा उठे, इस पर दौड़ता हुआ रॉल्फ और उसके पीछे गोविन्द फौरन आ पहुंचे। सीटी की आवाज सुनते ही गोविन्द कुत्ते को खोल दिया करता है।

"सिट," शुक्ला साहब ने कहा और तोप से छूटे गोले की तरह आगे बढ़ता राल्फ ऐसे रुका जैसे उस पर जादू का डंडा फेर दिया गया हो। धम से फर्श पर बैठ, वह अगले आदेश की प्रतीक्षा करने लगा।

"साईस से कहो गाड़ी क्लब ले आए। हम राल्फ को लेकर घूमते हुए पहुंच जाएंगे," उन्होंने गोविन्द से कहा।

फिर आगे बढ़कर तीन शब्द पीछे उछाल दिए, "रॉल्फ: वाक। हील।"

दन से रॉल्फ उनके पास आ पहुंचा और उनके कदम-से-कदम मिला कर चलने लगा। 'इन्सान से लगाव रखना बेकार है,' शुक्ला साहब के मन में खयाल उभरा और वे रॉल्फ की पीठ पर हाथ फेर आगे बढ़ गए।

"मैंने नौकरी के लिए धनबाद अर्जी भेज दी है। करीब दो घण्टे बाद सुधीर ने सविता के कमरे में आकर कहा।

सविता विजया को गोद में लिए बैठी थी। बोली, "अच्छा किया। अब जाकर डाक्टर मित्तल को बुला लाइए। बेबी सुबह से खांस रही

"अरे, बुखार भी है क्या?" सुधीर ने पास आकर पूछा।

"अभी नहीं है पर होने में क्या देर लगती है। सांस भी रुक-रुककर

आ रही है."

"पहले क्यों नहीं बतलाया," सुधीर ने अधीर होकर कहा, "सुबह से बच्ची परेशान है और तुम्हें अब डॉक्टर बुलाने की सूझ रही है।"

"छाती सेंक दी थी, सोचा आराम हो जाएगा। पर यह खांसे जा रही है।"

"अब तो नहीं खांस रही।"

"बस अभी दो मिनट से नहीं खांसी।"

"अच्छा, मैं लाता हूं डाक्टर। तुम सरदी का खयाल रखो। सामने की खिड़की बन्द कर दो। हवा आ रही है।"

"कम-से-कम साफ तो है," सविता खिड़की बन्द करते हुए बुड़-बुड़ाई, "रानीगंज-धनबाद रहेगी तो धूल फांक कर सारा दिन खांसेगी।"

सुधीर असमंजस में पड़ गया। "इतने और लोग जो वहां रहते हैं, उसने छोटी-सी आवाज में कहा।

"रहते तो लोग खली सड़कों पर भी हैं," सविता ने बलिदान देती नायिका की तरह कहा, "कहो तो इसे भी फेक आयें।"

"तुम तो बेकार की बात करने लगती हो। अभी कौन-सा धनबाद पहुंच गए," कह सुधीर डाक्टर को लाने चल दिया।

भगवान की कृपा से डॉक्टर को विजया के फेफड़ों में कोई गड़बड़ी नजर नहीं आई, आम सर्दी-खांसी की दवा दे चला गया। पर उतनी देर में सुधीर ने अपनी धनबाद वाली अर्जी जरूर फाड़कर फेंक दी।

सुधीर का धनबाद जाना नहीं हुआ। जब-जब उसने जाने का निर्णय लिया, विजया के खयाल ने उसे रोक दिया। नन्ही मासूम विजया! उसकी तमाम जिम्मेवारी उसी पर तो है। उसके होने से कितना कुछ बदल गया है। उसकी अपनी इच्छाओं-आकांक्षाओं का महत्त्व क्या रह गया है? क्या वह उस सुदृढ़ दीवार की तरह नहीं है, जिसकी आड़ में यह नाजुक जान अपने को सुरक्षित महसूस कर सकती है? क्या हक है उस आड़ को हटा देने का? बाहर के झंझावात को उसके करीब आने देने का? सवाल हक का है भी नहीं। विजया के बदन पर लगा तेज हवा का बद-नुमा झोंका भी उसे अपने पर हुई ईंट-पत्थर की बौछार से ज्यादा कष्ट देता है। धूल-कोयले वाली हवा उसे कैसे लगने दे? दो-तीन साल और इन्तजार करना होगा। कच्ची पौध जरा पनप तो ले।

सुधीर 'हैरिस टैक्सटाइल' मिल में असिस्टेंर मैनेजर हो गया। मिल के मैनेजिंग डाइरेक्टर मिस्टर मण्डेलिया ने उससे बिलकुल वही बात कही जो शुक्ला साहब ने कही थी और कुछ वैसे ही अन्दाज में :

'साल-भर बाद असिस्टेंट मैनेजर नहीं बनोगे तो क्या बनोगे, सुधीर? हमेशा के लिए तुम्हें ट्रेनी इंजीनियर तो रखा नहीं जा सकता," कहकर वे हंस दिये थे। फिर गम्भीर होकर बोले थे, "देखो सुधीर, किसी भी काम में सफल होने के लिए पहली चीज चाहिए आत्मविश्वास। जब तक तुम्हें विश्वास नहीं होगा कि कोशिश करने पर हर काम कर सकते हो, क्या करोगे तुम? कुछ नहीं। इन्फीरियोरिटी कांप्लेक्स खत्म कर डालता है आदमी को, तबाह कर देता है।

विजया की खातिर यह भी कर देखना होगा। दो-तीन साल। इस बीच कौन जाने फैक्टरी लग ही जाए। मानकचन्द कहता है, वह हमेशा उसकी सेवा में हाजिर रहेगा।

उसकी मुग्ध आंखों के सामने विजया बढ़ने लगी। कितना धीरे-धीरे बढ़ते हैं बच्चे! फिर भी, रोज नया आयाम मिल ही जाता है उसके होने में। आज उसने करवट बदली तो आज पेट के बल उलट गई। आज सहारा लेकर बैठी तो आज बिना सहारे। आज पहला दांत निकला तो आज अन्न का दाना मुंह में डाला। आज पेट के बल खिसकी तो आज घुटनों के। चिड़िया-सी फुदकती, बन्दर-सी किलकती विजया, घर-भर को शोर-गुल से आबाद करने लगी। वह सोती तो सुधीर उसे किलकारी मारता देखने को जगाना चाहता। वह बिस्तर पर पड़ी टुकुर-टुकुर ताकती तो सुधीर उसे गोदी में थपकी दे सुलाना चाहता। वह रोती तो समझ नहीं आता दुनिया की कौन-सी नियामत उसपर बिखेर चुप करा ले। खिलौनों की बारिश कर देता, चुम्बनों से मुंह भर देता। फिर भी विजया अपनी सबसे प्यारी मुस्कान और किलकारी सविता के लिए रोके रखती। वह जानती भी न थी सुधीर नाम का कोई आदमी अपनी दुनिया उसके इर्द-गिर्द बिछाए हुए है। उसे सिर्फ एक मां चाहिए थी जिसकी गोदी में चैन महसूस कर सके। इस आदमी की गोदी से ज्यादा राहत तो उसे आया की गोद में मिल जाती है।

वह नहीं जानती कि प्रचण्ड प्रेम-प्रदर्शन के समय सुधीर की नसों को तनाव बहकर उसकी अपनी नसों में प्रवेश कर जाता है और उसे बेचैन बना डालता है। तब चीख-चीखकर रोने के सिवा उसके पास चारा नहीं रहता। सुधीर उस वक्त का इन्तजार कर रहा है जब विजया गोद, दूध

और थपकी के अलावा कुछ और चाहेगी।

धीरे-धीरे वह समय पास आता गया। आज उसने जमीन पर पहला कदम रखा तो आज डगमगाते चार कदम।, आज वह अपने कमरे का चक्कर लगा आई तो आज बाहर आंगन तक पहुंच गई। आज उसके मुंह से पहला शब्द निकला, 'मा-मा···' और आज आखिर उसने कह ही डाला, 'पा-पा!···' और फिर वह बोलना क्या सीखी उसकी मांगें एकदम बढ़ चलीं। प्यार और स्वीकार की बौछार करने के मौके सुधीर के पास बढ़ते गये। हर बात पर 'हां' कहने को तत्पर सुधीर जैसे उसे जानने नहीं देना चाहता था कि 'नहीं' किसे कहते हैं।

उसके खाने का समय होता तो सुधीर उसे ले घूमने निकल जाता। सोने का समय होता तो घोड़ा बन उसे पीठ पर बिठला सरपट दौड़ा फिरता। नहाने का समय होता तो ढेर-सी मीठी गोलियां ला उसे अटकाए रखता। वह नहीं चाहता था कि उसे समय के घेरों में बांधकर रखा जाए। उसने जैसे कौल भर लिया था कि उसके ऊपर अनुशासन की पाबन्दी नहीं होगी। तीन बरस की बच्ची के एक बार कहने पर उसने उसे बोलने वाली गुड़िया और तीन पहियों की साइकिल ही नहीं, पतंग-डोर और फुटबॉल भी ला दी।

"पतंग उड़ाने की उम्र है उसकी? हाथ-पैर तुड़ा बैठेगी। क्या करते हो तुम?" सविता ने कहा था।

"कैसे तुड़ा बैठेगी, मैं जो साथ रहूंगा,' कहकर वह उसे गोद में ले पतंग उड़ाने लगा था।

लगता था विजया का जिद्दी बचपन विजया नहीं सुधीर जी रहा हैं। जो जिद वह खुद नहीं करती, सुधीर उसे सिखा देता।

"पार्क चलेगी?" दुपहर को खाना खाने आता तो कहता।

"अभी कैसे? अभी खाकर सोएगी,' सविता जल्दी से याद दिलाती। उस पर कोई असर नहीं होता।

"पार्क चलेगी? बन्दर का खेल दिखाऊंगा।" वह फिर विजया से कहता

"पाक-पाक," विजया किलकारी मारकर कहती।

"इस वक्त पार्क नहीं जाना," सविता डांटती।

"चल, चलें," सुधीर कहता।

"खाने का क्या होगा? उसे भूख लगी होगी। डैडी भी आ गये हैं," सविता परेशान होकर कहती।

"अच्छा चल, खाना खा ले झटपट, फिर चलेंगे," सुधीर विजया से कहता।

"खाकर यह सोएगी," सविता फिर टोकती।

"सो लेगी बाद में। अभी पार्क जाएगी।"

"पाक-पाक," विजया धुन में दुहराती और दफ्तर को देर कर वह उसे पार्क ले जाता। लौटकर न सोने के कारण वह सविता को कितना तंग करती, वह जान नहीं पाता क्योंकि तब वह दफ्तर में होता। सविता शिकायत करती तो खीजकर कहता, "औरतों की चिख-चिख!"

शाम को दफ्तर से लौटता तो अक्सर उसकी जेबों में चाकलेट भरे होते।

"चाकलेट खाएगी?" वह विजया को गोद में उठा चूमकर कहता।

"चाकलेत-चाकलेत," वह हाथ फैलाकर चीखती।

"नहीं-नहीं," सविता बीच में टोकती, "अभी चाकलेट मत दो। मैं उसके लिए फल काटकर लाई हो। देख तो, विजया, सेब।"

तब तक सुधीर जेब से चाकलेट निकाल चुका होता। ऊपर को कागज फाड़ गोल कत्थई चाकलेट बाहर कर लेता। विजया एक बार कटे सेब को देखती, एक बार ललचाते चाकलेट को।

"चाकलेत-चाकलेत," वह चीखकर कहती।

उसकी बात खतम होने से पहले सुधीर उसके मुंह में चाकलेट ठूस देता।

"क्या करते हो?" सविता कहती, मैंने उसके लिए फल काटे थे।"

"वो तुम खा लो।"

"इस तरह तो बिगड़ जाएगी' सविता परेशान होकर सोचती। किसी तरह इसे इनकी संगत से निकालकर डैडी की सोहबत में डालना होगा।

एक दिन जज साहब कचहरी से लौटे तो चाय की ट्रे में फल की तश्तरी रख, सविता ने उसे गोविन्द के साथ भेज दिया। "तश्तरी देकर वहीं बिठला देना," गोविन्द से कहा, "तुम तो बाहर रहोगे ही। कुछ गड़-बड़ करें तो ले आना, वरना वहीं बैठे रहने देना।' विजया को भी उसने समझा दिया :

"तेरे बाबाजी बहुत बड़े आदमी हैं, राजा की तरह! उनका कमरा बहुत सुन्दर है, राजमहल की तरह! वहां बिल्कुल गड़बड़ नहीं करना। चुप बैठकर फल खाना और जो वे पूछे बतला देना।"

विजया ने आधी बात सुनी आधी नहीं, सिर हिलाकर बोली, "मैं

भी राजा हूं !"

"हां, तू भी राजा है !" सविता ने चूमकर कहा।

शुक्ला साहब ने उसे देखा, उसके बालों पर हाथ फेरा और चाय पीने लगे।

"आप क्या पीते हैं ?' विजया ने पूछा।

"चाय," उन्होंने कहा।

"हम क्या पियें ?"

"फल खाओ।"

"यहीं बिठला दें, साहब ?' गोविन्द ने पूछा।

"हां-हां, बिठला दो।"

गोविन्द ने उसे कुर्सी पर बिठला दिया और पास पड़ी मेज पर फल की तश्तरी रख दी। वह चाय की चुस्कियों से ताल मिलाकर सेब कुतरने लगी और टुकुर-टुकुर उन्हें देखने लगी। बिना आवाज चाय की चुस्कियां लेता, यह गोरा-गोरा भूरी आंखों वाला आदमी, उसे बहुत दिलचस्प लग रहा था। तो ऐसे है हैं राजा लोग? मैं भी तो राजा हूं, उसे याद आ गया और वह अपनी कुर्सी पर और अकड़कर बैठ गई।

"क्या देख रही हो ?" शुक्ला साहब ने पूछा।

"आपको," विजया ने बेधड़क कहा।

"शुक्ला साहब हंस दिए, बोले, "कैसे दिखते हैं ?"

"आप राजा हैं," विजया ने कहा।

"अच्छा !" कह वे लजीली-सी हंसी हंस दिये।

"हम भी राजा हैं," विजया ने कहा।

"ओह !"

"हमें चाय दीजिए," उसने फौरन जोड़ा।

"हमें फल नहीं दोगी ?"

"लीजिए।" विजया सेब की कुतरी फांक ले नीचे उतर गई।

"जूठी नहीं, सच्ची दो।"

"क्या ?"

"यह तुमने खाई थी न, दूसरी दो।"

"क्यों ?

"हम कहते हैं, इसलिए।"

विजया ने क्षण-भर उनकी तरफ देखा, सोचा, बात माने या नहीं। फैसला किया अभी तो वह राजा है, दूसरे राजा से मिलने आई है। कुतरी

फांक वापस प्लेट में रख दी और दूसरी उठाकर शुक्ला साहब के पास चली आई। उन्होंने खुश होकर उसके बाल सहला दिए।

"अब चाय···" उसने कहा।

शुक्ला साहब ने एक चम्मच चाय उसके मुंह में डाल दी। "अब जाओ, अपनी कुर्सी पर।"

विजया वापस अपने सिंहासन पर चली आई। शुक्ला साहब को लगा, अनुशासन शायद उसने दादा से विरासत में पाया है।

यह रोजमर्रा का दस्तूर बन गया। कचहरी से लौटने पर शुक्ला साहब चाय की ट्रे के साथ विजया को कमरे में पाने के आदी हो गये। उससे कुछ देर बतियाने के बाद, वे सीटी बजाकर रॉल्फ को बुला लेते और फिर दोनों उससे खेलते। घूमने जाने की बारी आती तो उन्हें विजया और रॉल्फ के बीच चुनना पड़ता। धीरे-धीरे इस चुनाव में विजया की जीत होने लगी। रॉल्फ को बाद में गोविन्द घुमा लाता।

सुधीर दफ्तर से लौटता तो पूछता, "विजया कहां है ?"

"डैडी के पास," सविता कहती।

"बुलाकर लाओ," वह कहता।

सविता जाती और लौट आती, कहती, "आ नहीं रही।"

"कैसे नहीं आ रही ? तुमने कहा था मैं आ गया हो ?"

"कहा था। जबरदस्ती ला भी रही थी, पर रोने लगी ·· ले आऊं ?"

"नहीं-नहीं, रुलाने की जरूरत नहीं है, बाद में आ जाएगी।"

थोड़ी देर बाद गोविन्द चाय की खाली ट्रे उठाये अन्दर आता और खबर दे जाता कि साहब बेबी को बग्घी में घुमाने ले जा रहे हैं। वह साथ जा रहा है। साहब क्लब उतर जाएंगे, वह बेबी को फूलबाग घुमा लाएगा। फिर वापसी में साब को लेता आएगा।

"अच्छा, दूध लेते जाओ, वहीं पिला देना," सविता थर्मस आगे कर देती।

सुधीर कुछ कहने को होता पर सुनता सविता कह रही है, "विजया को बग्घी में घूमने का इतना चाव पड़ गया है कि मना करने पर अस मान सिर पर उठा लती है।"

वह उसका जाना रोक नहीं पाता।

घूमकर विजया लौटती तो आधी सोई रहती। सुधीर के दिये चाकलेट हाथ में पकड़े-पकड़े सो जाती।

सुबह होती तो सविता फिर कोशिश करती कि दूध वगैरह पिलाकर

विजया को गाड़ी में शुक्ला साहब के साथ कचहरी तक भेज दिया जाए। उसकी खातिर वे गाड़ी का एक और फेरा लगवाना मंजूर कर लेते। सुधीर साथ जाता नहीं। वे कई बार कह चुके हैं कि उन्हें छोड़कर गाड़ी सुधीर को दफ्तर छोड़ आया करेगी। पर उससे वक्त की पाबन्दी नहीं बरती जाती। फिर दफ्तर घर से दूरी पर है। घोड़ी की सुस्त चाल झेलने की बनिस्बत वह रिक्शा लेना पसन्द करता है। शुक्ला साहब की घोड़ी बदली है, पर घोड़ी की चाल नहीं।

अपनी कोशिश में सविता कभी सफल होती, कभी नहीं। किसी दिन नाश्ता करने से पहले ही सुधीर उस पर आधिपत्य जमा लेता और बाहर घूमने निकल जाता। कभी बाजार से खिला-पिलाकर वापस लौटता। जहां तक विजया का सवाल है, वह दोनों के साथ खुश है, सुधीर हो या शुक्ला साहब।

एक दिन सुधीर उसे जलेबी खिलाकर लौटा तो सविता बहुत बिगड़ी।

"क्या करते हो? पेट बिगड़ जाएगा," उसने कहा।

"जलेबी से कहीं पेट बिगड़ता है?" सुधीर बोला, "खमीरा उठी पाचक चीज है, पाचक और पौष्टिक। पता है, आधे से ज्यादा कानपुर शहर जलेबी-दूध का नाश्ता करता है।"

"करता होगा। अपने यहां तो अण्डा-डबल रोटी ही खाया जाता है।"

"अच्छा?" सुधीर व्यंग्य से हंस दिया, "तुम्हारे पूज्य पिताजी को तो मैंने कभी अण्डा खाते देखा नहीं। डटकर पूरी-कचौरी और इमरती गुलाबजामुन खाया करते थे।

"वे क्या खाते थे क्या नहीं उससे हमें मतलब? हमारे घर का जो चलन है वही विजया को रास आएगा।"

"और आपके घर का चलन शुद्ध साहबी है, क्यों? अजीव औरत हो! अपने पिता के घर को हीन नजरों से देखती हो?'

"हीन नजरों से क्यों देखती? पर औरत का घर ससुराल होता है, मायका नहीं।"

"और औरत का पूज्य ससुर उसके बाप को व्यापारी समझ हिकारत से देखे तो आज्ञाकारी बहू को भी देखना चाहिए, क्यों?"

"पिताजी को गुजरे दो साल हो गये। उन्हें बीच में क्यों खींचते हो?"

"उन्हें छोड़ो। तुम्हारे भाई साहब भी तो बिजनेस करते हैं। साहब उन्हें हिकारत से देखते हैं तो बुरा नहीं लगता?"

"आप तो बात का बतंगड़ बना लेते हैं। हरेक का अपना स्तर होता है। डैडी का एक वर्ग है, व्यापारी लोगों का दूसरा।"

"और आप आराम से अपने डैडी' के वर्ग में आ बैठी हैं।"

"आ क्या जबरदस्ती बैठी हूं? बहू हूं इस घर की। अतुल भैया खुद डैडी की कितनी इज्जत करते हैं, आप क्या जाने।

"सच? उन्हें बतला दी थी, बिजनेस करने वालों के बारे में तुम्हारे डैडी की क्या राय है?"

"बतला दी थी, सविता ने कटुता से कहा, "खराब राय उनकी बिजनेस करने वालों के बारे में नहीं, आपके बिजनेस करने के बारे में है। आपके बिजनेस करने की बात सुनकर भैया भी खूब हंसे थे। बोले थे, 'करने के लिए अक्ल चाहिए, अक्ल! यह कोई मदारी का तमाशा नहीं है कि डुगडुगी और झोला लेकर खड़े हो गए और चल गया बिज नेस!' "

"वह कौन होते हैं मेरी बात में बोलने वाले? तुम क्यों गई उनसे कहने?' सुधीर ने चिल्लाकर कहा।

"मेरे भाई हैं। उनसे नहीं कहूंगी तो किससे कहूंगी? जरूरत पड़ने पर वही मेरे काम आएंगे।"

"कौन-सी जरूरत पूरी नहीं हो रही तुम्हारी कि उनके पास दौड़ना पड़ा?" उसने और गुस्से से कहा।

"जरूरतें पूरी हो रही हैं तो डैडी के बलबूते पर। आप तो समझते हैं, थैला भर चाकलेट और खिलौने ले आए विजया के लिए, तो हो गई जिम्मेवारी पूरी!"

"तुम्हें जो चाहिए मुझसे कहती क्यों नहीं? उनसे मांगने जाती क्यों हो?"

"आपको औरों को देने से छुट्टी मिले तब तो कहूं।"

"क्या मतलब?"

"कल रेवा दीदी को दो सौ की साड़ी नहीं भेजी आपने?"

"कमाल है! राखी की साड़ी नहीं भेजनी होती? तुम्हें खुद कहना चाहिए था मुझसे।"

"सौ की भी भेजी जा सकती थी। मुझसे कभी पूछा है आपने, मुझे जरूरत है या नहीं?"

"कहती तो तुम्हें भी ला देता।"

"मैं क्या कहती? जबसे पिछला एबॉर्शन हुआ है किसी चीज को मन

ही नहीं करता।" सविता ने विषय परिवर्तन यूं किया कि सुधीर हक्का-बक्का रह गया। वह जानता है विजया की पैदाइश के बाद से सविता लड़के की आस लगाये बैठी है। उसके बाद दो बार गर्भ रह चुका है, पर दोनों बार तीसरे महीने गर्भपात हो गया है।

सुधीर तय नहीं कर पाया कि बात जलेबी से शुरू होकर पुत्र पर कब और कैसे पहुंची। उसने सुना, सविता गहरे दु:ख के साथ कह रही है, "हर बार ऐसा ही होता रहा तो विजया अकेली सन्तान रह जाएगी, और उसकी आंखों के आंसू बहकर गालों पर आ गए हैं।

वह पिघल गया।

"हर बार ऐसा क्यों होगा?" उसने कोमल स्वर में कहा, "चलो तुम्हें कानपुर हास्पिटल के चीफ सर्जन डाक्टर नन्दा को दिखा दें।"

"वही क्या करेंगे?" सविता ने मायसी से कहा।

"क्यों नहीं करेंगे? और विजया अकेली काफी नहीं है क्या? इतनी प्यारी बच्ची!" उसने प्यार से कहा और कन्धों से थामकर उसे पास खींच लिया।

सविता ने पाया, उसके स्पर्श में वह सम्मोहन नहीं है जो साल-दो साल पहले तक उसे उद्वेलित कर देता था। जो उत्तेजना तब उसे अनजाने, अनायास, आक्रान्त कर लिया करती थी, अब प्रयास का मुंह ताकने लगी है। महीने-दो-महीने में कभी, किसी रात, वह उसे अपनी नसों में समेट पाती है और तब भी उसकी कल्पना में, निकट ही नर-शिशु का मुख लहराया करता है। यही होता है क्या नारी का विराट दिव्य मातृरूप? पुत्र की लालसा में पति का निःस्वार्थ सहवास। कितनी ममतामयी हो चली थी सविता!

10

कमरे में बैठी सविता धोबी के कपड़े मिल रही थी कि आंधी की तरह सुधीर भीतर घुस आया।

"सुनती हो," उसने कहा, "विमला की आंख फूट गई!"

"कौन विमला?" सविता ने चादरें मिलाते हुए पूछा।

"जानती नहीं क्या? तुम्हारे किराएदार फिलिप की लड़की।"

शुक्ला साहब की कोठी के पीछे छोटी-छोटी कई कोठरियां बनी हुई

थी। कुछ में नौकर-साईस रहते थे। बाकी सविता ने दस-पंद्रह रुपये महीने के हिसाब से किराये पर चढ़ा दी थीं। दो कोठरियों का किरायेदार था फिलिप। किराया देने में हमेशा देर करता था। बहुत तकाजा करने पर जब मिलता तो विमला ही आकर दे जाती। सविता उसे पहचानती है। हाई स्कूल में पढ़ रही है, साथ में छोटे बच्चों की ट्यूशन करके थोड़ा-बहुत कमा लेती है।

"ओह, हां," उसने कहा, फिर धोबी से बोली, "यह कैसी चादर धोकर लाये हो? चिक्कट पड़ी है!" साथ ही सुधीर से भी कह गई, "देखना, कितनी गंदी चादर धोकर लाया है!"

"मारो गोली चादर को!"

"हां-हां" सविता संभल कर बोली, "आंख कब फूटी, कैसे, पता चला?"

"अभी। अस्पताल छोड़कर सीधा आ रहा हूं।"

"आप छोड़कर आये?"

"और किसी को फिक्र है? गरीब का बच्चा मरे चाहे जिए। देखना तुम, सब सालों को जेल न भिजवाया तो मेरा नाम नहीं···"

सविता कपड़े छोड़ उठ खड़ी हुई। धोबी से कहा, "मैले कपड़े कल ले जाना।"

सुधीर के पास आकर बोली, "किसे जेल भिजवा रहे हो? हुआ क्या खोलकर बतलाओ।"

"बतलाया तो। विमला को नहीं जानती?"

"जानती हूं। पर आंख कैसे फूटी?"

"स्कूल में नाटक खेला जा रहा था। पटाखे छोड़कर गोली की आवाज़ पैदा की जा रही थी। एक पटाखा उसकी आंख में जा लगा। बुरी तरह घायल हो गई। स्कूल वालों ने पट्टी बंधवा कर छुट्टी की।"

"दोनों आंखें जाती रहीं?"

"नहीं, एक।"

"शुक्र है।"

"शुक्र? तुम्हें इसमें शुक्र दिख रहा है?"

"दोनों चली जातीं तो?"

"एक भी क्यों जाए? डाक्टर कह रहा था अलीगढ़ ले जाकर आपरेशन कराने से आंख बच सकती है।"

"काफी पैसा लगेगा?"

"सो तो लगेगा।"

"फिलिप दे पाएगा ?"

फिलिप ! वह क्या देगा ! सौ रुपल्ली का क्लर्क। चार-चार बच्चे। ऊपर से पक्का शराबी !"

"फिर स्कूल वाले देंगे ?"

"देना चाहिए, पर वे आदमखोर क्या देंगे ! पट्टी बंधवा दी और कह दिया सॉरी। हुं ! सॉरी कहो और आदमी की जान ले लो। यहां इंसान की कीमत क्या है ? वह तो मैं था नाटक दखने वालों में। प्रिंसिपल को दस गालियां सुनाई और लड़की को अस्पताल छोड़कर आया।"

सविता चुप रही।

"खैर, छोड़ो," सुधीर ने कहा, "उसके अलीगढ़ जाने का इंतजाम करना है। मेरे पास रुपये हैं नहीं। तुमसे मांगने आया था।

"अलीगढ़ भेजने का इंतजाम आप करेंगे ?"

"तो और कौन करेगा ?"

"फिलिप से पूछ लिया ?"

"उस शराबी से क्या पूछना ? उसके साथ मैं उसे भेज भी नहीं रहा। रुपये उसके हाथ में दिये नहीं कि शराब पी जाएगा। विमला ने मुझे सब बतला दिया है। मैं खुद ले जाऊंगा। तुम रुपये दो।"

"कितने रुपये चाहिए ?"

"ढाई सौ।"

"ढाई सौ ! मेरे पास इतने रुपये हैं नहीं !"

"तब दफ्तर से एडवांस ले लेता हूं। अगले महीने कट जाएंगे।"

"फिर हमारे पास क्या बचेगा ?"

"नहीं बचेगा तो न सही। खाना लगवाओ। मैं खाकर जाता हूं।"

"इतनी जल्दी क्या है ? रात में तो दफ्तर खुला होगा नहीं। जो होगा कल सुबह होगा ? डैडी को आ जाने दो।"

"देखिए," सुधीर खाने बैठा तो सविता ने समझाते हुए कहा, "थोड़ा सोच-विचार कर काम कीजिए। विमला जवान लड़की है, यूं मां-बाप से पूछे बिना आप उसे ले जाएंगे तो लोग क्या कहेंगे ?"

"लोग ?"

"कौन जाने क्या-क्या बातें बनाएं।"

सुधीर एकटक उसकी तरफ देखता रहा। सविता को लगा, असर हो रहा है। उसने मुस्कराकर डोंगा आगे करके कहा, "और लो न। कैसे

बने हैं दमआलू? मैंने बनाये हैं।"

दमआलू हमेशा की तरह बढ़िया बने थे। सुधीर को पसंद थे। हाथ बढ़ाकर उसने अपनी कटोरी में डाल लिये। पर डालते-डालते बोला, "तुम जैसी कसाई औरत मैंने दूसरी नहीं देखी। लड़की की आंख का सवाल है और तुम्हें लोगों की पड़ी है"

धीमी आवाज में कहा गया यह वाक्य सविता को चीखने-चिल्लाने से ज्यादा काट गया। तिलमिलाकर बोली, "उसके मां-बाप को उसकी फिक्र है नहीं, आप खामखवाह बीच में बाप बने जा रहे हैं।"

"सच क्यों नहीं कहतीं? सोच रही हो ढाई सौ उस पर खर्च करने के बजाय अपने लिए एक जोड़ी बुन्दे क्यों न बनवाये जाएं। क्यों?"

"बुन्दे मेरे पास हैं और तुमने नहीं मेरे..."

"पिताजी ने दिये हैं। ठीक है, अगले महीने जब खाने को नहीं होगा तो उन्हें बेच लेना।"

खाना प्लेट में छोड़, वह उठ खड़ा हुआ और धड़ाक से दरवाजा बन्द करते हुए बाहर निकल आया।

विमला की आंख ठीक हो गई। सविता के घर का खर्च शुक्ला साहब ने दे दिया। विमला स्कूल लौट गई। तीन महीने बाद हाई स्कूल के इम्तिहान में पास हो गई। सविता सुधीर की गतिविधियों पर और कड़ी नजर रखने लगी। सुधीर की दौड़-धूप और धमकियों की वजह से विमला को उसी स्कूल में नौकरी मिल गई, जिसमें आंख फूटी थी। सविता को मालूम हुआ तो बोली, "नौकरी लग गई तो हर महीने पच्चीस-तीस करके हमारे रुपये नहीं लौटा सकती? पर क्यों लौटाए? जब कोई बेवकूफ बन रहा हो तो क्यों ने बनाया जाए?"

"जानती नहीं क्या?" सुधीर ने भन्नाकर कहा, "हर महीने मार-पीट कर फिलिप पूरी तनख्वाह रखवा लेता है। जब दीवार से कान लगा-कर पूरी बात सुन लेती हो तो बेकार तोहमत क्यों लगाती हो?"

"मैं दीवार से कान क्यों लगाने लगी? सुनाई दे जाए तो क्या कर सकती हूं?"

"बेकार की टीका-टिप्पणी बंद कर सकती हो। मदद कुछ होती नहीं, बातें बनाने···।"

"मैं मदद क्या करूंगी?" सविता ने तड़पकर कहा, "महावीर पुरुष तो तुम हो, जाकर घर से निकाल लाओ।"

"यही करूंगा," सुधीर ने कहा तो सविता घबरा गई।

बेकार नई बात सुझा दी, महीना खत्म होने में सिर्फ तीन दिन हैं। हर नये महीने की शुरुआत फिलिप के घर किसी-न-किसी कांड से होती है।

तीन दिन बाद यथा नियम फिलिप के घर नाटकं प्रारंभ हुआ।

सुधीर घर पर था।

रेडियो नाटक की तरह दीवार से लगे क्वार्टर से फिलिप की गर्जना सुनाई दी।

"बस पचहत्तर रुपये ! बाकी ?"

"मुझे जरूरत थी, खर्च हो गये, पापा···" विमला का आतंकित स्वर भी स्पष्ट था।

"क्या जरूरत थी, हरामजादी ? पाउडर-क्रीम लगाकर किसे मोहने जाती है ?"

"स्कूल में दुपहर को जो खाती हूं, उसी का पैसा चुकाया है।"

"ओहो। नवाबजादी पच्चीस रुपये की पत्तलें चाट गई और यहां बच्चे फाके कर रहे हैं।"

धड़ाक की आवाज के साथ विमला एक बार चीखी फिर, बोली, "मुझे एक धोती खरीदनी पड़ी। पहली बिल्कुल फट गई थी।"

"हां-हां, मेम साहिबा को गवर्नर की पार्टी में जाना था। निकाल पैसे वरना मार-मारकर मुंह टेढ़ा कर दूंगा।"

विमला की एक चीख सुनाई दी, फिर दर्द से तिलमिलाया स्वर, "नहीं हैं तो कहां से दूं ?"

फिर प्रहारों की धमक थी या फिलिप की चीख-पुकार, "हरामजादी ! बदजात ! मुझे आंख दिखलाती है ? रुपये निकालेगी या फोड़ दूं आंख !"

यह सुनना था कि सुधीर इतनी तेजी से बाहर निकला कि सविता को उसके जाने का पता तब चला जब दीवार की दूसरी तरफ से उसकी आवाज सुनाई दी।

"रुपये लौटाओ फौरन। लड़की पर हाथ उठाया तो ज़ान से मार डालूंगा···चल, विमला।"

पांच मिनट बाद सुधीर वापस अपने घर में था, विमला के साथ।

भौचक सविता कुछ बोल न पाई। जब संभली तो सुधीर का तमतमाया चेहरा देख चुप बनी रही।

अगला दिन इतवार था। विमला स्कूल नहीं गई, सारा दिन विजया

के साथ लगी रही। जितनी कहानियां याद थीं, सुना डालीं। कापी में अक्षर बनाने सिखाने शुरू कर दिये। सविता ने देखा, साढ़े तीन बरस की विजया बडी कुशाग्रता से विमला के बतलाये अक्षरों की नकल बना रही है। विमला के साथ कुछ सीख लेगी तो स्कूल में दाखिला दिलवाने में सुविधा हो जाएगी। विमला घर पर रह गई तो आया की भी जरूरत नहीं रहेगी। महीने के तीस रुपये बचेंगे। दिन-भर की झिक-झिक से नजात मिल जाएगी। उसे घर में रखेगी तो सुधीर खुश होगा, विमला पर एहसान रहेगा और विजया की देखभाल हो जाएगी। बुरा क्या है?

अगले दिन विमला स्कूल गई तो उसने सुधीर से कहा, "भली लड़की है। बाप सचमुच परेशान करता है। सोच रही थी क्यों न यहीं रह जाए।"

"सच?" सुधीर खुश होकर बोला, "तुमने मेरी सब परेशानी दूर कर दी। मैं सोच-सोचकर मरा जा रहा था, उसका क्या इंतजाम करूं। मझे उम्मीद नहीं थी तुम यहां रखने को तैयार हो जाओगी।"

"हां, तुम मुझे राक्षसी जो समझते हो।"

"क्या करूं, सविता, चारों तरफ गिलाजत देख सिर भन्ना जाता है। सब तरफ बुराई-ही-बुराई नजर आने लगती है। मैं चाहता हूं संसार के हाहाकार को एक झटके में दूर कर दूं, दुनिया में जो भी दुखी है उसके दुख को हर लूं। कर कुछ नहीं पाता। लगता है बुराई के दलदल से मैं किसी को बाहर नहीं खींच रहा, खुद उस तरफ खिंचा जा रहा हूं। लगता है दीवार से माथा फोड़ खून के फव्वारे बहा दूं तो शांति मिले।"

सविता को उस पर दया हो आई। वैसे ही जैसे विजया की किसी निरर्थक असंगत जिद पर आती है। देखने में समर्थ होते हुए भी पुरुष बच्चा ही होता है।

"क्यों बेकार हलकान होते हो?" उसने स्वर को ममतालु बनाकर कहा और बच्चे को बहकाने के सुर में फौरन दूसरी बात छेड़ बैठी, "यह बतलाओ, कल फ़िलिप एकदम विमला को तुम्हारे साथ आने देने के लिए तैयार कैसे हो गया?"

"तैयार क्या होना था? मैंने एक झापड़ दिया उसे और विमला से कहा—चल, विमला! बस!"

"और रुपये भी उसने लौटा दिये?"

"और क्या? अरे ये लोग कमजोर को सताते हैं।"

"चूं तक सुनाई नहीं दी। तुम्हारे हाथ का झापड़ खाकर जमीन

सूंघने लगा होगा ?"

"और क्या। शराबी में दम है कहां ?"

"होता भी तो तुम्हारे सामने क्या काम आता ?" उसने हंसकर कहा। बस यही तो एक रूप है सुधीर का जो उसे अच्छा लगता है।

सुधीर का मन कुछ हल्का हो गया। इतना बुरा तो नहीं। कम-से-कम फिलिप के चंगुल से विमला को तो बचा ही लाया है।

पर फिलिप इतनी आसानी से सौ-पचहत्तर रुपये माहवार से हाथ धोने वाला नहीं था। तीसरे दिन, सुधीर के बाहर रहते, दो साथियों के साथ शुक्ला साहब के पास जा पहुंचा। टोपी उनके पैरों के पास रख, रो उठा, "मेरी इज्जत आपके हाथ है, जज साहब! चाहे बचाइए चाहे सड़ने दीजिए।"

"क्या हुआ ?"

"साहब, कहते डर लगता है।"

"नॉनसेन्स। कहने में डर तभी लगता है जब इंसान को अपनी बात में यकीन न हो।"

"साहब, विमला नाबालिग जरूर है, पर है जवान लड़की। घर न लौटी तो मेरे पास खुदकुशी के सिवा कोई चारा नहीं रह जाएगा।"

"कौन विमला ?"

"मेरी बेटी, हजूर।"

"क्या हुआ उसे ? साफ-साफ और जल्दी कहो। मेरे पास ज्यादा वक्त नहीं है।"

"साहब लड़की को भगा ले गये हैं।"

"मुकदमा दायर करना चाहते हो ?"

"नहीं, हुजूर, इतनी मेरी बिसात कहां ? बस लड़की मिल जाए तो बहुत है।"

"तो पुलिस में खबर करनी होगी।"

"मेरे लिए पुलिस-अदालत सब आप हैं, जज साहब, लड़की आपके घर में है।"

"क्या बकवास करता है ?"

"सच बात है, हुजूर, " फिलिप ने हाथ जोड़कर कहा, "वरना मुंह से निकालते डर लगता। ये लोग गवाह हैं।"

"अच्छा, ठहरो," शुक्ला साहब सीधे घर के भीतर पहुंच जोर से सविता

को पुकार उठे।

हड़बड़ाकर सविता गीले हाथ लिये रसोईघर से निकल आई। जज साहब और घर के भीतर, एकदम रसोईघर के सामने!

"क्या हुआ, डैडी?"

"फिलिप कह रहा है, उसकी लड़की विमला हमारे घर में है।"

सविता समझ गई सच का कोई एक रूप उनसे कहे बगैर काम नहीं चलेगा।

"जी हां," उसने कहा।

"हमें क्यों नहीं बतलाया गया?"

"विजया की देखभाल के लिए रख लिया था।"

"ओह! और वह बदमाश कहता है···सॉरी···वह कहता है, वह नाबालिग है और घर से इजाजत लिए बगैर आई है।"

"मुझे मालूम नहीं था घर से पूछकर नहीं आई।"

"उसे फौरन घर भिजवा दो।"

"जी, अच्छा," सविता ने कहा, फिर बोली, "ये कह रहे थे, फिलिप शराब वगैरह पीता है, विमला को बहुत मारता-पीटता है। उसी से बचने के लिए यहां आने को कह दिया था।"

"यह उसका अपना मामला है। विमला चाहे तो पुलिस में रिपोर्ट कर सकती है। हमें बीच में दखल देने का हक नहीं है।"

"जी, मैंने भी कहा था पर ये माने नहीं। मैं अभी भिजवा देती हूं," कह सविता तमाम जिम्मेवारी से बरी हो गई।

बाहर जाकर शुक्ला साहब ने फिलिप को चेतावनी दे दी।

"तुम्हारी लड़की हमारे यहां नौकरी करने आई थी। तुम नहीं चाहते तो वापस ले जा सकते हो। पर एक बात याद रखना। शराब पीकर मारपीट करोगे तो तुम्हारे ऊपर पुलिस केस हो जाएगा। विमला को इससे आगाह कर दिया गया है।"

"कसम खुदा की, मैंने जो कभी उसे छुआ हो। ये लोग गवाह हैं, हुजूर। सुधीर बाबू यूं ही लड़की को घर से निकाल लाए। अब लोगों का मुंह बंद करने के लिए कुछ-न-कुछ करना होगा, हुजूर।"

"ठीक है, अदालत में दावा कर दो," शुक्ला साहब ने उदासीन स्वर में कहा।

"नहीं-नहीं, साहब," फिलिप ने कान छूकर कहा, "कुछ दे-दिलाकर लोगों का मुंह बंद कर सकता हूं। पर मेरे पास है ही क्या···"

"क्लब का वक्त हो गया," शुक्ला साहब घड़ी पर नजर डाल उठ खड़े हुए। आगे दाल न गलती देख, फिलिप विमला को ले घर लौट गया।

शाम को दफ्तर से लौटने पर सुधीर ने सुना तो अवसन्न रह गया। आत्मतुष्टि का जो साधन इतनी मेहनत से जुटाया था, दो दिन भी टिका न रहा।

"कैसे ले गया फिलिप ? किसके हुक्म से ले गया ?" वह दहाड़ा।

"वह खुद चली गई, सविता के कहा, "डैडी ने उससे पूछा तो वह जाने के लिए तैयार हो गई। वह नाबालिग है।"

"नाबालिग है, तो ?"

"हम उसके बाप से पूछे बिना उसे नहीं रख सकते।"

"बाप ! बाप ! बाप साला कसाई जो है।"

"पर है तो बाप। ऐसे नहीं भेजते तो अदालत के कहने से भेजना पड़ता।"

"शटअप !" सुधीर चीख पड़ा।

उस शाम जो बाहर निकला तो आधी रात तक सड़कों और मैदानों के चक्कर काटता फिरा, थक गया तो फूलबाग की बेंच पर जा बैठा, पर घर नहीं लौटा।

कितने दिन बाद जीवन में छोटी-सी विजय पाई थी। मुसीबतजदा इन्सान की मदद करने में सफल हुआ। उससे बड़ी बात, सविता का समर्थन पा गया। सविता का वह ममताभरा स्वर उसे कितनी सान्त्वना दे गया था। पर शुक्ला साहब के एक इशारे ने सब तहस-नहस कर डाला। सरकारी वकील की तरह, वह उसके औचित्य को दलीलों से काटने लगी। इस नरक से नहीं भागा तो पागल हो जाएगा एक दिन। कनपटी की फड़कती नसों को दोनों हाथों से दबा वह बेंच पर लेट गया। शरीर की थकान से लगा लेटते ही नींद आ जाएगी। पर दिमाग बिदके घोड़े की तरह इधर-उधर छलांगें लगाता रहा। सिर को जोर से भींच जबरदस्ती आंखें बन्द कीं। बियाबान पार्क के अन्धेरे कोनों से निकल बूढे सफेद दैत्य, अनुभवों की शिकन माथे पर डाले, सर्द नजरों से घूरते, उसकी तरफ लपके और उसे घेर नसीहतें देने लगे।

"चुप रहो ! जो मैं चाहूंगा, करूंगा," वह चीख मार कर उठा और पार्क के बाहर भाग गया।

बाकी रात वह सड़कों के चक्कर काटता रहा और अपना इरादा

पुख्ता करता रहा। सूरज निकलने पर बिखरे बाल, लाल आंखें और विषण्ण मुख लिए घर पहुंचा तो बिना किसी से बात किए, सीधा अपने कमरे में जा आलमारी से कपड़े निकाल सूटकेस में ठूंसने लगा।

सविता ने देखा तो बोली, "क्या कर रहे हो? सारी रात कहां रहे?"

"रहा जहन्नुम में, पर इस बूचड़खाने से बेहतर था।"

"कुछ खा लो," सविता ने कहा, "यह छोड़ो, बाद में कर लेना।"

"नहीं, मैं अभी जा रहा हूं।"

"कहाँ?"

"दिल्ली। रेवा के पास?"

"क्यों?"

"नौकरी ढूंढ़ने।"

"और यहां की नौकरी?"

"इस्तीफा भेज दूंगा वहां से।"

"अच्छा तो कुछ खाकर तो जाओ," सविता ने कहा। सोचा एक बार मेज पर बैठ गए तो शुक्ला साहब को बुला लेगी।

"खा लूंगा स्टेशन पर। हटो मेरे सामने से!" सुधीर भरा सूटकेस जबरदस्ती बन्द कर, जैसे घर में घुसा था वैसे ही बाहर निकल गया।

वह निकला और सविता दौड़ती हुई शुक्ला साहब के पास पहुंची। पर उसकी बात सुन, उन्होंने न हमदर्दी दिखलाई, न मदद करने का आश्वासन दिया। ठण्डे स्वर में बोले, "मैंने पहले ही कह दिया था, वह चाहे तो कहीं और नौकरी ढूंढ़ सकता है। जाना चाहता है तो जरूर जाए।"

"पर हम लोग?" चकित सविता ने आर्तनाद किया।

"नौकरी लग जाए, घर मिल जाए, तो तुम लोग भी चले जाना।" शुक्ला" साहब ने फंसे गले से कहा।

सविता से कुछ कहते नहीं बना।

"विजया उठ गई?" उन्होंने पूछा।

"जी।"

"गोविन्द नाश्ता लाए तो उसे भेज देना। और सुनो," शुक्ला साहब ने कहा, "रेवा के पास तीन-चार सौ रुपये भिजवा देना। सुधीर की वहां जाकर जरूरत होगी।"

11

"सुधीर भैया!" अचानक उसे आया देख रेवा ने चिहुंक कर कहा, "खबर नहीं दी··· ?"

"एकदम आना हो गया।"

"खैरियत तो है," रेवा ने मजाक करते हुए हंसकर पूछा।

"उस बूचड़खाने में क्या खैरियत हो सकती है!" सुधीर ने इतने उग्र स्वर में कहा कि रेवा भौचक, चुप रह गई।

यह भी नहीं पूछा कि डैडी, भाभी और विजया कैसे हैं।

सविता और सुधीर के बीच बढ़ते तनाव से वह नावाकिफ नहीं है। साल में एकाध-बार कानपुर जाना हो जाता है। जितने दिन वहां रहती है, सुधीर और सविता के बीच बढ़ती खाई से दुख होता है। और उससे ज्यादा दुख होता है इस बात से कि सविता के साथ डैडी खाई के एक ओर जा पड़े है और सुधीर दूसरी ओर। फिर संभल कर मेहमाननवाजी के सुर में कहा, "आओ-आओ, अन्दर आओ। रास्ते में खाना-वाना खाया या नहीं?"

"खाया था!" सुधीर सूटकेस उठा कर अन्दर आ गया।

"क्या खाया होगा! रास्ते में ढंग का मिलता कहां है? क्या बनाऊं चाय के साथ? आलू की टिकिया या प्याज के पकौड़े? देखा, दोनों तुम्हारी पसन्द की चीजें गिना दीं!"

"कुछ भी," सुधीर ने कहा।

"ऐसे मैं नहीं बनाने वाली। टिकिया बनाऊंगी तो तुम कहोगे पकौड़े बनाती तो अच्छा था और पकौड़े बनाऊंगी तो कहोगे टिकिया बनाती तो अच्छा था।"

सुधीर कुछ हल्का हो हंस दिया

"बोलो, बोलो," रेवा ने कहा।

कितनी आरामदेह चीज है यह खान-पान की व्यवस्था। किन्हीं व्यंजनों को पकड़ कर लटक जाइए और तमाम मुश्किल सवाल मुल्तवी।

"चल, आलू की टिकिया बना ले," सुधीर ने कहा।

"ठीक है। तुम मुंह धो लो, मैं दस मिनट में बना कर लाई।"

शाम को सन्दीप दफ्तर से लौटा तो मुल्तवी सवाल जबान पर आ ही गये।

"अरे सुधीर," घर में घुसते ही उसने कहा, "कैसे हो, भाई? अचानक रास्ता कैसे भूल पड़े?"

"नौकरी ढूंढ़ने आया हूं,' सुधीर ने कहा।

"नौकरी? क्यों, कानपुर वाली क्या हुई?"

"छोड़ दी। कानपुर में नहीं रहूंगा।"

"क्यों?"

"क्योंकि वहां मेरा कोई घर नहीं हो सकता," सुधीर का स्वर उत्तेजित हो उठा।

"क्या बात करते हो, यार!" सन्दीप हंस पड़ा "माल रोड की इतनी लम्बी-चौड़ी कोठी तुम्हारी नहीं तो क्या मेरी है?"

"जज साहब की है।"

"और जज साहब तुम्हारे पिता हैं।"

"तो?" सुधीर का स्वर और ऊपर चढ़ गया।

"छोड़ो, क्या जिरह ले बैठे?" रेवा ने बाधा दी। पर सन्दीप पर असर नहीं हुआ। समझाते हुए बोला, "एक पते की बात बतलाऊं, यार! बाप से झगड़ा होता रहता है, पर साथ रहने में फायदे बहुत हैं।"

"क्या फायदे हैं?"

"इतना लम्बा-चौड़ा मकान, नौकर-चाकर, घोड़ी-बग्घी, ये सब आसान है मिलना? मुझे देखो, 'ब्लाण्डन एण्ड को' में चीफ इंजीनियर हो गया हूं, पर एक रसोइया नहीं रख सकता। गाड़ी खरीद ली है, पर कम्पनी से लोन लेकर। एक तुम हो···"

"मकान! नौकर-चाकर! घोड़ी-बग्घी!" सुधीर बीच में फट पड़ा, "आत्मा बेच कर वो सब मुझे नहीं जुटाना। उनका ऐशो-आराम उन्हें और उनकी खानदानी बहू को मुबारक। मैं इज्जत की जिन्दगी जीना चाहता हूं। कोई छोटी-मोटी नौकरी मिल जाए तो ठीक। विजया को लेकर थोड़े में गुजारा कर लूंगा, पर उस जज के साथ उम्रकैद की सजा नहीं भुगतूंगा!"

उसके विस्फोट पर चकित सन्दीप देर तक उसका मुंह ताकता रहा। फिर स्थिति को संभालने की नीयत से हंसकर बोला, "ठीक है, यार! अपनी-अपनी पसन्द है। तुम्हारी जैसी आत्मा हम में नहीं है, भाई।"

पर सुधीर नहीं हंसा। तीखे स्वर में बोला, "नहीं है तो अपनी नसीहतें अपने पास रखिए।"

उसकी बदतमीजी पर चकित-क्षुब्ध सन्दीप उठ कर कमरे से बाहर चला गया। सूखा मुंह लिए रेवा कुछ देर सिर झुकाए बैठी रही फिर संदीप के पीछे दूसरे कमरे में चली आई। विह्वल स्वर में सन्दीप से सुधीर की तरफ से माफी मांगती रही। उसे परेशान देख सन्दीप स्नेहिल स्वर में बोला, "ठीक है, रेवा, सुधीर तुम्हारा भाई है। तुम्हारी खातिर जो कुछ मुझसे हो सकेगा करूंगा। लगता है, इस बार टकराव भयंकर हुआ है। कुछ दिन में अपने-आप ठीक हो जाएगा। तुम फिक्र न करो।"

अगले दिन से सुधीर नौकरी ढूंढ़ने में लग गया। सुबह उठ कर अखबारों में 'वाण्टेड' कालम देखता। जहां कहीं भी माइनिंग इंजीनियर की जगह खाली होती वहां के लिए अर्जियां तैयार कर लेता, फिर उन्हें लेकर कनॉट प्लेस टाइपिंग इन्स्टीट्यूट पहुंचता और अपने सामने टाइप कराता। अर्जियों को भेजने के बाद पता लगाता कि दिल्ली या दिल्ली से बाहर कौन-सी कम्पनियां हैं, जहां माइनिंग इंजीनियर की जगह खाली होने की सम्भावना है। वहां के लिए अर्जियां बनाता और भेज देता। जिन कम्पनियों के दफ्तर दिल्ली में होते, उनके अधिकारियों से मिलने की कोशिश करता। ये सब करने में पूरा दिन व्यस्तता से निकल जाता। टाइपिंग और पोस्टेज के लिए पैसे उसने रेवा से उधार ले लिए थे। रेवा ने बिना यह बतलाये कि कानपुर से दो सौ का मनीआर्डर आ चुका है, रुपये उसे पकड़ा दिए थे।

सन्दीप देखता तो चिढ़ कर रेवा से कहता, "ऐसे जूते घिसने से नौकरी मिलती है? जान-पहचान निकाले बगैर काम हुआ करते हैं? पर हमें क्या? कुछ कहेंगे तो उनकी आत्मा आड़े आने लगेगी।"

रेवा का मुंह मुरझा जाता तो फौरन सुर बदल कर कहता, "वैसे बात सुधीर की ठीक है। जो खुशी आदमी को अपने बल-बूते पर जी कर मिलती है, किसी के सहारे पनप कर थोड़ा मिल सकती है? दुनिया में ऐसे भी लोग हैं जो दुनिया से अलग रीति पर चलकर दिखा देते हैं। और, भई, हमें तो कुछ करने से पहले तुम्हारा और बच्चों का ख्याल आता है, वरना क्या है, हम भी अपने मन की करें।"

पर सन्दीप जो कहता रेवा से, सुधीर से कटा-कटा रहता। खाने की मेज पर या आते-जाते सामने पड़ गये तो दो-चार औपचारिक बातें कर लीं, वरना टाल गये। सुधीर भी घर में कम दिखलाई देता। अर्जियों का

चक्कर पूरा करके वक्त काटने को किसी सिनेमाघर में जा बैठता। पैसे चुक जाते तो रेवा से और ले लेता। कह देता,"हिसाव रख लेना। नौकरी लगते ही चुका दूंगा।" कानपुर से रुपये आते रहते, इसलिए कोई दिक्कत नहीं होती। पन्द्रह-सोलह दिन बीतते ही, शुक्ला साहब सविता को याद दिला देते कि दिल्ली रुपये भेजने हैं। कोई दिन ऐसा जाता होगा जब सुधीर पिक्चर न देखे। कभी-कभी एक ही पिक्चर को दो-दो, तीन-तीन बार देख लेता। रेवा के घर के आसपास नई दिल्ली में ही नहीं, पुरानी दिल्ली के भी हर हाल में वह पिक्चर देख चुका था। घूमते-घामते किसी भी गली में निकल जाता, चाय-नाश्ता वहीं कर लेता। दुपहर का खाना ज्यादातर गोल होता। फिर शाम को पिक्चर देख देर से घर लौटता। वापस आने पर ज्यादातर देखता, सन्दीप खा-पीकर अपने कमरे में चला गया है और रेवा अकेली उसका इन्तजार कर रही है। खाने की मेज पर उसके साथ बैठना भला लगता। देखता सब उसी की पसन्द की चीजें बना करती हैं।

रेवा समझती थी डैडी और सविता के लिए आक्रोश और घृणा पाल कर, जो घाव सुधीर ने अपने हृदय पर कर लिए हैं, उन्हें समझा-बुझाकर या बहस करके नहीं भरा जा सकता। उसे स्वस्थ करने का एक ही तरीका है, ज्यादा से ज्यादा स्नेह देकर कुण्ठा को मिटा देना। स्नेह दिखलाने का जो सब से पुराना तरीका स्त्रियों के पास है, रेवा ने उसे ही अपनाया। बढ़िया, मन-पसन्द खाने का इन्तजाम। कभी दम-आलू बनते तो कभी भरवां करेले; कभी आलू की टिकिया तो कभी मूली के परांठे। सुधीर खुश होकर खाता तो रेवा को लगता एक काम सिद्ध हो गया। पर जल्दी ही उसका भ्रम टूट जाता। खाकर डैडी और सविता को ले अपने शिकवे शिकायत शुरू कर देता।

"जज साहब और सविता दोनों एक थैली के चट्टे-बट्टे हैं! उनका बस चले तो मुझे बिल्कुल नाकारा बना कर रख दें···एक उसूल है उनका, आदमी जो करना चाहे मत करने दो। संघ में जाए तो कहो—छोड़ो उसे, गन्दी नाली में गिरने समान है। खदानों में जाकर काम करना चाहे तो कहो—वहां क्या जाना, कोयले-धूल की जगह घर के लोग बीमार हो जाएंगे। बिजनेस करना चाहे तो कहो, पढ़-लिखकर दुकान लगाने से मत-लब?···साले उस घर में कुत्ते-घोड़ों की ज्यादा दर है। घोड़ी को एक चाबुक लग जाए तो आसमान सिर पर उठा लो और आदमी की चाहे जितनी चमड़ी उधेड़ों, कोई एतराज नहीं। इसे कहते हैं अंग्रेजियत, साहबी

शान! ····'कोठियां बना कर किराया वसूलो तो साहबपना है, और मेहनत से सामान बना कर बेचो तो दुकानदारी! और वह दुकानदार की लड़की! ऐसे ताव दिखाती है जैसे उसके बाप-दादा नवाबजादे हों। बच्चे को जलेबी नहीं, अण्डा-डबलरोटी खिलाओ, वरना हम अलग कैसे दिखेंगे? रोज मुर्गे पकाओ और अंग्रेजों को खिलाओ तभी न उनके टट्टू कहलाओगे, तभी न ऊंची पोजीशन मिलेगी।···किसी को पैसा मत दो। किसी की मदद मत करो। एक-एक पैसे को दांत से पकड़ो और अपने पेट में ठूंसो। तभी न कोठियां बनेंगी तभी न पैसा पैसे को खींचेगा। आदमी बाहर क्या करके आया कोई मतलब नहीं। बस टाइम पर आकर जम जाओ खाने की मेज पर, तन कर बैठ जाओ कुर्सी पर और 'पास दिस,' 'पास दैट,' कर लो तो हो गये मैनर्स! और किसी दुखी की मदद कर देर से लौटो तो हो गये बदतमीज। कौन-सी ऐसी चीज है जो मैंने करनी चाही और इन लोगों ने बीच में टांग नहीं अड़ायी?"

रेवा उससे बहस नहीं करती पर चुप रह कर सुनते रहना भी कष्टकर हो उठता है।

अर्जियां भेजने और पिक्चरें देखने के अलावा एक ही काम सुधीर करता है, और वह है जज साहब और सविता के प्रति अपने द्वेष को भड़काना। रोज बिस्तर पर लेट कर मन-ही-मन उन पर आक्षेप लगाता, उन्हें दोषी ठहराता और उनसे कोई सरोकार न रखने के प्रण को दुहराता। पर सुबह होने पर उतनी ही सरगर्मी से कानपुर से पत्र आने का इन्तजार करता। पत्र आने पर उसे उतावली से खोलता, विजया के बारे में दी गई जानकारी को बार-बार पढ़ता और फिर उसमें कोई ऐसा मसला ढूंढ लेता जो उसकी शिकायतों को पुख्ता कर सके।

सविता ने लिखा, "शुक्ला साहब की तबीयत खराब चल रही है, ब्डल-प्रेशर बढ़ा है।" उसने हंस कर उड़ा दिया, "बड़े लोगों के चोंचले" हैं!" सविता ने लिखा, "एल्गिन रोड वाली कोठी के किरायेदार किराया देने में तंग कर रहे हैं, लगता है मामला कोर्ट में ले जाना पड़ेगा।" वह ठहाका मार कर हंस पड़ा, "मामला ससुराल तक ले जाने में हर्ज क्या है, फैसला अपने हित में होगा।" सविता ने लिखा, "विजया स्कूल जाने लगी है," वह खुश होकर बोला, "नौकरी लगते ही विजया को अपने पास ले आऊंगा। पढ़ा लिखा कर काबिल बनाऊंगा। मां की तरह दकियानूसी, कंजूस गृहस्थिन नहीं।"

महीना बीतते-बीतते रेवा ने पाया सुधीर के लिए सहानुभूति होने के

बावजूद, उसकी शिकायतों ने उबाना शुरू कर दिया है।

धीरे-धीरे उसकी सहानुभूति छंटने लगी। बच रही ऊब या आतंक। सुधीर देर करके घर लौटता। दोनों लड़के मदन और नन्दन सोने लगते तो उनका खाना लगा देना पड़ता। संदीप उनके साथ खाने बैठ जाता और उससे खा लेने का इसरार करता। वह इतनी उदासीनता नहीं बरत पाती और अकेली सुधीर का इन्तजार करती रहती। वह आता तो जल्दी-जल्दी खाना निबटा कर अपने कमरे में जाना चाहती। पर सुधीर अपनी व्यथा-कथा ले बैठता। रेवा निश्चय करती कि अगले दिन खूब समझा कर एक पत्र डैडी को लिखेगी और एक सविता को। उन लोगों को अपना रवैया बदल डालना होगा, वरना सुधीर का कुछ भरोसा नहीं, क्या कर बैठे?

अगली सुबह पत्र लिखने बैठती तो पाती, ठोस कहने को कुछ है नहीं। है एक धुंधला-सा एहसास, एक उलझी-सी भावना, कहीं कुछ गलत होने का तर्कहीन-सा आभास। औपचारिक कुशल-क्षेम पूछ-बतलाकर पत्र पूरा कर देती और अपनी खीज का प्रतिकार करने के लिए, सुधीर की पसंद का खाना बना डालती। पहली रात की तरह, उस रात भी, अपने कमरे में पहुंचती तो ऊब और आतंक के मिले-जुले दंश से छिदी रहती।

पाती कि सन्दीप के पास खींचने पर, वह पुलकित हो सिमट आने के बजाय, सुधीर का किस्सा ले बैठी है। कुछ देर सन्दीप सुनता, हां-ना भी करता, फिर खीज उठता।

वह चुप हो जाती और सोचती, सुधीर ज्यादा दिन टिका रहा तो उसकी और संदीप की जिन्दगी चौपट कर देगा।

तभी शुक्ला साहब का पत्र सन्दीप के नाम आया। उसने रेवा को दिखलाया और बोला, "तीन महीने होने को आये सुधीर को दौड़-धूप करते। अब तक अक्ल ठिकाने आ चुकी होगी। डैडी ने एक अच्छी नौकरी के बारे में लिखा है। उससे कह कर अप्लाई करवा देता हूं, समस्या हल हो जाएगी।"

उस रात सन्दीप ने सुधीर के साथ खाना खाया। बोला, "मुझे पता चला है, सरकारी माइनिंग डिपार्टमेंट में डिप्टी-डाइरेक्टर की जगह खाली है, यहीं दिल्ली में। तुम क्यों नहीं अप्लाई करते?"

"अप्लाई तो किया है। पर मुझ जैसे आदमी को वे क्यों लेंगे?"

"फिक्र न करो। डैडी ने लिखा है वे बात कर लेंगे?"

"मतलब, सिफारिश कर देंगे?"

"जो नाम तुम देना चाहो, दे लो," सन्दीप ने ऊबे स्वर में कहा।

"जी नहीं, माफ कीजिए, मुझे भीख नहीं चाहिए," सुधीर बोला।

सन्दीप समाझाने की कोशिश करते हुए बोला, "भीख का क्या सवाल है? नौकरी मिलने पर तुम जो काम करोगे, पैसे उसी के मिलेंगे न? नौकरी तुम नहीं लोगे तो किसी और को मिल जाएगी। तुम्हारे छोड़ देने से क्या फायदा होगा?"

"सिफारिशें नहीं होंगी तो जिसमें ज्यादा मैरिट होगा, उसे नौकरी मिलेगी।"

"तुम्हारी सिफारिश नहीं होगी तो इसका यह मतलब नहीं किसी और की भी नहीं होगी। जिसकी ज्यादा होगी उसे नौकरी मिल जाएगी।"

"इस सिस्टम को बदलना होगा," सुधीर ने उत्तेजित स्वर कहा।

"कौन बदलेगा?"

"हम, और कौन?"

"ठीक है, पर सिस्टम एक आदमी नहीं बदलेगा। जीवन में समझौते करने होते हैं। अब देखा, हमारी फर्म में जो चीफ इंजीनियर की जगह खाली थी, उसके लिए मैं हर तरह से लायक था। जगह मुझे मिलनी चाहिए थी, और मुझे मिली। पर अगर डैडी के कांटेक्टं नहीं होते तो शायद न मिलती।"

सुधीर विद्रप से हंस दिया, "ऐसा कीजिए, डैडी की सिफारिश से यह वाली नौकरी भी आप कर लीजिए। इंजीनियर माइनिंग न सही, कैमिकल सही। डैडी की सिफारिश से क्या पता, डिग्री भी बदल जाए।"

सन्दीप समझ न पाया कि उसका व्यंग्य उस पर नहीं, अपने-आप पर है। माइनिंग इंजीनियर होते हुए, उनकी सिफारिश पर टेक्सटाइल मिल में असिस्टेंट मैनेजर की तरह पांच वर्ष काम उसने किया है, संदीप ने नहीं। रेवा समझ गई। पर जब नाराज होकर संदीप ने कहा, "तुम्हारे भाई को जो करना है खुद करे। मैं उसके झगड़ों में नहीं पड़ सकता।" तो चुप रह गई।

तीन महीने और दौड़-धूप करने के बाद सुधीर को नौकरी मिल गई। धनबाद में 'पोद्दार कोल्यरीज' की झंझरा खान में। शिफ्ट इंजीनियर की। न कम्पनी बड़ी थी, न जगह, न पोस्ट और न तनख्वाह। पर

सुधीर इतना खुश था जैसे दुनिया का ताज उसके सिर पर आ टिका हो।

एपाइंटमेंट लेटर मिलते ही मिठाई का डिब्बा खरीद शाम पांच बजे, जोर-जोर से रेवा को आवाज लगाता घर पहुंचा।

आतंक से घिरी रेवा आई तो डिब्बा उसकी तरफ उछाल कर बोला, "ले मिठाई खा। मेरी नौकरी लग गई!"

"सच?' रेवा खुशी से चिल्ला उठी। डिब्बा खोला और बोली, "यह कौन-सी मिठाई है?"

"मुर्की छैना।"

"ओह! उसका तो मैंने सिर्फ नाम सुना है। खाई कभी नहीं। कहां से लाए हो?"

"घण्टेवाले से।"

"चांदनी चौक के घण्टेवाले से? उसका भी मैंने सिर्फ नाम सुना है," कह रेवा हंस दी और मुर्की छैना के कुछ टुकड़े निकाल, सुधीर के मुंह में डाल दिये।

सुधीर हंस कर बोला, "यहां नई दिल्ली में राउज एवेन्यू के दड़बे में घुसे बैठे रहोगे तो पता क्या लगेगा, शहर में क्या-कुछ मिलता है। कभी सेन्ट्रल बैंक की दही-पकौडी खाई हैं?"

"बैंक में पकौड़ियां, भी मिलती हैं?"

सुधीर खिलखिला कर हंस पड़ा। "अरे बुद्धू, बक के अन्दर नहीं बाहर एक चाटवाला बैठता है। मशहूर है पूरी दिल्ली में। पर तू कभी चांदनी चौक गई हो तब न। चल, आज खिला लाऊं तुझे। बच्चों को भी बुला ले।"

"जरूरत नहीं है। मिठाई की खुशबू पाकर खुद चले आ रहे हैं," रेवा ने कहा।

सचमुच मदन और नन्दन, दोनों वहां चले आये थे।

"दही की पकौड़ी खाएगा?" सुधीर ने मदन को गोदी में उठा कर कहा।

"नहीं, रबड़ी," उसने कहा।

"मैं भी," नन्दन बोला।

"चलो, तुम्हें रबड़ी खिलवा देंगे," कह सुधीर ने मदन को एक बार हवा में उछाल कर नीचे उतार दिया और नन्दन को गोदी में उठा लिया।

"मुझे भी उछालो," उसने कहा और सुधीर ने नंदन को जोर से हवा

में उछाल दिया।

रेवा ने खुश होकर देखा, कितना खुला-खुला हो आया है सुधीर।

संदीप के घर में घुसते ही उसे खुशखबरी देकर बोली, "चलो, आज चांदनी चौक जाकर सेन्ट्रल बैंक की पकौड़ी खाने का प्रोग्राम है, तुम्हारी गाड़ी में।"

"चांदनी चौक? अरे बाबा, इतनी भीड़-भाड़ में?" संदीप ने आपत्ति की तो रेवा एकदम मचल गई, "भांजी मत मारो। आज नई मजेदार चीज करने का मन है।"

"और सुन, रेवा," सुधीर बोला, "अब तक मैंने तुझसे कितने रुपये लिए हैं?"

"आठ सौ।"

"चल फिर दो सौ रुपये और दे दे। पूरे हजार हो जाएंगे। तनख्वाह मिलते ही लौटा दूंगा।"

"हजार मिलेंगे?" संदीप ने पूछा।

"नहीं। मिलेंगे तो चार सौ। दो-चार महीने में पूरे कर दूंगा," सुधीर ने आराम से कहा।

चाटवाले के खोमचे से पकौड़ी खाते-खाते सुधीर बोला, "चलो, यहां 'मोती' में छह बजे वाली पिक्चर भी देखते चलें। अरे, रेवा, तुझे याद है, टामी हमारे पीछे-पीछे पिक्चर हाल जा पहुंचा था?" वह ठहाका मार हंस पड़ा।

आज इतने महीनों में पहली बार उसने अतीत की घटना याद करके कटाक्ष नहीं किया, माथे पर शिकन नहीं डाली, खुल कर हंस पड़ा। रेवा को भी सब याद आ गया। हंसती हुई बोली, "याद है वह बौड़म मैनेजर, पूरा कार्टून था कार्टून!" सुधीर ने फिर ठहाका बुलन्द किया और देर तक दोनों अतीत में खोये हंसते रहे।

हंसी थमी जब खिलौनों की दुकान देख वह बोल उठा, "अरे-अरे, गाड़ी रोकिए, संदीप जी!"

"क्या हुआ?"

"विजया के लिए एक गुड़िया खरीदनी है। मदन, नन्दन, तुम भी आओ। क्या लोगे तुम लोग?"

"हवाई जहाज," मदन तपाक से बोला।

"रेलगाड़ी," नन्दन बोला।

एक-एक डिब्ला पकड़े तीनों लौटे तो वह बोला, "पास ही साड़ी की एक दुकान है। चल रेवा तुझे साड़ी दिलवा दूं।"

"नहीं। इतना पैसा तो पहले ही खर्च चुके।"

"तो क्या हुआ?" सुधीर लापरवाही से बोला, "ऐसा कर, दो सौ और लगा ले तू मेरे खाते में।"

"साड़ी तुम वहीं से भेजना। बंगाली ढंग की। दिल्ली की साड़ियां बहुत पहन चुकी," रेवा ने बात का रुख यूं बदला कि बात टल गई और खुशी का मौका भी बना रहा। फिर सुधीर के हंसमुखे मूड का फायदा उठाते हुए बोली, "कानपुर जा रहे हो तो गुड़िया के साथ भाभी के लिए साड़ी भी लेते जाओ।"

"नहीं, गुड़िया पार्सल कर दूंगा। मैं सीधा धनबाद जाऊंगा। तुझे और उसे, दोनों को साड़ी वहीं से भेजूंगा।" सविता का ख्याल आते ही धनबाद के निर्जन-पिछड़े कोने में मिली चार सौ की नौकरी का मोहक रूप फीका पड़ गया। उसने जबरदस्ती उस ख्याल को हटा कर सोचा, वह कानपुर नहीं सीधा धनबाद जाएगा और अपने को खदान के काम में झोंक देगा। इतने दिन खाली रहने के बाद, दिन-भर की सार्थक, कामगार व्यस्तता! सोच कर नसों का तनाव ढीला होने लगा।

12

सुधीर धनबाद पहुंच गया। अपने को खदान के काम में झोंक दिया। सुबह छह बजे साइरन की पहली चीख के साथ छटपटाकर बिस्तर छोड़ देता और जल्दी-जल्दी चाय बनाकर दो-तीन प्याले गटक लेता। घर में केले पड़े होते तो एक-दो खा लेता, वरना खाली चाय से काम चला लेता। कम्पनी से मिले घर के साथ पुराना बिहारी नौकर हरि भी आ जुटा था। पर उस बेचारे की आंख खुलने से पहले वह काम पर निकल जाता, इसलिए एक दिन भी वह उसके लिए नाश्ता बनाने का कष्ट नहीं उठा सका। दुपहर का खाना जरूर बनाता। दो-ढाई बजे तक सुधीर आ गया तो ठीक, वरना खा-पीकर लम्बी तान लेता। कुम्भकर्ण-सी नींद पाई थी उसने, पर मालिकों के डर से अब तक पूरा जलवा नहीं दिखला पाई थी। अब जाकर ऐसा मालिक मिला जो उसमें खलल नहीं डालता था। फिर भी वह भला आदमी था। जब सुधीर तीन-चार दिन तक लगातार

दुपहर का खाना खाने घर नहीं आता तो उसे याद दिला देता कि सिर्फ रात का खाना खाकर गुजारा करने का कायदा बाबू लोगों का नहीं है। वह कुली-मजदूर तो है नहीं कि एक जून खाकर काम चला ले। पर सुधीर पर उसके कहे का असर नहीं पड़ता। तब हमदर्दी की लम्बी सांस खींच, बेचारा हरि अपनी नींद पूरी करने लगता।

पहली शिफ्ट के मजदूरों के साथ सुबह साढ़े छह बजे सुधीर जो खदान में उतरता तो रात साढ़े आठ बजे दूसरी शिफ्ट संभालकर बाहर निकलता। बीच में एकाध-बार ऊपर आकर दूकान से चाय जरूर पी लेता। कभी-कभार तुरन्त मिल जाने पर मिर्च-मसालेदार भजिया या लूची-सब्जी भी खा लेता। फिर खदान के अन्दर। उसकी देख-रेख में काम तेजी से चलता। कोई मजदूर सुस्ती दिखलाता तो सुधीर उसके हाथ से कुदाल ले, स्वयं खुदाई चालू कर देता। खदान के किसी कोने से मशीन ब्रेकडाउन की खबर मिलती तो उसकी आंखें यूं चमक उठतीं जैसे बाघ को शिकार की बू आ गई हो। मशीन का ब्रेकडाउन, यानी वह चुनौती जिससे जूझने के लिए कमर कसनी होगी, मांसपेशियांताननी होंगी, हाथ काले करने होंगे। और जब तक उसकी मांशपेशियां दुखती रहेंगी, उसके हाथ तेल-कोयले से सने रहेंगे, उसके दिमाग में शान्ति रहेगी। कोयले-भरी धूल और पसीने से काले भुजंग बने अधनंगे मजदूर! इनका साथ तभी तो इतना सुखदायी है। कुदालें उठाए दुबले-पतले, पर तने हाथ; केंचुओं-सी सिहरती-सी नीली नसे; मेहनत के लिए नाकाफी, कमजोर मांसपेशियां; अधगीले भात से आधे भरे पेटों की सूखी धड़कती अंतड़ियां; कोयले की विषैली गैसों से आक्रान्त घर्र-घर्र करते गलों से खों-खों निकलती खांसी; बहुत कुछ गलत होने पर भी कुछ ठीक होने का एहसास; क्योंकि कुदालें चल रही हैं। ठक-ठक-ठर्राक! ठक-ठक-ठर्राक! कुदालें चलाते मजदूर, टूटते कोयले के ढेर, ढरों से, भरती टोकनियां, टोकनियों से लदी हॉलिग मशीनें। कोयला··· कोयला··· कोयला! और···और···और। कल से ज्यादा उत्पादन ज्यादा आज। ज्यादा कल। दुखते अंग; टीसते बदन; चिन्दी-चिन्दी हो आई मांसपेशियां। आज से सोया दिमाग! आदमी नहीं, मशीन। इच्छाएं-कामनाएं नहीं, कोयला···और कोयला। कोयला तोड़ते मजदूर। कोयला ढोती मशीनें। दोनों बराबर। बस काम। काम के साधन। काम में लगे मजदूर। तनी देह, सोई चेतना। काम और काम।

दफ्तर से सुधीर कोई ताल्लुक नहीं रखता। न दफ्तर के कर्मचारियों से

मेल-जोल। दिन में आधे घण्टे को जाकर फाइलें घर ले आता और पहली तारीख को अपनी तनख्वाह। इंजीनियर होने के नाते जो सफेदपोशी और मिलनसारी उससे अपेक्षित थी, एक दिन नहीं बरती। कुर्सी पर बैठ सिगरेट फूंकते-फूंकते आदेश देने और कागज काले करने का खयाल उसे दहशत से भर देने के लिए काफी था। कम्पनी कैसे चलती है, कोयला कहां बिकता है, क्या दाम लगाया जाता है, किसको क्या तनख्वाह मिलती है, इन सवालों का उसे इल्म न था, जवाबों का कैसे होता? झंझरा के बढ़िया आफिसर-क्लब में सफेदपोश अफसर अपनी शामें कैसे बिताते हैं, यह देखने वह उस शानदार इमारत के भीतर कभी नहीं गया।

दिन-भर मजदूरों की तरह कमर-तोड़ मेहनत कर सुधीर घर पहुंचता और नहाने-खाने से निबट बिस्तर पर जा लेटता। और जैसे-जैसे रात का सन्नाटा घिरता जाता, एक लिजलिजा भय उसे जकड़ता जाता। एकाकीपन का भय। सब राग-द्वेष भूल वह सविता और विजया के साहचर्य के लिए तड़प उठता। आधी रात को घबराकर आंख खुलती। वह विजया से लाड़-दुलार की ही नहीं, सविता से बहस-मुबाह से की भी तीव्रता से कामना कर उठता। मन के भीतर शुक्ला साहब से अलग अपनी गृहस्थी बसा कर, विजया को अपने अनुरूप ढालने की अभिलाषा अब भी थी पर उस पर हावी होता जा रहा था अकेलेपर का काला, कचोटता-डसता, थरथराता-झकझोरता डर।

रात के भयावह सन्नाटे में उठकर उसने अपना पहला पत्र सविता को लिखा:

"घर मिल गया है। घर क्या है एक लम्बा-चौड़ा किला। ऊपर की मंजिल पर अकेला सोता हूं तो लगता है नीचे जरूर हिफाजत के लिए फौज तैनात होगी। लेफ्ट-राइट करते कदमों की आहट साफ सुन रहा हूं। पर अभी नीचे झांककर देखा। कहीं कोई नहीं है। बस दूर तक फैला अन्धेरा। सूना अन्धेरा। जहां तक नजर जाती है और जहां केवल मन भागता है, वहां तक अकेला भयानक सन्नाटा। ऐसी रातों में अतृप्त आत्माएं भूतों की शक्लें ले, घूमने निकलती हैं। उनकी पदचापों का शोर मेरे करीब आ रहा है। अन्धेरे में लपलपाती परछाइयां घूमने लगी हैं··· सविता! तुम विजया को लेकर जल्दी-से-जल्दी चली आओ!"

और जो हो, जमी हुई गृहस्थी के जीवन में कुछ-न-कुछ शोर-शराबा, खटर-पटर, चूं-चपड़ चला ही करती है, जो सन्नाटे की अभिशप्त, अनर्गल आवाजों को पनपने नहीं देती। रात के बीहड़ सूनेपन में गरम सांसें पास

कहीं हुमगती रहें, करवटें बदलने पर स्पंदित शरीर को स्पर्श कभी पास सिमट आए तो मन में उग आए बेतरतीब ठूंठों का जंगल कुछ देर को सज-संवरकर, वाटिका-सा आबाद हो सकता है।

चार दिन भी नहीं गुजरे सुधीर का दूसरा पत्र कानपुर आ पहुचा :

"अजीब जगह है। रात में जमीन के ऊपर अन्धेरे में खोये और दिन में जमीन के गर्भ में अन्धेरे में समाये हम। रात में अन्धेरा और दिन में भी। रात से गहरा। पर उतना भयावह नहीं। क्योंकि वहां सैकड़ों लोग रहते हैं। कुदालें चलती हैं। हम अपनी मेहनत से अपना पेट भरते हैं। इंजीनियर होने के नाते सब काम मैं देखता हूं। सबके साथ मिलकर काम करता हूं, मिलकर रहता हूं। पर रात होते हीं···मैं बचा रहता हूं या अन्धकार में नाचती भयानक परछाइयां। लगता है, सो गया तो अन्धकार में मिल जाऊंगा, खो जाऊंगा, परछाई बन भटक जाऊंगा। कितनी भी कोशिश करूं, सो नहीं पाता···सविता···चाहकर भी सो नहीं पाता।

"फौरन लिखो, विजया को लेकर कब तक यहां पहुंच रही हो।"

दो दिन बाद तीसरा पत्र भी आ गया :

"तुमने आने के बारे में अब तक कुछ नहीं लिखा। फौरन खबर दो। मैं तुम्हें कलकत्ता स्टेशन पर मिल जाऊंगा। ज्यादा छुट्टी नहीं ले सकता, नया काम है और तमाम जिम्मेदारी मेरे कन्धों पर। एक मैनेजर मिस्टर भादुड़ी हैं जरूर, पर वे साहब कलकत्ते में रहते हैं। कभी-कभी दौरा करने आते हैं। उनका काम कोयला निकालना नहीं, उसे बेचकर पैसा कमाना है जो कलकत्ते से हो सकता है। अच्छा है, यहां की हवा साफ रहती है। साफ हवा! एक मजाक है यहां के लिए। यहां तो कण-कण में कोयला है। देखने को कोयला, लगाने को कोयला, सांस लेने को कोयला। फिर भी काम से मैं खुश हूं, बस तुम देर मत करो। लौटती डाक से फौरन चलने की खबर दो।"

तीनों पत्र पढ़कर सविता किसी अनजाने डर से व्याकुल हो उठी। अजीब डरावनी मालूम पड़ती है, धनबाद के किसी बीहड़ कोने में बसी, यह कोयला खदान की बस्ती। ऊपर से संगी-साथी के नाम पर केवल सुधीर। कानपुर के भरे-पूरे घर में जिसका साथ चैन और राहत नहीं दे पाता, सुनसान एकान्त में कैसे देगा? बहुत होगा, एकाध नौकर हो जायेगा। न सिनेमा, न बाजार, न घूमने फिरने की जगह। पता नहीं बात करने को औरतें भी आस-पास होंगी या नहीं। या घर के काम-काज में जुते रहो या सुधीर का मुंह जोहते रहो। जिसके खत पढ़-

कर दिमाग अनाम डर से झनझना उठा है, उसकी बातें सुन जीना कितना भयावह होगा। नहीं, सुधीर को वापस कानपुर बुलाना होगा। उसका अकेलापन बांटने को अपनी बलि नहीं चढ़ा पायेगी सविता। पर कैसे, क्या लिखे उसे? और कैसे समझाए शुक्ला साहब को कि उनकी कर्तव्यपरायण बहू पति के पास जाने से कतरा रही है? जब से सन्दीप जी ने खत लिखकर बतलाया कि सुधीर ने धनबाद की झंझरा खदान में नौकरी ले ली है, डैडी यही समझे बैठे हैं कि देर-सबेर सविता और विजया को भी वहां जाना होगा। वह तो सुधीर के दिल्ली जाने के बाद से उन्हें हाई ब्लडप्रेशर की शिकायत चल रही है, उसी के सहारे सविता अपना जाना स्थगित किए है पर कब तक?

इस बार भी डाक्टर मित्तल ने ब्लडप्रेशर चेक करके बढ़ा हुआ बतलाया और इलाज : आराम, और बेफिक्री।

"ठीक है, डाक्टर मित्तल, शक्रिया!" शुक्ला साहब ने हल्के-से मुस्करा कर कहा, "मुझे इसके साथ जीना है तो इसे भी मेरे साथ जीना सीखना पड़ेगा। आप फिक्र न करें। सब ठीक रहेगा।"

उसके जाते ही शुक्ला साहब सविता से बोले, "सुधीर का कोई खत आया? कब बुलाया है तुम लोगों को?"

"जी हां, खत तो आए हैं," सविता ने कहा।

"ठीक चल रहा है?"

"जी हां!

"घर मिल गया?"

"जी।"

"कब तक जा रहे हो तुम लोग?"

"पहले आपकी तबीयत तो ठीक हो जाए," सविता ने कहा।

"उसे छोड़ो," उन्होंने बात काटकर कहा, "यहां सब पुराने नौकर-चाकर हैं, मुझे कोई दिक्कत नहीं होगी। तुम जब जाना चाहो चली जाओ।"

"इतनी जल्दी क्या है डैडी, कुछ ठीक हो जाएं तो चली जाऊंगी। फिर विजया की पढ़ाई का भी सवाल है।"

"मिशनरी स्कूल वहां होगा," उन्होंने याद दिलाया, "अंग्रेज जहां भी रहे स्कूल जरूर खोले।"

"इन्होंने लिखा है वहां की आबोहवा बहुत खराब है,' सविता ने दूसरा कोण पकड़ा, "पता नहीं विजया की सेहत कैसी रहे।"

"पता नहीं, धनबाद में क्यों काम लिया है?" शुक्ला साहब ने एक लम्बी सांस लेकर कहा, "दिल्ली में सरकारी विभाग में नौकरी पक्की थी।"

"फिर ली क्यों नहीं?" सविता ने चकित स्वर में कहा।

"क्या बतलाऊँ? सन्दीप ने लिखा था, कहता है सिफारिश से मिली नौकरी नहीं करूगा," उन्होंने शुरू शिकायत के तौर पर किया था, पर कहते-कहते हृदय गर्व से पसीज गया। व्यावहारिक बिन्दु पर चाहे कितना भी गलत क्यों न हो, है गर्व का विषय। कितने युवक हैं जो महज उसूलों की खातिर, बड़े शहर की आरामदेह नौकरी छोड़, छोटे-पिछड़े कस्बे में कम पैसों पर तकलीफ उठाने को तैयार होंगे?"

"यहां की नौकरी क्या बूरी थी?" सविता ने कहा, "और छोड़ दी थी तो दिल्ली में रहते। इतनी दूर तो नहीं पड़ता। यहां आते-जाते रह सकते थे।"

"मेरी फिक्र छोड़ो," शुक्ला साहब ने कठोर स्वर में कहा, "तुम लोगों को जिसमें खुशी मिले, वही करो।"

जब से सुधीर ने निर्णय ले, अपनी अलग राह ढूंढ़ निकाली है शुक्ला साहब की नजरों में वह हीन नहीं रहा। अगर कुछ दिन नौकरी पर टिका रहा और प्रगति करता रहा तो वे शायद उसे अपने समकक्ष मानने को भी तैयार हो जाए।

"हमें खुद आपकी जरूरत है," उन्होंने सुना, सविता स्नेहिल स्वर में कह रही है। वे अनुग्रह से मुस्कराकर रह गये।

"अभी भी दिल्ली वाली नौकरी मिल सकती है?" वह बोली।

"शायद," शुक्ला साहब ने कहा।

"तो वही लें। आपको डाक्टर आराम करने को कहता है। प्रापर्टी की देखभाल के लिए भी कोई चाहिए। दिल्ली में रहें तो मैं यहां आती जाती रहूंगी।"

"प्रापर्टी की देखभाल," शुक्ला साहब ने लम्बी सांस खींची, "अब तुम कर भी लोगी तो हमारे बाद कौन करेगा? कोर्ट-कचहरी जाना तो औरतें कर नहीं सकतीं।"

"क्यों, डैडी, मैं कर सकती हूं," सविता ने विश्वास के साथ कहा।

"नहीं," शुक्ला साहब एकदम सख्त पड़ गये।

सविता को याद आ गया कि वह एक व्यापारी की बेटी है और शुक्ला साहब जमींदारों के वंशज।

"हमारे यहां ऐसा कायदा नहीं है, उन्होंने कहा, "जायदाद का संरक्षक पुरुष ही होता है।"

सविता का दिल धक से रह गया। जब से डैडी का ब्लश-प्रेशर बढ़ा है यही डर उसे बराबर सताया करता है। कहीं सही वसीयतनामा बनाये बगैर उन्हें दिल का दौरा पड़ गया तो? और खयालात अगर ये हैं तो उससे पहले एक बेटे का होना जरूरी है। कानपुर हास्पिटल के चीफ सर्जन नन्दा ने विश्वास दिलाया है, इस बार कोई गड़बड़ नहीं होगी, बशर्ते शुरू से उनकी देखभाल में रहे। सुधीर को वापस कानपुर या दिल्ली बुलाना होगा।

"इसी महीने के आखीर में विजया की क्रिसमस की छुट्टियां हैं, हम लोग तब धनबाद हो आएंगे," कुछ देर बाद सविता ने कहा, "मैं उन्हें पूरी बात लिखे देती हूं। अगर वहां से नौकरी छोड़नी है तो विजया का स्कूल छुड़वाने का फायदा?"

सुधीर आने को तैयार नहीं हुआ तो वह कुछ दिनों के लिए खुद धनबाद रह आएगी, उसने निश्चय किया। बच्चा तो कानपुर में ही होगा। भगवान करे लड़का हो। पर ज्यादा दिन के लिए वहां रहना नहीं होगा। शुक्ला साहब को इस वक्त अकेले नहीं छोड़ना चाहिए। पास बनी रही तो क्या पता उनके खयालात बदल सके। या अतुलदेव को गार्जियन बनाने को राजी कर सके। गर्भ रहने से पहले कुछ हो गया तो? या गर्भ रहकर भी लड़का न हुआ तो?

उसने खूब समझा-बुझाकर सुधीर को चिट्ठी लिखी :

"···डैडी कहते हैं अभी भी दिल्ली वाली सरकारी नौकरी मिल सकती है। आप फौरन छुट्टी लेकर यहां चले आये। आप चाहें तो सब लोग दिल्ली जा सकते हैं। वैसे मेरे खयाल से डैडी को अकेले नहीं छोड़ना चाहिए। सेहत ठीक नहीं रहती। हम लोग कानपुर में रहें तो सबसे अच्छा है। जायदाद की भी देखभाल हो जाएगी और डैडी की भी। मेरे खयाल से यहां भी कोई नौकरी मिल जाएगी। बेकार धनबाद के धूल-कोयले में सेहत खराब करने में फायदा क्या है? आप कानपुर न रहना चाहते हों तो मैं दबाव नहीं डालेंगी। दिल्ली में नौकरी कर लें, हम लोग आते-जाते रहेंगे। विजया की छुट्टियां इस महीने के आखीर में होंगी। तब तक लिखिए, आपने क्या फैसला किया। उसकी पढ़ाई का हर्जा करके आना सम्भव नहीं होगा।"

लौटती डाक से सुधीर का पत्र आ पहुंचा :

“विजया की पढ़ाई का बहाना बनाने की जरूरत नहीं है। नहीं आना चाहतीं तो भाड़ में पड़ो! पर याद रखना, उसे मैं वहां छोड़ूंगा नही। छूट्टी मिलते ही ले जाऊंगा। और जज साहब की देखभाल की खूब कही। जब तुम नहीं थीं, तब भी मुझे याद नहीं, उनकी देखभाल में कुछ कमी रहती थी। हां, खुद तुम्हें वहां ज्यादा आराम मिलता होगा। और कौन जाने सेवा के प्रभाव से जज साहब अपनी जायदाद तुम्हें बख्श जाएं।”

उसके बाद दो-तीन महीने तक सुधीर ने कानपुर कोई खत नहीं लिखा। सविता के पत्र आए, बिना पढ़े फेंक दिये। काम में अपने को इस तरह खपा लिया कि दौरे पर आया मैनेजर भादुड़ी अनायास कह उठा, “मिस्टर शुक्ला, आप आदमी हैं या एटम बम?”

“एटम बम नहीं, एटोमिक एनर्जी कहिए, मैनेजर साहब,” सुधीर बोला, “मैं सृजन कर रहा हूं, सत्यानाश नहीं।”

“खब,” मिस्टर भादुड़ी हंस दिए, “आप तो खूब हाजिरजवाब भी हैं। मैंने सोचा था कोयला खदान के सिवा आप कुछ जानते न होंगे। कभी क्लब में आपको नहीं देखा।”

“क्लब साहबों की जगह है। मैं अपने को अदना मजदूर समझता हूं।”

“अच्छा-अच्छा,” कह मैनेजर भादुड़ी आगे बढ़ गया। मुंहफट आदमी अगर उतनी ही तनख्वाह पर औरों से दुगुना काम करे तो उसे तर्क नहीं, काम देना चाहिए, अनुभवी अफसर यह बखूबी जानता था।

दिन-भर चाबुक-खाये घोड़े की तरह काम में जुते रहना सुधीर की नियति थी जिसे उसने सहज स्वीकार लिया था। सान्त्वना मिलती थी। पर चाबुक की फटकार शरीर के सहज व्यापार से नहीं, नसों के विकृत तनाव से पैदा हो रही थी। कितना भी काम क्यों न हो, उसका हरास होने में नहीं आता था। सुधीर ने खदान से ऊपर जाकर चाय-भजिया खाना भी छोड़ दिया। पर काम की गति में अन्तर नहीं आया। काम न रहने पर रात को चाबुक घुमाता सुधीर खुद अपना पीछा करने लगा। अकेले बिस्तर पर उसकी थकी-मांदी देह बेदम पड़ी रहती, पर दिमाग क्षण-भर को दम न लेता। आंखें बन्द हो जातीं पर मस्तिष्क के भीतर विद्युत तरणें कौंधती रहतीं। वह इस कदर उत्तेजित हो जाता कि जोर-जोर से बोलने लगता। शब्द दीवारों से टकराकर लौटते तो खुद उसे चौका देते और वह सोचता, जज साहब और सविता भी दहल उठे होंगे।

अपने को दुहराता वह एक के बाद एक योजना बनाता, कभी शुक्ला साहब को खरी-खोटी सुनाकर सविता को उनके चंगुल से निकाल लाने की, कभी सविता को खरी-खोटी सुनाकर विजया को अपने पास ले आने की। दिन-भर वह मशीनों को ललकारता, रात-भर सविता और शुक्ला साहब को।

एक दिन नई ललकार लिए वह मैनेजर भादुड़ी के कमरे में जा पहुंचा। हुआ यह उसका नौकर हरि, गहरी नींद से जग भतीजे रामू को उसके पास लाया और उसके लिए खदान की पक्की नौकरी की सिफारिश करने लगा।

"अभी कुछ काम नहीं करता?" उसने पूछा।

"ठेकेदार का मजूर है, रुपया रोज पर।"

"एक रुपया?" सुधीर ने अचरज से कहा, "बस?"

"हां जी। पक्की नौकरी मिल गई तो ढाई रुपया रोज पड़ेगा," हरि ने कहा।

"इतना फर्क है?"

"हां जी, भतीजे रामू ने सफाई देते हुए कहा, "ठेकेदार अंगूठा ढाई पर लगवाता है, पर देता एक है, जी।"

"क्या," सुधीर ने चौंककर कहा, "अंगूठा ढाई पर लगवाता है और दता एक है?"

"हां, जी!"

"क्यों?"

"क्या जाने?" हरि और भतीजे ने एकसाथ उदासीन स्वर में कहा।

"यह तो लूट हुई!"

"हां जी," निर्विकार भाव से दोनों ने दुहराया।

"कब से इस तरह लूट रहा है तुम लोगों को?"

"क्या जाने?" उन्होंने उसी निर्विकार भाव से कहा।

"तुम लोग शिकायत क्यों नहीं करते?'

"शिकायत? किससे?" हरि ने पूछा।

"मैनेजर से।"

"किस बात की?"

"पैसे जो कम देता है, उसकी।"

हरि और भतीजे रामू ने एक-दूसरे की तरफ देखा और कन्धे झटक दिये, "क्या जाने," उन्होंने कहा।

"यह क्या 'क्या जाने, क्या जाने' लगा रखी है?" सुधीर फड़ककर बोला, "तुमसे कुछ नहीं होता तो मैं बात करता हूं मैनेजर से। ठीक पैसे मिलें तभी काम करना।"

"आप पैसे ठीक करा दोगे?"

"और क्या!"

"आप मालिक हो," हरि ने हाथ जोड़कर कहा, फिर रामू से बोला, "चल रामू, मालिक तेरी बहाली कर देंगे।"

"उसकी नहीं। सब मजदूरों के पैसे ठीक कराऊंगा," सुधीर ने जोर से कहा।

"न-न, मालिक, वो कैसे होगा? पक्की नौकरी पर जिस-तिस की बहाली नहीं होती," हरि कहता रह गया और सुधीर दनदनाता हुआ मैनेजर के बंगले पर जा पहुंचा।

रात के साढ़े आठ बजे थे। मैनेजर भादुडी काम निबटाकर खाने से पहले ह्विस्की का गिलास हाथ में थामे, बैठक में आराम कर रहा था। अगले दिन कलकत्ता लौट जाना था। असमय सुधीर का वहां आ जाना उसे अचम्भे में डालने के लिए काफी था, ऊपर से दरवाजे से चीखकर उछाला गया अटपटा प्रश्न।

"ठेके के मजदूरों को ठेकेदार कितने पैसे देता है, मालूम है?"

"क्या? हुआ क्या?" भादुड़ी के मुंह से निकला।

"रिकार्ड में दिखलाया जाया है ढाई रुपया और मजदूरों को दिया जाता है एक रुपया। बाकी किसके पेट में जाता है?"

भादुड़ी संभल चुका था। इस उग्र अविनय के बावजूद उसने संयम रखा। अनुभवी और दुनियादार अफसर था। जरूरत पड़ने पर होशियार मातहतों के गुस्से को नजरअन्दाज कर देता था।

"ठेके के मजदूरों के बारे में कह रहे हैं, मिस्टर शुक्ला?" उसने आराम से पूछा।

"और किसके बारे में?"

"उनके वेतन का आपको आज पता चला है?"

"और क्या? पहले पता चलता तो तभी पूछता।"

"कमाल है! जिस बात को सब जानते हैं, आपको चार महीने तक पता नहीं चली।"

"सब जानते हैं?'

"हां।"

"पर मजदूर···?"

"मजदूर भी जानते हैं।"

"मजदूर भी?"

"हां," मैनेजर न पैग खाली करके दूसरा डाला कि सुधीर कह उठा, "यह लूट है। अन्याय है!"

"आप खामखवाह परेशान हो रहे हैं, मिस्टर शुक्ला।" उसने ह्विस्की की चुस्कियां लेते-लेते, ठंडे स्वर में कहा, "यह अन्याय में अन्याय नहीं है। अन्याय देखना है तो उन कोल्यरीज में जाइए जहां मजदूरों को सेफ्टी-लैम्प तक नहीं दिया जाता। जहां होलिंग मशीनों के बजाय मज-दूर खुद टोकनियों में भरकर कोयला ऊपर ले जाते हैं और रास्ते में गिरकर रोजाना कितने घायल होते रहते हैं। जहां उनके 'धौरों' के दूर-दूर तक पानी का इन्तजाम नहीं होता। जहां जरा चू-चपड़ करने पर, लगातार तीन-तीन शिफ्ट खदान के काम में जोते रखा जाता है।"

"क्या पता यहां भी होता हो," संत्रस्त सुधीर के मुंह से निकला। उसे याद आ गया था कि कई बार एक ही शक्ल उसे एक से ज्यादा शिफ्टों दिखलाई देती रही है। क्या पता, जिन सुस्त मजदूरों के हाथों से कुदाले ले वह खुद थाम लिया करता है वे ऐसे ही लोग हों।

"क्या पता?" भादुड़ी ने उसी ठंडे स्वर में कहा, "वक्त मिले तो पता कर लीजिएगा। अभी बैठिए, कुछ पीजिए। आराम से बतलाइए, आपको क्या तकलीफ है?"

सुधीर को लगा, तपती नसों पर बर्फीला पानी उंडेल दिया गया है पर जलन कम होने के बजाय बढ़ गई है। चिल्लाकर उसने कहा, "मैं बैठने नहीं आया। आपको बतलाने आया हूं कि मजदूर औजार डाल रहे हैं।"

"औजार डाल रहे हैं? ठेके के मजदूर!" मैनेजर ठठाकर हंस दिया, "असंभव! अरे, अब तो बहुत अच्छा है। अंग्रेजों के जमाने में इन मजदूरों को सोमवार की सुबह जो खदान में उतारा जाता था तो पांच दिन बाद बाहर निकाला जाता था। खाना-पीना सोना सब अंदर। तभी इन्होंने चू नहीं की तो अब क्या करेंगे? ठेके के मजदूर औजार डाल दें··· कमाल करते हैं आप!" ह्विस्की की लम्बी चुस्की ले वह फिर ठहाका लगा गया।

सुधीर ने पाया, जिस ललकार का आह्वान सुन, वह कुछ कर दिखाने की शपथ खा मैदान में उतरा था, उसे सर्द मखौल की फूके मारकर उड़ाया जा रहा है। असह्य पीड़ा से चीखकर उसने कहा, "असंभव समझते हैं आप? मेरे रहते? आप देखिएगा एटोमिक एनर्जी एटम बम कैसे बनती है। समझते क्या हैं आप? कंपनी की ईंट-से-ईंट बजाकर रख दूंगा।"

भादुड़ी ने उसका तमतमाया चेहरा देखा, कसी मुट्ठियां परखीं, हिस्टीरिया से विकृत आवाज सुनी और स्वर को भरसक नम्र बनाकर कहा, "मिस्टर शुक्ला, आप बहुत कार्य-कुशल इंजीनियर हैं। मुझे ताज्जुब है, इतनी बचकानी बात कैसे कर रहे हैं! धीरज रखकर सोचिए, ठेके के मजदूर औजार डाल देंगे तो उन्हीं का नुकसान होगा। कंपनी को एक की जगह दो मजदूर मिल जाएगे। आप जानते नहीं कोल्यरीज के आस-पास नौकरी की तलाश में भूखे-नंगे जवानों का हुजूम मंडराता है; जब चाहो जितने ठेके पर लगा लो। जिन्हें काम मिला हुआ है, औजार कभी नहीं डालेंगे। आपके कहने पर नहीं। उतने पागल नहीं हैं।"

'पागल,' शब्द सुनते ही सुधीर का रहा-सहा संतुलन जाता रहा।

"पागल किसे कह रहे हैं, मिस्टर भादुड़ी? आप समझते क्या हैं? गरीब, भूखे-नंगे मजदूरों को बेचकर खा जाएंगे? मैं इस कंपनी को तबाह कर दूंगा। आप सब को जेल की हवा खिलवाऊंगा। कोई कानून है देश में। आप हैं किस खेत की मूली? आप जैसे सैकड़ों साफ करके रख दिये। मैंने सैकड़ों···हजारों···" सुधीर बेकाबू चीखता गया। तब तक चीखता गया जब तक कंपनी के डाक्टर ने उसे मारफिया का इंजेक्शन दे सुला न दिया। मैनेजर भादुड़ी के घंटी बजाते ही उसके चपरासी और बैरे ने उसे धर-पकड़ कुर्सी पर बिठला दिया था और खबर पाते ही पास के बंगले से डाक्टर भी आ पहुंचा था।

मैनेजर भादुड़ी ने कलकत्ता जाना चार दिन के लिए स्थगित कर दिया। जाने से पहले सुधीर से इस्तीफे पर दस्तखत करवाकर उसे कानपुर रवाना कर देना बेहतर समझा। मारफिया के दूसरे इंजेक्शन से पैदा हुई खुमारी में हमदर्द डाक्टर की नेक सलाह ने यह काम करवा दिया। और यूं साल पूरा होने से पहले ही सुधीर वापस अपने पुराने रणक्षेत्र में आ पहुंचा।

13

सुधीर कानपुर कोठी पर पहुंचा तो दरवाजा खोला विमला ने।

"अरे, विमला, यहां क्या कर रही है?" कहते वह अंदर घुसा।

"आप? कैसे आ गये अचानक? खबर क्यों नहीं दी?' सविता उसे देखकर बोली।

"नौकरी छोड़कर आया हूं," सुधीर ने भन्नाकर कहा, "और कुछ कहना है?"

"अच्छा किया। मैंने पिछले खत में लिखा था। दो महीने से आपको खत नहीं लिखा। मैंने अपने आने के बारे में लिखा तो भी जवाब नहीं दिया।"

"फुर्सत नहीं थी मेरे पास। जो पूछ रहा हूं उसका जवाब दो। विमला यहां क्या कर रही है?"

"आजकल यहीं रहती है,' सविता ने कहा।

"क्यों, अब फिलिप मना नहीं करता?"

"फिलिप है कहां! उसे चौदह साल की जेल हो गई। मैंने आपको लिखा तो था।"

"लिखा था?" सुधीर को गुस्से में फाड़े पत्र ठीक से याद नहीं थे।

"जेल क्यों हुई?" उसने पूछा।

"शराब पीकर खून कर बैठा था। पता है, डैडी ने कितनी मदद की इन लोगों की।"

"वाह, सुधीर ठहाका मार हंस पड़ा, "जज होने के कितने फायदे हैं। किसी का भला करना हो तो उम्रकेद कर दो।"

"वह नहीं। बाद में। विमला को स्कूल वाले निकाले दे रहे थे। डैडी ने कह-सुनकर रखवाया। और इसकी मां भी यहीं आकर रोई। डर रही थी, कहीं घर न खाली करवा लें। पर उन्होंने उल्टे उसे सिलाई-मशीन खरीद दी। अब वह और छोटी बहिन कमला उसी पर कपड़े सीकर गुजारा कर लेती हैं। बड़ा लड़का माधव पढ़ाई के साथ गैराज का काम सीख रहा है। दूसरा छोटा है, पढ़ रहा है। डैडी ने उसकी फीस माफ करवा दी है।"

सुधीर ने सुना और मात खाये खिलाड़ी की तरह चुप रहा।

"विमला को मैंने यहीं रख लिया है। यहां खा-पी लेती है तो स्कूल की तनख्वाह बच जाती है।"

“और विजया की मुफ्त में देखभाल हो जाती है,” सुधीर को सुरंग मिल गई, “आया को छुड़ा दिया न ?”

“हां, विजया अब स्कूल जाने लगी है, जरूरत नहीं रही।”

“और विमला को उसे पढ़ाने के कितने रुपये देती हो ?”

“यहां रहती है, तो पढा देती है। उसने खुद ही कहा, तनख्वाह बच जाएगी तो मशीन के पैसे लौटा देगी।”

“ओहो, तो मशीन उधार पर बख्शी गई है ?”

“हां डैडी कहते हैं मदद हमेशा ऐसी होनी चाहिए जो इंसान को आत्मसम्मान से आगे बढ़ाये, भिखारी बनाकर न छोड़ दे। विमला को ही लो, कह रही थी, मशीन के पैसे पूरे होते ही आपरेशन के पैसे लौटाना शुरू कर देगी।”

“आपरेशन के पैसे ?” सुधीर एकदम दहाड़ उठा, “किसने मांगे उससे ?”

उसकी चिल्लाहट सुन सविता हतबुद्धि-सी हकला उठी, “उसने··· खुद ही···”

“खुद की बच्ची ! आपरेशन मैंने करवाया था, तुम्हारे डैडी ने नहीं। पैसे मांगे तो जान ले लूंगा।”

स्तब्ध सविता के कंठ से शब्द नहीं निकला।

“तुम लोग साले सब एक से बढ़कर एक आदमखोर हो, सुधीर कह रहा था, “दूसरों का गला दबाने में जरा शर्म नहीं आती। एक वह है मैनेजर भादुड़ी, मजदूरों का खून चूसता है और धौस जमाता है कि वे खुद चुसवाते हैं। बदमाश ! हरामखोर ! देखना तुझे जेल न भिजवाया तो। मुझे मरवाना चाहता था। मैं भी कम नही हूं। देख लूंगा हरामजादे, तुझे...” सुधीर बकता गया, जैसे सामने सविता नहीं, ‘पोद्दार कोल्यरीज’ का मैनेजर भादुड़ी खड़ा हो।

तभी विजया वहां आ निकली। झपटकर उसे गोदी में उठा लिया और बलात् छाती से लगा भींच दिया। एक अजनबी की उत्तप्त हरकत पर स्तब्ध विजया, सविता की तरफ का बांहें फैला; ‘ममी ऽ’ कह जोर से चीखी और टांगें मारकर गोदी से नीचे उतरने की कोशिश करने लगी। सुधीर ने उसे और जोर से भींचकर मुंह चूम डाला। विजया ने फिर चीखना चाहा, पर आलिंगन के कसाव के मारे गले से आवाज नहीं निकल पाई। दमघोंटू दहशत से छुटकारा पाने के लिए वह जोर-जोर से सुधीर के पेट पर लातें जमाने लगी। उसकी हालत देख सविता ने कहा,

"पापा हैं, बेटा," पर विजया पर असर नहीं हुआ।

"चल, तुझे चाकलेट दिला लाऊं," कह सुधीर ने एक कदम आगे बढ़ाया तो वह इतनी जोर से चीखी कि उसे रुक जाना पड़ा। फिर वह 'ममीऽ-ममीऽ' की गुहार मचा, ऐसी रोई कि सुधीर एकदम घबरा उठा। सविता ने आगे बढ़कर उसे लिया तो उसने आनाकानी नहीं की। लज्जित स्तब्ध वहीं बैठ गया। सविता को उस पर दया आ गई।

"बहुत दिन हो गये देखे," उसने कहा, "थोड़े दिनों में पहचान जाएगी।"

सुधीर बुत बना बैठा रहा। मात-पर-मात खाते जाना ही उसकी नियति है?

सविता ने पाया, सुधीर रोज किसी-न-किसी बहाने 'धनबाद कांड' ले बैठता है। तर्क-तकरीर के साथ उसका बखान करते-करते उसका गुस्सा बढ़ता जाता है और धीरे-धीरे तमाम दुनिया को समेट लेता है। भादुड़ी, डैडी, सविता, अतुलदेव सब उसकी चपेट में आ जाते हैं। उफन-उफन कर वह गालियां बकता है और अकेला बोलता चला जाता है।

"मेरे पास पैसे होते तो दिखला देता, फैक्टरी कैसे चलाई जाती है। किसी उल्लू के पट्ठे की गुलामी करके गरीबों को नहीं लूटूंगा। कभी नहीं लूटूंगा। जानता हूं, तुम क्या चाहते हो। चाहते हो, मैं भादुड़ी की चालबाजियों में शरीक होकर मजदूर का खून चूसूं और तुम्हारे पेट में रुपया ठूसू। इतना कमबख्त नहीं हूं। तुम्हारे झांसों में नहीं आऊंगा। जो करना चाहता था, जज साहब ने करने नहीं दिया वरना दिखा देता मैं भी। अब दिखा दूंगा। एक दिन अपनी फैक्टरी, लगाऊंगा, बिजनेस चलाऊंगा। तुम्हारे जज साहब की तरह रुपया जोड़कर जमीन में नहीं गाड़ूंगा। इंसानों के लिए इस्तेमाल करूंगा। देखना तुम! जज साहब अपना पैसा लेकर खुश रहें। मरेंगे तो उनके कफन पर न्यौछावर कर दूंगा। नहीं देते, न दें फैक्टरी लगाने को रुपया। मैं खुद कमा लूंगा। खुद चला लूंगा बिजनेस। जितना रुपया चाहते हो, लाकर मार दूंगा तुम्हारे मुंह पर.."

सविता को उससे भय लगने लगा है। आधे-आधे वाक्य बोलने वाला सुधीर आजकल व्याख्यान देने लगा है, उसकी हर पंक्ति उफनते रोष की लपट होती है। सबसे ज्यादा डर सविता को तब लगता अब

रात के दूसरे-तीसरे पहर आंख खुलने पर देखती, सुधीर बिस्तर पर नहीं है, बाहर बरामदे में चहलकदमी कर रहा है और अस्फुट स्वर में बड़ बड़ाता जा रहा है। घबराकर वह पुकार उठती, "सुनिये, सुनिये? क्या हुआ आपको?"

"क्या है?" सुधीर चौंककर ऐसे कहता जैसे सोते से जगा हो। पर बोलने का क्रम नहीं टूटता। सविता सुने बगैर नहीं रह पाती और हर शब्द के साथ उसकी दहशत बढ़ती जाती।

"साले, समझते क्या है अपने-आपको? अंग्रेजों के जूते साफ करके कुर्सी पर बैठ गए तो सबका भविष्य तय करने का ठेका मिल गया? जिसे चाहें फांसी लगा दें, जिसे चाहे नौकरी से निकाल दें। भादुड़ी के बच्चे को इन्होंने सीख दी होगी। मैं सब जानता हूं। खुफिया पुलिस के बड़े-बड़े अफसर मुझसे टक्कर नहीं ले सकते। वह उल्लू का पट्ठा भादुड़ी जाएगा कहां? जेल भिजवाकर छोड़ूंगा उसे, जेल! जज साहब क्या समझते हैं, उसे बचा लेंगे? मुझसे टक्कर लेंगे तो चूर-चूर हो जाएंगे। कितने दिन खैर मनाएंगे। सड़कर मरेंगे और कोई पानी देने वाला नहीं मिलेगा। तब सामने खड़े होकर हंसूंगा मैं, जोर-जोर से हंसूंगा···"

जब महीना बीत जाने पर भी स्थिति नहीं बदली तो सविता ने डैडी से कह डाला कि सुधीर की दिमागी हालत ठीक नहीं मालूम पड़ती।

"तुम कहना क्या चाहती हो?" कठोर स्वर में उन्होंने कहा, "सुधीर पागल है?"

"जी नहीं," सविता ने कहा, "पर वे बहुत उत्तेजित रहते हैं···"

"जानती हो," उन्होंने बात काटकर कहा, "हमारे खानदान में आज तक ऐसी बात नहीं हुई।"

अप्रतिभ सविता चुप रह गई।

कुछ दर ठहरकर उन्होंने खुद पूछा, "परेशानी क्या है?"

"एक ही बात को दुहराते हैं। वही नौकरी छोड़ने वाली बात। मैनेजर का ठेके के मजदूरों को कम पैसा देना, उसका अन्याय···नौकरी इन्होंने क्यों छोड़ी, मैंने आपको बतलाया था न?"

"अन्याय पर क्रोध करना तुम्हें पागलपन मालूम पड़ता है?" उन्होंने कुछ व्यंग्य के साथ कहा।

"जी नहीं। पर जो बात इनके हाथ में नहीं है, उसे लेकर रात भर जागने और बोलने से फायदा?"

"फायदा नहीं है, मानता हूं," जज साहब ने कहा, "पर अन्याय को चुपचाप सह लेना ही पागलपन है, यह भी मानता हूं।"

"पर ये ऐसे ही परेशान और उत्तेजित रहे तो···"

"वक्त के साथ दंश कम हो जाता है। मैंने अपने बच्चों को बचपन से यही शिक्षा दी है कि वे हर घटना को न्याय-दृष्टि से देखें और परखें।" जज साहब बात काटकर बोले, "हो सकता है सुधीर कुछ ज्यादा परेशान हो गया हो। हमारे घर के लोग बहुत सेन्सिटिव हैं।"

"ये बहुत परेशान हैं," सविता ने बेचैन होकर कहा, "कहीं कुछ कर न बैठे।"

"लगता है, नौकरी छूटने का गहरा धक्का लगा है। देखा जाए तो सेन्सिटिव आदमी ही जिंदगी में कुछ कर सकता है, वैसे ही जैसे सेन्सिटिव मशीन। मशीन सेन्सिटिव होती है तो उसके टूटने-फूटने का डर ज्यादा रहता है, पर उम्दा काम भी कर सकती है।"

सविता को लगा, सुधीर और डैडी में बहुत समानता है। दोनों धरातल पर टिककर अपने-अपने वैचारिक गुब्बारों को थामे, हवा में उड़ रहे हैं। अन्तर केवल इतना है कि एक न्याय-दृष्टि को थामे हैं और दूसरा अपने और औरों पर होते अन्याय को।

हताश स्वर में उसने कहा, "अब होगा क्या ?"

"सोचता हूं," शक्ला साहब ने कहा, "वह अपना बिजनेस कर ले। क्या पता, चल जाए।"

"बिजनेस !"

वह जानती है उनके मन में बिजनेस वालों के लिए वही हिकारत की भावना है जो अंग्रेजी पढ़े-लिखे जमींदारों के मन में व्यापारियों के लिए हुआ करती थी। वे सिर्फ उन लोगों की इज्जत करना सीख पाए हैं जो ऊंची तालीम पा ऊंचे ओहदों पर हैं। बिजनेस करने वाला, चाहे कितनी फैक्टरियां क्यों न चला ले, उनके लिए दूकानदार की हैसियत रखता है। व्यापारी वर्ग की लड़की से अपने लड़के का विवाह करके उन्होंने हृदय की विशालता का परिचय दिया था। एक सुशिक्षित लड़की का उद्धार हो गया था। वे शुरू से मानते रहे हैं, औरत को आदमी जो चाहे बना सकता है, कर्तव्य-परायण गृहिणी या बुद्धि-हीन खिलौना।

"पर आप तो बिजनेस के सख्त खिलाफ हैं?" उसके मुंह से निकला।

"मैं खिलाफ किसी चीज के नहीं हूं। किस वक्त क्या करना चाहिए,

परिस्थिति पर निर्भर है।"

"पर रुपया?"

"रुपया मैं दूंगा।"

सविता चुप हो गई। डैडी के इतने बड़े समझौते के सामने कुछ कहते नहीं बना। जो गालियां आजकल सुधीर उनके लिए बकता रहता है, डैडी के मुंह पर दुहरा देना सम्भव नहीं है।

"जज साहब जायदाद-पैसा साथ लेकर जाएंगे!" कल ही सुधीर कह रहा था।

"आप ऐसा क्यों सोचते हैं?" सविता ने कहा था, "वे हमेशा कहते हैं, जो है बच्चों के लिए है।"

"खाक। ऐसा होता तो फैक्टरी लगाने के लिए रुपया न देते?"

"आप ने मांगकर देखा है इस बार?"

"मांगने से फायदा? मेरी फैक्टरी के लिए गरीबों का खून चूसकर कमाया धन कैसे निकलेगा?"

"पर डैडी का पैसा वैसा नहीं है। मेहनत की कमाई है।"

"मेहनत की कमाई? क्या खूब! तुम क्या जानतीं नहीं, जमीन-जायदाद हमें बाप-दादों की मेहरबानी से मिली है। हमारे दादाजी ब्रिटिश राज के पहले पिट्ठू थे। उनके सामने नाक रगड़कर जमीन-जायदाद सुरक्षित बनाये हुए थे। सुरक्षित क्यों, इतनी प्रजा जो थी लूटने को। खेत जोतते थे गरीब किसान और धन-धान की वसूली करते थे हमारे पूज्य दादाजी। तभी न इकलौते लड़के को हिंदुस्तान की कलुषित आबोहवा से निकाल विलायत भेज सके। अच्छी-खासी रोकड़ लगाये बगैर साहबी पिट्ठू मुफ्त में तैयार नहीं होते।"

"छी-छी, कैसे बोलते हैं? कोई सुनेगा तो क्या कहेगा?" सविता ने बाधा दी थी।

"कहेगा क्या? कौन नहीं जानता? तुम क्या समझती हो, जज रायबहादुर के खिताब धर्मराज युधिष्ठिर के वंशजों को मिलते हैं?"

आज डैडी बिना मांगे वह दे रहे हैं, जो चाहकर भी सुधीर मांग नहीं पाता। हो सकता है, यही इलाज हो। सुधीर और डैडी के बीच की कशमकश खत्म हो जाए। सुधीर को मनचाहा काम मिल जाए तो सब ठीक हो जाए। भगवान सुधीर को सुबुद्धि दें। इस वक्त भविष्य को भगवान और डैडी पर छोड़ने के अलावा चारा भी क्या था?

जज़ साहब के बुलाने पर सुधीर स्टडी के पुराने रणस्थल में जिरह-बख्तर कसकर घुसा। मैनेजर भादुड़ी और हराम की कमाई खाने वालों से लोहा लेता, शुक्ला साहब के अपराधों के विरुद्ध तलवार भांजता मैदान में उतरा और एक चपेट में ढह गया।

"आप रुपया देंगे? कैसे? जमीन बेचकर?" विस्मय से फुसफुसाती आवाज में उसने कहा।

"जरूरत नहीं पड़ेगी," शुक्ला साहब ने कहा, "मैं दे दूंगा। कितने चाहिएं?"

"एक लाख।"

"ठीक है।"

"मैं दवाइयों की फैक्टरी लगाऊंगा। मजदूरों का शोषण उसमें नहीं होगा," उसने स्वर में चेतावनी लाने का प्रयत्न किया।

"वह सोचना तुम्हारा काम है," उन्होंने कहा, और अब चेतावनी उनके स्वर में उभर आई, "मैं रुपया दूंगा पर एक बार। नुकसान होने पर दुबारा नहीं। कुछ कर दिखलाने के लिए एक मौका काफी होता है।" सुधीर ने कवच फिर कसा, आवाज से फुसफुसाहट छिटक गई, "ठीक है," उसने ऊंचे स्वर में कहा, "आप एक बार दीजिए। और···और··· शुक्रिया।" कह वह तेजी से बाहर निकल आया।

"भगवान सब ठीक करें।" सविता ने सुना तो कहा।

"बस अपने भगवान को बीच में मत डालो," सुधीर बोला, 'जब देखो, भगवान! भगवान या गोरी चमड़ी वाला बन्दा! फैक्टरी लगाये तो अंग्रेज, इंजीनियर हो तो अंग्रेज! हुक्म उनका, योजना उनकी, हम टट्टूओं की तरह उन्हें ढोते रहें और भगवान से सब ठीक करने की प्रार्थना करते रहें। देखना मेरी फैक्टरी में कोई गोरी चमड़ी वाला घुस नहीं पाएगा। जो करेंगे, हम करेंगे। जो होगा खुलेआम होगा। मैं सोचता हूं। फैक्टरी के साथ-साथ एक सैनिटोरियम खोल दूंगा। कितने लोग हैं जो उम्र-भर हड्डी-तोड़ मेहनत करके बीमार पड़ जाते हैं तो उन्हें काम से अलग कर दिया जाता है। ऐसे लोगों का मैं इलाज कराऊंगा और काम भी दूंगा···" कहते-कहते सुधीर कहीं और खो गया।

"वे लोग काम कर पाएंगे?" डरकर सविता ने बाधा दी।

सुधीर समस्या को स्थगित कर बोला, "कुछ तो करेंगे। हल्का-फुल्का काम। खैर वह सब बाद में तय कर लेंगे। फैक्टरी बढ़िया चलेगी, तुम देखना। दवाइयां बनाने का काम है भी शुभ। यह जो दाम बढ़ा-बढ़ाकर

दवाइयों का व्यापार किया जाता है, उस पर चोट करने वाला भी तो चाहिए। मैं करूंगा। तुम देखना।"

"एक बार भैया से सलाह कर लेते," आकुल सविता ने कहा।

"तुमसे कितनी बार कहा है, अपने भैया को बीच में मत अड़ाया करो," सुधीर भड़क उठा, "रुपया तुम्हारे भैया नहीं, साहब दे रहे हैं। तुम बीच में चपड़-चपड़ किए बगैर नहीं रह सकती तो जाकर अपने भैया के पास रहो।"

सविता चुप हो गई। एक ही झटके में बाप-बेटे ने उसे बाहरी आदमी बना डाला। उसका अन्तःकरण चीखकर भगवान से प्रार्थना कर उठा, और चाहे जो करो, भगवान, डैडी की सम्पत्ति का कुशल उत्तराधिकारी मुझे बख्श दो।'

अपनी योजना के जन्मदाता और पुराने शुभचिंतक मानकचन्द को ढूंढ़ सुधीर ने अपना पार्टनर बना लिया। फैक्टरी की तमाम वित्तीय जिम्मेदारी उसे सौंप, टेकनिकल काम खुद संभाल लिया। जमीन और मशीन की खरीदारी पूरी हो तो 'इरेक्शन का काम शुरू हो। और किसी चीज की फिक्र सुधीर को करनी नहीं होगी, मानकचन्द आश्वस्त कर चुका था। जमीन, मशीन, सामान की खरीदारी, बैंक से उधार, जमीन-मशीन का इन्श्योरेंस, सब सिरदर्द वह खुद संभाल लेगा।

सविता गर्भवती हो गई। डाक्टर नन्दा की देख-रेख में तीन महीने का घातक समय गुजर गया। उन्होंने विश्वास दिलाया, आगे खतरा नहीं है, बस आराम और बेफिक्रो से रहना होगा। पुत्र-प्राप्ति के लिए उसने बनारस से आए योगी महाराज के पास जाकर तावीज बंधवा लिया। दोनों पर विश्वास कर, सविता अकारण आत्मगौरव और परितोष से भर, चेष्टाहीन सृजन की धूमिल गलियों में विचरने लगी। अब उसकी देह अपने सहज व्यापार से उसके लिए वह सुख-सन्तोष जुटाने लायक हो गई, जिसकी उसे कामना थी। कुछ समय के लिए बाह्यजगत की कार्यवाहियों से तटस्थ होकर वह श्रर्म-विहीन रचना में लीन हो गई।

सुधीर ने 'इरेक्शन' का काम शुरू कर दिया। धनबाद की तरह मजदूरों की पंक्ति में आ खड़ा हुआ। बेजान, पर ताकतवर मशीनों से जूझ, हाथ काले कर वह शुक्ला साहब और सविता से पुराने झगड़े भूल गया। जैसे-जैसे शरीर कठोर परिश्रम करता गया, दिमाग विश्राम करने

लगा या उसी कठिन श्रम का अभिन्न अंग बन गया। शिशु को जन्म देने-सा सहज शारीरिक परिश्रम और नए जीवन के रचयिता होने का सहज भावात्मक गौरव! समय ही कहां बचता था वैमनस्य के लिए। अतीत की वास्तविक और काल्पनिक कुंठाएं, स्वयं कुंठित हो किन्हीं दरारों में जा छिपीं। सुधीर के काम की गति बढ़ती गई। काम क्या था, कभी न थकने वाला जिन था, जो स्वयं चाबुक फटकारता और स्वयं चोट खा दूने वेग से दौड़ पड़ता। गति, समय या भावनाओं का सन्तुलित उपयोग वह जानता कहां था? पल-पल, घण्टे-घण्टे कर स्वाभाविक गति से बढ़ने वाला काम उसे चाहिए नहीं था। चाहिए था, प्रचण्ड धमाके में दैहिक मानसिक उपलब्धियों को इकट्ठा होम करवाने वाला युद्ध। पर युद्ध उसके भीतर था, बाहर नहीं। वह आक्रमणकारी था और स्वयं प्रतिरक्षक। नसों का तनाव उसका अस्त्र था और वही उसकी पराजय।

किताबों और फूलों से शुक्ला साहब का लगाव बढ़ता जा रहा था। जब से डाक्टर ने आराम करने को कहा था, उनका क्लब जाना कम हो गया था। कचहरी से लौटकर रॉल्फ को लेकर बगीचे में घूम लेते। गुलाब की बागबानी का शौक चरम बिन्दु पर था। माली बूढ़ा हो चला था, उनसे भी ज्यादा। गुलाब की किस्में अलग नहीं कर पाता था। रोशनी रहते, शुक्ला शाहब क्यारियों के पास बैठकर गुलाब की किस्मों और बागवानी पर किताब पढ़ते, माली से उसकी विवेचना करते और उसका काम देखते। गर्मियां बढ़ने पर बगीचे के पीछे चौड़े अहाते में खिले मौलसिरी और जूही के पेड़ों के झुरमुट में लैम्प लगवा लिया, जिससे घूमने के बाद स्टडी में न लौटकर, वहीं पढ़ते रह सकें।

पुस्तक गम्भीर विषय पर न रहतीं तो वे विजया को वहीं बुलवा लेते। बीच-बीच में पढ़ना छोड़, खिलौनों और जमीन पर पड़े फूल-पत्तों से खेलते उसे देखते रहते। छोटे बच्चे की सहज बुद्धि से विजया ने समझ लिया कि इस आदमी को न खेल में शामिल किया जा सकता है और न शोर-गुल करके परेशान। वह दूर देश से आया अनजान राजकुमार है, जिसे क्रूर दैत्य ने शाप देकर पत्थर की मूरत बना डाला है। उसे होश में लाने का एक ही उपाय है···डाली पर खिला फूल तोड़ने को हाथ फैलाना। फूल छुआ नहीं कि दैत्य का शाप हवा हो जाता है और वह पुकार उठता है, "विजया, फूल नहीं तोड़ो!"

वह फौरन हाथ खींच लेती और उनकी आवाज भी। वे गुम हो

जाते। वह जमीन पर पड़े फूल-पत्ते अपने हरिण और खरगोश को खिलाने लगती। जब यहां गिरे फूल-पत्ते खत्म हो जाएंगे तो वे भी राजकुमार की तरह बोल पड़ेंगे। इन बेचारों को दैत्य ने ज्यादा कड़ा शाप दे रखा है।

खाना खाने शुक्ला साहब अन्दर आते तो उन्हें सविता की नाजुक हालत याद आ जाती और अपना स्नेह-अनुग्रह उस पर उंडेल देते।

"दूध कितनी बार पीती हो ? तीन बार पीना।"

खाना खत्म करके वे जेब में हाथ डाल पांच-दस का नोट निकाल उसके हाथ पर रख कहते, "फल मंगवा लेना अपने लिए। खाने चाहिएं।"

उन दिनों सबसे अच्छी बात यह हुई कि शुक्ला साहब के इन अबोध स्नेहिल प्रश्नों और आदेशों को सुन, न सुधीर हंसा न कटाक्ष किया, बल्कि सहज ढंग से मुस्कराकर बोला, "इन्हें तो अब अपनी सेहत का ख्याल रखना चाहिए न कि तुम्हारी।"

"हां, अब डैडी रिटायर होने की बात करने लगे हैं," सविता ने कहा।

"क्या ?"

"कह रहे थे रिटायर हो जाएं तो जी भरकर पढ़े।"

"पूरी लाइब्रेरी खत्म करने के लिए वाकई जल्दी रिटायर होना जरूरी है," सुधीर ने हंसकर कहा।

"और फिर बगीचे में गुलाब की किस्में भी पूरी करनी हैं। कह रहे थे अभी सिर्फ पचास किस्में लग पाई हैं।"

"बाप रे ! तब तो कल ही रिटायर हो जाना चाहिए।"

14

सविता की मनोकामना पूरी हुई। इस बार लड़का हुआ। नाम रखा गया अजय। सुधीर के सुझाव पर।

सर्दियां घिर आईं तो शुक्ला साहब का देर तक खुले में रहना मुश्किल हो गया। वे मौलसिरी का झुरमुट छोड़ स्टडी में लौट आए। क्लब में जाना और कम हो गया। कुछ परिचित वहीं आकर मिल लेते।

फैक्टरी का 'इरेक्शन' आधे से ज्यादा पूरा हो गया। बस कुछ दिन

और, फिर सविता की तरह, उसकी आंखें भी अपना सपना साकार देख सकेंगी।

तभी उसके होशियार, कामकाजी और मेहनती पार्टनर मानकचन्द ने बताया कि दो लाख के एस्टीमेट के ऊपर और दो लाख की लागत बैठ रही है। बिलों में दर्ज पूरा हिसाब-किताब उसके सामने पेश करके, उसने संजीदा स्वर में कहा, "बिलों की अदायगी जरूरी, है वरना इरेक्शन' समय पर पूरा नहीं हो सकेगा। मशीनों के पार्ट्स रोक दिए जाएंगे।"

"तब?" सुधीर ने सोचा मानकचन्द समस्या लाया है तो हल भी लाया होगा।

"एक-एक लाख और लगाना पड़ेगा," उसने कहा।

"एक लाख और? कैसे होगा?"

"एस्टीमेट से ज्यादा खर्च हो ही जाता है। फिर इस बीच दाम भी काफी बढ़े हैं।"

"पर पहले तो तुमने ऐसा नहीं कहा था?"

"बिल आपके सामने हैं, भाई साहब। मुझ पर विश्वास न हो तो मैं अलग हुआ जाता हूं। आप मेरा शेयर ले लीजिए," मानकचन्द ने कहा तो उसकी आवाज रुंध गई।

"नहीं-नहीं, मेरा यह मतलब नहीं था," सुधीर जल्दी से बोला।

"आप तो जानते हैं, मेरी कड़ी नजर के सामने कोई धोखा-धड़ी नहीं हो सकती। यक्ष की तरह मैं इस कन्सर्न की रखवाली करता रहा हूं।"

सचमुच मानकचन्द की नजर थी चौकन्नी! पर उसकी साझेदारी खरीदार से कम विक्रेता से ज्यादा थीं। मशीनों के वास्तविक मूल्यों से कितना ज्यादा रुपया बिलों को फुलाते मानकचन्द की जेब में पहुंच चुका उसकी गणना करने का सुधीर के पास उपाय नहीं था।

"अब क्या करें?" उसने कहा।

"एक-एक लाख और लगाना पड़ेगा।"

"मेरे पास तो रुपया है। नहीं।"

"इस वक्त और कोई पार्टनर भी नहीं मिलेगा।"

"तब?"

"आप अपना शेयर बेचे तो खरीदार ढूंढ़ने की कोशिश कर सकता हूं। पर इस हालत में रुपये में आठ आना मिल पाएगा।"

"मैं क्यों बेचूं?"

"हां, बेचने में तुक क्या है! मामाजी से कहिए। उनके लिए एक लाख क्या बड़ी चीज है?"

"नहीं-नहीं।" सुधीर करीब-करीब चीख दिया।

उसे शुक्ला साहब के दृढ़ शब्द अच्छी तरह याद थे, "रुपये मैं दे दूंगा, पर एक बार। नुकसान होने पर दुबारा नहीं। कुछ कर दिखलाने के लिए एक मौका काफी होता है।" साल-भर के भीतर झोली फैलाए उनके सामने जाना नामुमकिन है। इससे तो अच्छा है, किसी बैंक पर धावा बोल रुपया लूट ले।

"भाई साहब, आप साथ नहीं रहेंगे तो बहुत अफसोस होगा मुझे। आप ही तो कन्सर्न की जान हैं," मानकचन्द ने कहा, और उसकी आंखों में आंसू छलछला आये।

हफ्ता-भर सुधीर दिन रात रुपयों का बन्दोबस्त करने दोस्तों के दरवाजे खटखटाता रहा। पर बेचारे एकदम लाचार थे। कभी उनकी पढ़ाई-लिखाई और सैर-सपाटे के लिए सुधीर ने अपनी जेब खाली की थी, सगाई की अंगूठी भी बेच डाली थी। इतने गरीब-बेबस थे बेचारे। अब अच्छी नौकरियों पर लग जाने से क्या वे लाखों का इन्तजाम करने लायक हो गए? इन्तजाम क्या, वे तो सलाह देने लायक भी नहीं थे। और वे सलाह देते भी क्या, सिवाय इसके कि वह डैडी से बात करे। सुधीर को उनकी सलाह की जरूरत भी क्या है, जब चाहे अपने पिता की कानूनी बुद्धि का प्रयोग कर सकता है।

कोई उपाय नहीं? शुक्ला साहब से कहना ही होगा? इसी उधेड़-बुन को सुलझाता, अपनी पुरानी आदत के मुताबिक, वह सड़कों की धूल छानने लगा। जो ऊर्जा तब तक उसे फैक्टरी के काम में जुटाए थी अब कानपुर के एक सिरे से दूसरे सिरे तक खदेड़ने लगी। घूम-घूमकर थक जाता तो किसी पार्क की बेंच पर लुढ़क आराम कर लेता। और उपाय नहीं? शुक्ला साहब से कहना ही होगा? कहने में हर्ज क्या है? इतने आदमियों की सलाह गलत नहीं हो सकती? एस्टीमेट से ज्यादा खर्च हो ही जाता है। इस बीच चीजों के दाम बढ़े हैं। सुधीर तो भगवान है नहीं कि भविष्यवाणी कर रखता, फैक्टरी में ठीक कितना रुपया लगेगा। शुक्ला साहब गुलाब की किस्मों पर रुपया लुटा सकते हैं, उसे नहीं दे सकते? फैक्टरी चलते ही पूरा पैसा वापस कर देगा। लगा लें तब गुलाब की क्यारियां। निर्णय ले, रात घिरने पर सुधीर घर लौटता तो काला सन्नाटा उसका स्वागत करता। समय से खाकर शुक्ला साहब समय से बिस्तर थाम

चुके होते, और सविता बेचारी नन्हे अजय को लेकर कमरे से बाहर ही नहीं निकल पाती। कुण्डी खटखटाने पर विमला दरवाजा खोल देती।

"साहब कहां हैं?" उग्र स्वर में सुधीर पूछता।

"कितनी रात हो गई," विमला धीमे मधुर स्वर में कहती, "बड़े साहब कब के सो गए। मेमसाहब भी अभी-अभी सोई हैं। बाबा बहुत तंग कर रहा था। उसके स्वर का माधुर्य सुधीर को रोने-रोने को कर देता।

"खाना लगा दूं?" उसकी थकी उड़ी सूरत पर दयार्द्र हो विमला और मधुर हो उठती।

'नहीं,' कहने को तत्पर सुधीर प्रश्न को मनुहार मान हां कह देता। थाली में गरम खाना विमला उसके सामने रख देती। सुधीर का मन होता वह सामने बैठकर खाना खिलाये, उसकी परेशानियां सुने और हल खोजने में मदद करे। वह कौर तोड़ने लगता। विमला पानी का गिलास रख देती और कुछ इधर-उधर करती वहीं मंडराती रहती। तभी सविता की पुकार सुनाई पड़ती, "विमला!"

सुनते ही विमला वहां से हट उसके कमरे में पहुंच जाती। आजकल वह सविता और बच्छों के कमरे में सोती है जिससे अजय का खयाल रख सके। "देखना," सविता कहती, "बाबा ने गीला तो नहीं कर रखा? और विजया की रजाई ठीक कर दो।"

आजकल सविता सुधीर से अलग कमरे में सो जरूर रही है, पर इतनी गहरी नींद नहीं कि उसके आने, दरवाजा खुलने और विमला के वापस कमरे में लौटने की जानकारी न हो। बच्चों को देख विमला अपने बिस्तर पर जा लेटती। चाहकर भी सुधीर की थाली उठाने नहीं जा पाती। वह जानती थी, घर के संयोजन में जो कोना उसे सौंपा गया है, उसी में सीमित रहना जरूरी है। गर्दन बाहर निकालकर, सुधीर को सान्त्वना-साहचर्य देने को, सविता गुस्ताखी ही नहीं, रुपया ऐंठने का प्रपंच भी समझती।

सुधीर दो-चार कौर खाकर थाली छोड़ उठ जाता। अकेले खाने को मन नहीं होता। कमरे में आने पर भी सड़कों की खाक पीछा नहीं छोड़ती। अपने हौसलों को बढ़ावा देता, इरादों को पुख्ता करता, वह एक कोने से दूसरे कोने तक चलता जाता और कभी-कभी बोल भी पड़ता। उसकी आहट सुन सविता चौकन्नी हो जाती। असहजता का अब तक इतना अनुभव हो चुका है कि वातावरण सूंघकर सामान्य-असामान्य भांप जाती है। ये देरी और बेचैनी फैक्टरी के 'इरेक्शन' से नहीं, किसी और

चीज से सम्बन्धित है।

अजय के जन्म को चालीस दिन पूरे होते ही उसने मानकचन्द को बुला भेजा और सब जानकारी हासिल कर ली। सुना और सिर पीट लिया। पहले ही कहा था भैया से सलाह कर लो। हवा में उड़कर बिज-नेस किया जाता है? हो न हो इसमें मानकचन्द की ही कारगुजारी है! ऐसे ही रुपया सुधीर के हाथ आता रहा तो अजय के लिए कुछ बाकी नहीं रहेगा। क्षोभ और हताशा से उफनती वह शुक्ला साहब की स्टडी में पहुंची।

काले चमड़े में मढ़ी अंग्रेजी की मोटी पोथी हाथ में थामे शुक्ला साहब पढ़ने में मशगूल थे। सविता की बात सुनते हुए उन्होंने न किताब नीचे रखी न बन्द की। सिर्फ आंखें पन्ने से ऊपर उठा लीं। रुककर बोले, "तुमने 'किंग लियर' पढ़ा है?"

'किंग लियर'? सविता को लगा, डैडी भी छूटे जा रहे हैं। यह वक्त साहित्य-चर्चा का है?

"जी, पढ़ा तो है।" फिर भी संभलकर कहा।

शुक्ला साहब कुछ देर चुप रहे, फिर बोले, "आखिर तो हम सबका एक ही हाल होना है।"

लम्बी सांस खींच वे फिर शेक्सपियर में डूब गए।

"डैडी!" पहली बार उनके सामने तहजीब भूल सविता लगभग चीख दी, "इनके हाथ रुपया रहा तो विजया-अजय बर्बाद हो जाएंगे।"

"हां," उन्होंने सिर उठाकर कहा, "बिजनेस में रुपया डालना ऐसा है जैसे मक्खन में गर्म चाकु।"

"इन्होंने इस बात का जिक्र तक नहीं किया। क्या करना है, तय करना होगा।"

शुक्ला साहब ने क्षणांश के लिए सोचा और बोले, "उससे कहो अपना शेयर बेचकर अलग हो जाए।"

"पचास हजार का नुकसान हो जाएगा," सविता ने याद दिलाया।

"होने दो। इस दलदल से छुटकारा तो मिलेगा।"

"पर, डैडी, मुझे लगता है इसमें कहीं मानकचन्द का धोखा न हो।"

शुक्ला साहब की कानूनी बुद्धि भी यही कहती थी। पर रिटायर होने को उन्मुख उनका अभिजात मन बिजनेस के गंदले पानी में घुसकर तह तक पहुंचने से इंकार कर रहा था।

"जो हो," उन्होंने कहा, "सुधीर इसमें फंसा रहा तो बर्बाद हो

जाएगा। मैंने कहा था उसे एक मौका दूंगा। अच्छा हुआ, वह नाकामयाब हो गया। अब नौकरी में मन लग जाएगा।"

"अगर न माने तो?"

"न मानने का सवाल कहां उठता है? और चारा क्या है?"

"एक बार अतुल भैया को बुलाकर सलाह न कर ले?" सविता ने पूछा। पचास हजार यूं ही दे डालने को उसका मन नहीं मान रहा था।

"नहीं," शुक्ला साहब ने वितृष्णा के साथ कहा, "अपने घर के मामले में दूसरों को डालने की जरूरत नहीं है। मैं बिजनेस के किस्से में पड़ना ही नहीं चाहता।"

आज सविता को उनकी साहबी तटस्थता रास नहीं आई। धरती छोड़, हवा में चलने को अगर अभिजात-स्वाभिमान कहते हैं तो वह खोखले दम्भ से अधिक कुछ नहीं है। इतनी हवाई बातें तो विजया भी नहीं करती। मन हुआ उनके बचकानेपन पन हंसकर चेता दे कि बच्चे नहीं, दो पीढ़ियों के अभिभावक हैं। बरसों के संस्कारों ने अनुमति नहीं दी, पर स्वर में बच्चों को चेतावनी देने का सुर जरूर बज उठा।

"आप जानते हैं," उसने कहा, "यह नई बात नहीं है। रुपये-पैसे के मामले में ये छोटे बच्चे की तरह हैं। मुझे, बहुत डर लगता है।"

शुक्ला साहब ने लम्बी सांस खींची कहा कुछ नहीं।

"अपने लिए नहीं," सविता ने फिर कहा, "मुझे बच्चों की फिक्र है। दोनों आप ही के भरोसे हैं।"

"तुम्हें कोई दिक्कत है?"

"नहीं, आपके रहते क्या दिक्कत हो सकती है? मुझे चिन्ता बच्चों के भविष्य की है। अजय के नाम जायदाद रहे तो···"

चौंककर शुक्ला साहब ने उसकी तरफ देखा तो वह बोली, "मुझे नहीं तो गार्जियन भैया को बनाया जा सकता है।"

शुक्ला साहब ने जैसे गहरी नींद से जागकर उसे देखा। कुछ देर ऐसे ताकते रहे जैसे पहचान न पा रहे हों, फिर धीमी, सपाट आवाज में बोले, "इस वक्त तुम जाओ, सविता, मुझे काम है।"

इम वक्त सचमुच उनके मन में इस व्यापारी की बेटी के लिए गहरी विरक्ति उपज आई थी।

उस शाम शुक्ला साहब बगीचे में घूमकर गुलाब की क्यारी के पास नहीं

रुके। एक चक्कर पूरा करके स्टडी में लौट आए और साईस को टंडन साहब को बुलाने भेज दिया।

टंडन साहब आये तो बोले, "तूने भी एक खटरागी बीमारी लगा ली न?"

"यह तो चला ही करता है," शुक्ला साहब ने कहा।

"लगता है, सब यार-दोस्त बूढ़े हो रहे हैं। तमाम हुजूम में एक मैं जवांमर्द बचा हूं। तूने सुना, झा दमे के मारे बेहाल है।"

"हां, सुना था। हाल पूछ आया करता हूं।"

"और हम लोगों की सेहत का रखवाला यह डाक्टर मित्तल कौन सेहतमंद है! शक्कर की बीमारी लग चुकी है।···मिठाई खाता भी डटकर था।

"खाते तो मिठाई तुम भी कम नहीं," शुक्ला साहब ने याद दिलाया।

टंडन साहब हा-हा कर हंस दिये, बोले, "अरे, मैं ठहरा वकील! जबान से जो कुनैन उगलता हूं, सब मीठा खाया बराबर कर देती है। पर तुझे ब्लड-प्रेशर कैसे हो गया? जज की कुर्सी पर ऊंघने में काहे का तरद्दुद? न मुलजिम के हमदर्द न फरियादी के। सुन लिया और तराजू पर तौल कर दिया फरमान जारी। तुझ जैसे वेफिक्रे आदमी को इस मरदूद बीमारी ने कैसे आ पकड़ा?"

"टंडन," सहसा शुक्ला साहब ने कहा, "मैं वसीयतनामा लिखवाना चाहता हूं।"

"हैं? क्या हुआ?" चौंककर टंडन ने कहा "यार, मैं तो मजाक कर रहा था। ब्लड-प्रेशर के मरीज सौ बरस जीते हैं।"

"इसलिए यह जरूरी नहीं कि सौवें बरस में वसीयतनामा बनाया जाए!" शुक्ला साहब फीकी हंसी हंस दिए। "मैं तो सलाह दूंगा अपना भी लिख डालो।"

"क्यों मौत की याद दिला रहा है, यार?"

"मौत की याद रहे तो आदमी जिन्दगी के छोटे-मोटे सदमे आसानी से झेल लेता है, टंडन," शुक्ला साहब ने कहा, "अमल करके देख लो।"

"तू किताबें बहुत पढ़ता है," टंडन को उनका स्वर अटपटा लग रहा था, "अब छोड़ अपनी फिलासफी और वसीयतनामा लिखवा।"

डैडी के आदेश के खिलाफ सविता ने अतुलदेव को पत्र लिख दिया। सारी स्थिति समझाकर अनुरोध किया कि जितनी जल्दी हो सके कानपुर चला

आए।

उस रात सुधीर के घर लौटने पर दरवाजा सविता ने खोला। फिर खाना परोसकर सामने बैठ गई।

सिर झुकाकर सुधीर ने थाली में नजर गड़ा ली और चुपचाप कौर मुंह में डालने लगा।

"फैक्टरी में रुपया कम पड़ गया, आपने बतलाया नहीं," सविता ने चुप्पी तोड़ सीधा वार किया, पर मधुर-धीमी आवाज में।

सुनकर सुधीर अवसन्न रह गया। उसने सिर ऊपर नहीं उठाया। रोटी का टुकड़ा थाली में मसलने लगा।

"कम पड़ा न ?" सविता ने फिर कहा।

"कम पड़ा···तो ?"

"डैडी कह रहे हैं, जितने में हो अपना शेयर छोड़ दीजिए," उसने जायजा लेते हुए कहा।

"नहीं, कभी नहीं," सुधीर का सिर झटके से ऊपर उठा, "अपना शेयर कभी नहीं छोडूंगा, कभी नहीं।"

"मैं भी यही सोचती हूं," सविता ने कहा।

"तुम भी "तुम भी···?" आश्चर्य से अभिभूत बार-बार कह उठा सुधीर।

"हाँ, चालीस-पचास हजार का नुकसान हम क्यों उठायें? मुझे तो इसमें मानकचन्द का धोखा दिखलाई देता है," सविता ने कहा।

"नहीं," सुधीर ने प्रतिवाद किया, पर धीमे स्वर में, "वह धोखा क्यों करेगा? एस्टीमेट से ज्यादा खर्च हो ही जाता है।"

"खैर, आप अपना शेयर छोड़िए नहीं। मैंने चिट्ठी लिखकर भैया को बुलवाया है। उनकी सलाह लेकर ही कुछ कीजिएगा।"

सविता को अपनी ओर पाकर जो अचरज और हर्ष महसूस किया था, भैया का नाम सुनते ही हवा हो गया। चिल्लाकर बोला, "तुमसे किसने कहा था अपने भैया को लिखने के लिए? मुझे जो करना होगा, अपने-आप कर लूंगा।"

"क्या करेंगे? व्यापार के बारे में क्या जानते हैं आप? जो चाहे आपको धोखा दे सकता है!"

"तुम्हें तो सारी दुनिया धोखेबाज़ दिखती है। जानती हो मानकचन्द मेरी कितनी इज्जत करता है? कह रहा था, भाई साहब, आप ही इस कन्सर्न की जान हैं, आप अलग हो गए तो बहुत अफसोस होगा

मुझे।"

"आपको तो कोई बना ले। भैया व्यापारी आदमी हैं, उनसे पूछ कर काम करेंगे तो···"

"नहीं पूछना मुझे," सुधीर थाली छोड़ खड़ा हो गया, "रुपया और लगना है, लग जाएगा।"

"कैसे! डैडी और रुपया देने से रहे," सविता ने कहा।

"कैसे क्या!" सुधीर गरज उठा, "जैसे भी लगे तुम्हें सारी बात समझानी जरूरी है? औरत हो, औरत की तरह रहो। काम-धाम की बात में क्यों टांग अड़ाती हो!"

दरवाजा धड़ाक से बन्द करते हुए सुधीर अपने कमरे में जा घुसा।

हूं! सविता वितृष्णा से बुदबुदायी, 'मर्दानगी दिखला रहे हैं। मैं औरत हूं, ठीक है। लम्बा-चौड़ा शरीर होने से ही क्या आदमी मर्द हो जाता है?"

सुधीर ने तय किया, जज साहब ऐसे नहीं देंगे तो वह खुद एकाध कोठी बेच डालेगा। क्या करेंगे? जेल भिजवाएंगे? बेचने की क्या जरूरत है? बन्धक रख कर उधार लिया जा सकता है। मानकचन्द कितनी बार कह चुका। सभी जानते हैं शुक्ला साहब की कम-से-कम आधी जायदाद का वारिस वह है। बाद में मिली तो क्या काम आएगी? जरूरत अब है। नहीं हिचकेगा। सब बात खोल कर कह देगा। फिर भी उन्होंने रुपये नहीं दिये तो जमीन बन्धक रख देगा या बेच डालेगा।

अगली सुबह घर से निकला सुधीर दो दिन वापस नहीं लौटा। आखिरी और असली लड़ाई के लिए अपने को तैयार करता रहा। दो दिन बाद रोज की तरह हवाई किले बनाता वह सड़कों पर घूमता गंगा किनारे जा भटका। पर आज सूरज डूबने से पहले कदम घर की तरफ मोड़ लिये। गंगा के किनारे से माल रोड पर शुक्ला साहब की कोठी तक पहुंचने में उसे एक घण्टा लग गया, फिर भी अन्धेरा नहीं घिरा।

घर के पास पहुंचने पर उसने चाल तेज कर ली और एक बार फिर संकल्प किया, आज का दिन खाली नहीं जाने देगा। आज जज साहब को खाने की मेज पर पकड़ेगा। खा कर एक बार स्टडी में जा घुसते हैं तो हाथ नहीं आते। स्टडी का दरवाजा खटखटा कर भीतर आने की अनुमति मांगने में उसके हाथ जकड़ जाते हैं। कितना ही लताड़े-फटकारे, उठ कर नहीं देते। बचपन से यही होता आया है। जज साहब का वह निजी कक्ष उसके लिए वैसे ही वर्जित रहा है जैसे अंग्रेजों के जमाने में

हिन्दुस्तानियों के लिए गोरे क्लबों के भवन। अब तक संस्कार पड़ चुके हैं कि स्पष्ट मनाही न होते हुए भी, बिना हुक्म के अन्दर घुसते झिझक होती है।

इस स्टडी में बचपन की हर पेशी उसे याद है। उससे उत्पन्न संत्रास, घृणा और आक्रोश भी। इसी स्टडी में रेवा को पीटने के झूठे जुर्म पर, दलील का मौका दिए बगैर, उन्होंने ठंडे दिल से उसे पीटा था। इसी स्टडी में उसकी बात पर ध्यान दिए बगैर, संघ में जाने के लिए उसे दुत्कारा था। गांधीजी की हत्या पर हुई उसकी लज्जाजनक हार का बेरहमी से मजाक इसी स्टडी में उड़ाया था। साल-भर पहले यहीं भिखारी की तरह फैले उसके हाथ पर लाख रुपया फेंक उन्होंने कहा था—दान एक बार मिलता है, बार-बार नही। याद है, अच्छी तरह याद है। इस स्टडी के दमघोंटू माहौल में जिया एक-एक लमहा! उन लमहों में झेली एक-एक कचोट, एक-एक चुभन! नहीं, उस घृणित, दुर्जेय दुर्ग के भीतर उनका सामना असम्भव है। बाहर खाने की मेज पर उन्हें जा घेरे गा, मुकाबले की हर चाल की पहल खुद करेगा। कोठी का दरवाजा ठेल उसने कदम और तेज कर दिये। दुश्मन को धर दबोचने की उत्तेजना से हांफता झपट कर भीतर घुस गया।

भीतर वैसा ही सन्नाटा छाया था जैसा रात घिरे घर पहुंचने पर मिला करता था। एक कमरे में बत्ती जरूर टिमटिमा रही थी, पर साफ रोशनी नहीं थी। अन्दर-बाहर चितकबरा धुंधलका छाया था, जो रात घिर आने से पहले, दिन का गला घोंट देता है, पर न उजाला बख्शता है न अन्धेरा।

तो क्या आज सात बजे से ही सब-के-सब बिस्तर में जा घुसे, उसने सोचा और क्रोध से उफन उठा। उसकी बात न सुनने का नया तरीका है। जब भी वह कोई संकल्प करता है, उसे मार गिराने के लिए वे नया हथियार अपना लेते हैं। पर आज नहीं। आज वह अपनी बात कह कर रहेगा। जगे हों या सोये, उन्हें उसकी बात सुननी होगी, परखनी होगी और माननी होगी। आज फैसला होकर रहेगा। कदमों को शिथिल किये बगैर, वह उनके बेडरूम की तरफ दौड़ गया। पर कमरे के बाहर बरामदे में मनुष्यों की दीवार रास्ता रोके खड़ी थी।

"साहब!" कई कंठों से निकले सम्मिलित आर्तनाद ने उसके पैर जकड़ दिये।

"क्या है?" घूम कर उसने देखा, बरामदे में घर के तमाम नौकर

जमा हैं—जेकब, गोविन्द, माली, साईस, धोबी, जमादार, विमला··· सब।

"क्या है?" घबरा कर उसने दुहराया।

"साहब नहीं रहे!" चीख-सा उठा समवेत कण्ठ स्वर हिचकी-सा घुट गया।

"नहीं?" सुधीर के स्वर में केवल अविश्वास था।

तभी विषण्ण मुख लिये सविता कमरे से बाहर निकली। पीछे-पीछे अतुलदेव।

"अब आये हैं?" सविता ने उलाहना देकर कहा, "कब से आपको ढूंढ़ रहे हैं।"

"क्या हुआ?"

"डैडी चल बसे।"

"नहीं।" त्रस्त स्वर में फुसफुसाकर सुधीर ने कहा।

"साढ़े पांच बजे गोविन्द चाय लेकर गया तो देखा···" सविता बीच ही में रो दी, "तभी-तभी तो कचहरी से लौटे थे।"

"नहीं ss" सुधीर का स्वर ऊपर उठा और टूट गया।

"शायद रास्ते में दिल का दौरा पड़ा होगा, डाक्टर मित्तल कह रहे थे। अभी बैठे हैं, आओ मिल लो।" अतुलदेव ने कहा।

"नहीं, यह नहीं हो सकता," सुधीर ने फिर आवाज ऊंची करने की कोशिश की।

"नहीं हो सकता कहने से क्या होगा?" अतुलदेव ने भर्त्सना के साथ कहा।

"यह नहीं हो सकता, मुझे उनसे बात करनी है!"

"बात? अब बात वे कहां से करेंगे?" अतुलदेव ने उसी स्वर में कहा।

"मेरा रास्ता छोड़ो! आज मुझे उन से बात करके छोड़नी है। कहां हैं वे? बोलो। कहां हैं वे?" सुधीर चीख-चिल्लाकर उनका जाना रोक देना चाह रहा था।

"पागल हो रहे हो!" अतुलदेव ने सख्त स्वर में कहा, "वे अब हैं कहां जो तुम्हारी बात सुनेंगे?"

"चल कर अन्तिम दर्शन कर लीजिए, आइए।" कह सविता ने एक कदम आगे बढ़ा लिया और इशारे से उसे पास बुलाया।

सुधीर का चेहरा आतंक से सफेद पड़ गया।

"नहींऽ!" वह हलाल होते बकरे की तरह चीखा और पैर पटकता, सिर धुनता, दरवाजे से टकराता, अन्धाधुन्ध घर से बाहर दौड़ गया।

शुक्ला साहब का वसीयतनामा उसकी गैरमौजूदगी में पढ़ा गया। दो वाक्य थे :

"मेरा जो भी रुपया या जायदाद है, सब मेरे इकलौते बेटे सुधीर शुक्ला को मिले। यही न्यायोचित है। आशा करता हूं वह घर के पुराने नौकरों का ख्याल रखेगा।"

●●